国家社科基金资助项目"英国后现代小说形式变革研究"(13BWW047)结项成果。

文化洗牌与文学重建：
英国当代先锋小说的后现代性

肖锦龙　著

人民出版社

责任编辑：孟令堃
策划编辑：张龙高
装帧设计：朱晓东

图书在版编目(CIP)数据

文化洗牌与文学重建：英国当代先锋小说的后现代性/肖锦龙 著.
—北京：人民出版社，2018.4
ISBN 978-7-01-019032-7

Ⅰ.①文… Ⅱ.①肖… Ⅲ.①小说研究－英国－现代
Ⅳ.①I561.074.

中国版本图书馆CIP数据核字(2018)第042770号

文化洗牌与文学重建：英国当代先锋小说的后现代性
WENHUA XIPAI YU WENXUE CHONGJIAN：
YINGGUO DANGDAI XIANFENG XIAOSHUO DE HOUXIANDAIXING

肖锦龙 著

人民出版社 出版发行
(100706 北京市东城区隆福寺街99号)

北京中兴印刷有限公司印刷 新华书店经销

2018年4月第1版 2018年4月北京第1次印刷
开本：710毫米×1000毫米 1/16 印张：15.75
字数：236千字

ISBN 978-7-01-019032-7 定价：48.00元

邮购地址：100706 北京市东城区隆福寺街99号
人民东方图书销售中心 电话：(010)65250042 65289539
版权所有·侵权必究
凡购买本社图书，如有印刷质量问题，我社负责调换。
服务电话：(010)65250042

引用作品代称

法——约翰·福尔斯（John Fowles）：《法国中尉的女人》，陈安全译，上海译文出版社2003年版。

霍——彼得·阿克罗依德（Peter Ackroyd）：《霍克斯默》，余珺珉译，译林出版社2002年版。

简——夏洛蒂·勃朗特（Charlotte Brontë）：《简·爱》，祝庆英译，上海译文出版社1980年版。

金——多丽丝·莱辛（Doris Lessing）：《金色笔记》，陈才宇译，译林出版社2000年版。

茫——琼·里斯（Jean Rhys）：《茫茫藻海》，方军、吕静莲译，上海文艺出版社2011年版。

莎——威廉·莎士比亚（William Shakespeare）：《莎士比亚全集》一，朱生豪译，人民文学出版社1978年版。

世界史——朱利恩·巴恩斯（Julian Barnes）：《10½章世界史》，林本椿、宋东升译，译林出版社2010年版。

水——格雷厄姆·斯威夫特（Graham Swift）：《水之乡》，郭国良译，译林出版社2009年版。

午——萨尔曼·鲁西迪（Sir Salman Rushdie）：《午夜之子》，刘凯芳译，北京燕山出版社2015年版。

占——A. S. 拜厄特（A. S. Byatt）：《占有》，于冬梅、宋瑛堂译，南海出版公司2008年版。

Indigo——Marina Warner, *Indigo or Mapping the Waters*, London: Chatto & Windus, 1992.

目录

导言 1

第一部分 文化洗牌——拆除和重置文化观念

第一章 论莱辛《金色笔记》对人的本质属性的再思考 23
　　第一节 哲学性地审视人和人性 23
　　第二节 历史主义观念 25
　　第三节 本质主义观念 29
　　第四节 不确定性观念 31

第二章 论福尔斯《法国中尉的女人》中萨拉的身份建构 36
　　第一节 解阈理论和身份建构 36
　　第二节 萨拉主体身份的建构 40
　　第三节 萨拉主体身份的特征 48

第三章 论阿克罗依德《霍克斯默》中的空间建构法则 50
　　第一节 空间转向和《霍克斯默》的空间书写 51
　　第二节 物质空间和大脑空间的博弈 54
　　第三节 乌托邦和异托邦的矛盾运动 59
　　第四节 后现代主义空间观 65

第四章 论里斯《茫茫藻海》对克里奥耳女人之疯狂的重写 67
　　第一节 《简·爱》中伯莎的疯狂 68

第二节　《茫茫藻海》对伯莎母女疯狂的重写 ………………… 71

　　第三节　《茫茫藻海》之民族书写的思想价值 ………………… 80

第五章　论鲁西迪《午夜之子》中萨里姆民族身份的构成 ………… 83

　　第一节　萨里姆身份的构成和身体伤疤 ………………………… 83

　　第二节　宗教成规和耳聋 ………………………………………… 86

　　第三节　社会暴力和秃子、断指 ………………………………… 89

　　第四节　种族主义和失忆 ………………………………………… 90

　　第五节　暴政和"月亮瓣儿" …………………………………… 93

　　第六节　萨里姆的身份特点 ……………………………………… 96

　　第七节　萨里姆：印度族群身份的隐喻 ………………………… 96

第二部分　文化洗牌——拆除和重置文化图式

第六章　论斯威夫特《水之乡》对现代宏大叙事的解构 …………… 101

　　第一节　质疑进步解放论 ………………………………………… 101

　　第二节　革命者的故事 …………………………………………… 103

　　第三节　征服者的故事 …………………………………………… 105

　　第四节　解释者和陈述者的故事 ………………………………… 109

　　第五节　启蒙者的故事 …………………………………………… 111

　　第六节　回到现实 ………………………………………………… 113

第七章　论巴恩斯《10½章世界史》的解界域化书写 ……………… 118

　　第一节　后结构思潮和《世界史》的解界域化表征 …………… 119

　　第二节　拆解树形历史模式 ……………………………………… 124

　　第三节　建构块茎形文化活动方式 ……………………………… 130

第八章　论《靛蓝色，或海域绘图》对《暴风雨》的后殖民重写 … 134

　　第一节　沃纳和《暴风雨》的重写 ……………………………… 135

　　第二节　还原印第安人的本色 …………………………………… 137

　　第三节　揭露欧洲人的面目 ……………………………………… 142

第四节　绘制后现代生活蓝图 ·· 147

第三部分　文学重建——解构和重构创作理路方法

第九章　论里斯《茫茫藻海》的重写性 ································ 157
　　第一节　从改写经典文本入手 ·· 157
　　第二节　质疑民族主义话语 ·· 161
　　第三节　让事实说话 ·· 163

第十章　论莱辛《金色笔记》对现实主义和现代主义的反思批判 ··· 168
　　第一节　尝试新形式 ·· 168
　　第二节　解构现实主义 ·· 173
　　第三节　解构现代主义 ·· 178
　　第四节　探索新方法 ·· 182

第十一章　论拜厄特《占有》的"策略"法 ···························· 186
　　第一节　"拥抱事物本身" ·· 187
　　第二节　聚焦于矛盾变化的历史人物 ···································· 193
　　第三节　塑造丰富复杂的文学形象 ·· 195
　　第四节　"策略"法的特性 ·· 201

第四部分　文学重建——解构和重构叙写方式

第十二章　论福尔斯《法国中尉的女人》的元小说和互文性 ········ 205
　　第一节　解构传统 ·· 206
　　第二节　互文性 ··· 208
　　第三节　元小说 ··· 213
　　第四节　转向小说语言话语 ··· 220

第十三章　论鲁西迪《午夜之子》对故事讲述形式的借鉴 ·········· 222
　　第一节　借鉴《一千零一夜》 ·· 222

第二节　框架结构 …………………………………………… 224
   第三节　多重故事和寓言性 ………………………………… 228
   第四节　实幻不分 …………………………………………… 234
结论 …………………………………………………………………… 238
参考文献 ……………………………………………………………… 243

导 言①

20世纪下半叶，西方文坛上出现了一种与十八九世纪的现实主义小说和20世纪前期的现代主义小说迥然有别的文学，人们给它取了很多名字，如伊哈布·哈桑（Ihab Hassan）称之为"后现代文学"（Postmodern Literature）②，克里斯托弗·巴特勒（Christopher Butler）称之为"当代先锋派"（Contemporary Avant-Garde）③，安·杰弗逊（Ann Jefferson）称之为"新小说"（Nouveau Roman）④，帕特里夏·沃（Patricia Waugh）称之为"元小说"（Metafiction）⑤，琳达·哈琴（Linda Hutcheon）称之为"历史编撰元小说"（Historiographic metafiction）⑥，布莱恩·麦克海尔（Brian McHale）称之为"后现代小说"（Postmodernist fiction）⑦。在这些名称中，"后现代文学"和"后现代小说"的含义过于宽泛模糊，常与人们称谓当代思想文化潮流的"后现代主义"混为一谈，"新小说""元小说""历史编撰元小说"的含义过于狭窄具体，多指形式技巧，因而我更倾向于巴特

---

① 本章曾以"电子传媒和故事讲述转向——论西方后现代写作的本质特征"为题，发表于《文艺研究》2015年第11期，第41—50页。

② Ihab Hassan, "POSTmodernISM", *New Literary History*, Vol. 3, No. 1 (1971), pp. 5-30.

③ Christopher Butler, *After the Wake: An Essay on the Contemporary Avant-Garde*, Oxford: Oxford University Press, 1980.

④ Ann Jefferson, *The Nouveau Roman and the Poetics of Fiction*, Cambridge: Cambridge University Press, 1980.

⑤ Patricia Waugh, *Metafiction: The Theory and Practice of the Self-Conscious Fiction*, London and New York: Methuen, 1984.

⑥ Linda Hutcheon, *A Poetics of Postmodernism: History, Theory, Fiction*, New York and London: Routledge, 1988.

⑦ Brian McHale, "Telling Postmodernist Stories", *Poetics Today*, Vol. 9, No. 3 (1988), pp. 545-571.

勒所使用的比较适中的称谓：当代先锋小说。

早在20世纪60年代，西方的批评家们已充分意识到了当代先锋小说的独特性，将之概括为"后现代性"，进行了热烈讨论。① 至今半个世纪已经过去，学界在西方当代先锋小说的后现代性具体指什么的问题上依然存在重大分歧，理论研究热度依然没有回落。根据西方过刊数据库（JSTOR，Journal Storage），21世纪以来讨论后现代性的论文多达数万篇。论著汗牛充栋，不可胜数。美国著名批评家麦克海尔1988年在《讲述后现代故事》一文中概括指出，人们对当代先锋小说的后现代性的理解总体上有三种：第一，是对过去的小说的彻底"突破"或者说颠覆；第二，是对过去的小说的延续和变革；第三，是对过去的小说的重建。② 麦克海尔的总结十分精辟，当代西方理论批评界和学术界对后现代性主要有以下三种观点：

（1）颠覆论，代表性理论批评家是让-弗朗索瓦·利奥塔尔（Jean-Francois Lyotard）、哈桑等。利奥塔尔1979年在他的理论名著《后现代状态》中明确指出，"后现代"是一种怀疑"现代"宏大叙事方式的知识建构方式："科学在起源时便与叙事发生冲突。用科学自身的标准衡量，大部分叙事其实只是寓言。然而，只要科学不想沦落到仅仅陈述实用规律的地步，只要它还寻找真理，它就必须使自己的游戏规则合法化。于是它制造出关于自身地位的合法化话语。……我们便用'现代'一词指称依靠元话语使自身合法化的科学。例如，在理性精神可能形成一致意见这种观点中，具有真理价值的陈述在发话者和受话者之间建立共识这一规则被认为是可以接受的：这就是启蒙叙事……简化到极点，我们可以把对元叙事的怀疑看作是'后现代'。"③ 后现代采用的是与现代的宏大叙事方式相反的

---

① 最早的研究者有威廉·H.加斯（William H. Gass）、约翰·巴斯（John Barth）、伊哈布·哈桑，等等。
② Brian McHale, "Telling Postmodernist Stories", *Poetics Today*, Vol. 9, No. 3 (1988), pp. 545—571.
③ ［法］让-弗朗索瓦·利奥塔尔：《后现代状态：关于知识的报告》，车槿山译，生活·读书·新知三联书店1997年版，第1—2页。

细小叙事方式:"通过关注不可确定的现象、控制精度的极限、不完全信息的冲突、量子、'碎片'、灾变、语用学悖论等,后现代科学将自身的发展变为一种关于不连续性、不可精确性、灾变和悖论的理论"①;"知识合法化问题的各种观点今天已经得到了充分的展现。依靠大叙事的做法被排除了,'小叙事'依然是富有想象力的发明创造特别喜欢采用的形式,这首先表现在科学中"②。哈桑认为当代先锋小说(他称之为"后现代文学")是一种与现代主义小说相对立的文化现象。他在《后现代主义问题》中详细分析了当代先锋小说与现代主义小说的差异,列举了三十种对立的表征,如形式/反形式,有目的/游戏,向心/发散,叙事/反叙事,本源/延异,决定/非决定,等等。③当代先锋小说与现代主义文学迥然有别:"后现代主义作为文学变化的一种模式,不同于旧的先锋派(立体主义、未来主义、达达主义、超现实主义等),亦不同于现代主义。"④"后现代主义转向了畅开、游戏、祈使语态、分离、游离或非决定形式,它是一种碎片化话语,一种破裂的意识形态,一种归返空无的意志,一种对沉默的召唤。"⑤

(2)解构论,代表性理论批评家是弗雷德里克·杰姆逊(Fredric Jameson)、哈琴。杰姆逊1984年发表了一篇题为"后现代主义,或后期资本主义的文化逻辑"的论文,1991年以之为基础完成了一部同名专著,后者成为后现代主义研究领域里的扛鼎之作。在此著中他借鉴欧内斯特·蒙代尔(Ernest Mandel)的观点,将资本主义分为三个阶段:"市场资本

---

① [法]让-弗朗索瓦·利奥塔尔:《后现代状态:关于知识的报告》,车槿山译,生活·读书·新知三联书店1997年版,第125—126页。
② [法]让-弗朗索瓦·利奥塔尔:《后现代状态:关于知识的报告》,车槿山译,生活·读书·新知三联书店1997年版,第130页。
③ Ihab Hassan, "The Question of Postmodernism", *Performing Arts Journal*, Vol. 6, No. 1 (1981), p. 34.
④ Ihab Hassan, "The Question of Postmodernism", *Performing Arts Journal*, Vol. 6, No. 1 (1981), p. 35.
⑤ Ihab Hassan, "The Question of Postmodernism", *Performing Arts Journal*, Vol. 6, No. 1 (1981), p. 36.

主义，垄断阶段或帝国主义阶段，和我们自己的被误称为后工业、而最好称为多元民族资本。"① 市场资本主义和垄断资本主义的生产方式是交换和生产，多元民族资本主义阶段的生产方式是"再生产"："十分明显我们自己时代的技术不再拥有用来再现的能量：不是涡轮机，不是席勒的谷物升降机或低级技术制造机器……而是电脑……这类机器的的确确是再生产的机器，而不是生产的机器。"② 这种"再生产"方式反映在物质生产上即是输入方（一般是不发达国家）对输出方（一般是发达国家）的产品进行再制作、改装，反映在精神文化生产上，即是新产品、话语或文本对旧产品、话语或文本进行模仿改造。所以，"对旧系统的重新制作和重新书写"③ 或者说"拼贴"，是后现代文化艺术生产的基本方式④。"精英文化和所谓的大众文化的旧划分的清除"⑤、新话语文本和旧话语文本的混杂，是后现代文化艺术产品的本质特点，"异质、碎片和偶然"是它的外在表征⑥。琳达·哈琴在《后现代主义诗学》中进一步发展了杰姆逊的矛盾混杂论观点，指出当代先锋小说是对传统小说内容形式的延续和变异，是现代主义的文学自我指涉性和现实主义的现实指示性的综合体，是历史性和虚构性的矛盾杂糅品，她给它取了一个名称，叫"历史编撰元小说"。她说："借此名称我指那些著名的和很受欢迎的小说，它们既是高度自我指涉的、然而又不无矛盾地自认为是历史事件和人物本身；如《法国中尉的

---

① Fredric Jameson, *Postmodernism, or, The Cultural Logic of Late Capitalism*, Durham: Duke University Press, 1991, p. 35.

② Fredric Jameson, *Postmodernism, or, The Cultural Logic of Late Capitalism*, Durham: Duke University Press, 1991, p. 37.

③ Fredric Jameson, *Postmodernism, or, The Cultural Logic of Late Capitalism*, Durham: Duke University Press, 1991, p. xiv.

④ Fredric Jameson, *Postmodernism, or, The Cultural Logic of Late Capitalism*, Durham: Duke University Press, 1991, pp. 16—17.

⑤ Fredric Jameson, *Postmodernism, or, The Cultural Logic of Late Capitalism*, Durham: Duke University Press, 1991, p. 63.

⑥ Fredric Jameson, *Postmodernism, or, The Cultural Logic of Late Capitalism*, Durham: Duke University Press, 1991, p. 25.

女人》《午夜的孩子》《拉格泰姆时代》《腿子》《G.》《临终遗言》等。"①"对我而言，后现代主义是一种矛盾现象，它既是对其所挑战的各种概念的运用又是滥用，既是恢复又是颠覆。"② 当代先锋小说的基本方式是戏拟、反讽、拼贴，本质特征是互文、矛盾悖反、碎片化。

（3）重建论，代表性理论批评家是麦克海尔、沃等。布莱恩·麦克海尔在《讲述后现代故事》和《后现代小说》等论作中指出，过去的现代主义基于反映论，是认识性的；新兴的先锋小说（他将它称作"后现代小说"）基于建构论，是本体性的。现代主义的问题是："我如何解释我是其中一部分的这个世界？在此世界中我是什么？"③ 后现代主义的问题是："这是哪一个世界？在这个世界中我有什么作为？我的自我中的哪一部分将发挥作用？"④ 换句话说，在现代人眼里世界是自然天成的，人类文化活动的目标是认识它、有效利用它。因而从文艺复兴到20世纪中期的西方现代文学一贯将重心放在真实表现世界及人类主体活动上。而在当代人眼里，世界是人类的文化创造物，人类文化的创造方式不同，创造出来的世界不尽一致。与之相应，当代先锋小说家将关注焦点集中在文化创造形式本身，放在探索和表现人类是如何创造文化现实一类的问题上。与麦克海尔一样，帕特里夏·沃也持这种视角更新论观点。在她看来，20世纪后半叶西方的新文学可以用"元小说"这一概念来概括。她解释说："自20世纪60年代以来，总体上人们将文化兴趣更多地集中在人类如何反映、建构和传达自己关于世界的经验的问题上，元小说是通过对形式的自我探索来追究这些问题的。"⑤ "元小说关注的是各种特殊的小说传统，展

---

① Linda Hutcheon, *A Poetics of Postmodernism: History, Theory, Fiction*, New York and London: Routledge, 1988, p. 5.

② Linda Hutcheon, *A Poetics of Postmodernism: History, Theory, Fiction*, New York and London: Routledge, 1988, p. 3.

③ Brian McHale, "Telling Postmodernist Stories", *Poetics Today*, Vol. 9, No. 3 (1988), p. 560.

④ Brian McHale, "Telling Postmodernist Stories", *Poetics Today*, Vol. 9, No. 3 (1988), p. 560.

⑤ Patricia Waugh, *Metafiction: The Theory and Practice of the Self-Conscious Fiction*, London and New York: Methuen & Co., Ltd., 1984, p. 2.

示它们的建构过程。"① "借展示文学虚构是如何创造它的想象世界的，元小说帮助我们理解同样的状态，即我们每天生活于其中的现实是如何被创造的、被'书写'的。"② 元小说主要是通过把玩（Play）和戏仿（Parody）过去的小说创作传统和方式来揭示和表现小说形式是如何运作的和如何建构现实图景的。

综观上述三类理论，它们的具体观点虽然各不相同，但思想方法完全一致：

第一，都是理论先行性的，即从某种现成的理论概念、思想或观点出发推导出当代先锋小说的本质特征。如利奥塔尔和哈桑从现代主义是宏大叙事和后现代主义是细小叙事等理论观念出发，推导出了当代先锋小说采用细小叙事方式，是反形式的、游戏式的、发散的、非决定的、碎片化的等本质特征。杰姆逊和哈琴从解构主义的"延异"概念出发，推导出了当代先锋小说以既延续传承又突破颠覆传统文化文学形式为突出标志的戏仿或拼贴等本质特征。麦克海尔和沃从结构主义的能指形式建构所指内容的建构论思想出发，推导出了当代先锋小说以打造新异的世界为出发点和以文学能指形式为关注焦点等本质特征。

第二，都是一概而论、例释性的。在上面列举的六位后现代主义理论批评大师中，杰姆逊和利奥塔尔是后现代文化理论家，他们的代表作主要讨论的是后现代文化和知识形态问题，涉及到的作家作品不多。其余的四位是文学批评家，他们的代表作虽然主要讨论的是当代先锋小说问题，但列举的例据局限性很明显：从例据的容量看，由于他们的论著发表的时间比较早，所列举的当代先锋小说作品的时间仅限于 20 世纪 50 年代至 80 年代中期，对 80 年代中期之后大量的新作未曾涉及，同时他们仅从浩瀚无穷的西方当代先锋作品库中撷取数部或十数部能印证他们观点的作品，

---

① Patricia Waugh, *Metafiction: The Theory and Practice of the Self-Conscious Fiction*, London and New York: Methuen & Co., Ltd., 1984, p. 4.

② Patricia Waugh, *Metafiction: The Theory and Practice of the Self-Conscious Fiction*, London and New York: Methuen & Co., Ltd., 1984, p. 18.

是例释性的；从例据的质量看，他们从美国、英国、法国或拉美各国的作品中各选择了一部或几部，它们完全是零散的，不成体系。具体如哈琴的《后现代诗学》所讨论的作品都创作于 20 世纪 60 年代至 80 年代中期，主要有十来部，它们分别是英国福尔斯的《法国中尉的女人》(1969)、《幻象》(1985)，D. M. 托马斯（D. M. Thomas）的《白色旅馆》(1981)，鲁西迪的《午夜之子》(1981)、《羞耻》(1983)，美国 E. L. 多克特洛（E. L. Doctorow）的《但以理书》(1971)、《拉格泰姆时代》(1975)，加拿大蒂莫西·芬德利（Timothy Findley）的《临终遗言》(1981)，意大利安伯托·埃柯（Umberto Eco）的《魔宫传奇》(1980)，哥伦比亚加西亚·马尔克斯（García Márquez）的《百年孤独》(1967) 等。麦克海尔在《后现代小说》中讨论的作家主要有 20 世纪中期爱尔兰的塞缪尔·贝克特（Samuel Beckett）、法国的阿兰·罗伯-格利耶（Alain Robbe-Grillet）、美国的弗拉基米尔·纳博科夫（Vladimir Nabokov）、阿根廷的豪尔赫·博尔赫斯（Jorge Borges）等，20 世纪后期美国的罗伯特·库弗（Robert Coover）和托马斯·品钦（Thomas Pynchon）、墨西哥的卡洛斯·富恩特斯（Carlos Fuentes）等。沃在《元小说》中讨论的作家作品跟上述两位批评家讨论的大同小异，基本一样。而哈桑讨论的作家作品更早，大都出现在 20 世纪中期，如"巴思、巴尔塞姆、贝克特、博尔赫斯、布莱希特、布洛赫、巴勒斯、布托尔"①。这些理论批评家所讨论的当代先锋作品不仅比较老旧，而且对于认识当代先锋作品来说严重残缺不全、不成体系，因而无法全面充分反映当代先锋小说的本质特征。

鉴于以往当代先锋小说研究成果的这种逻辑推演性和例释性之缺陷，本研究拟采用相反的思路和方法：第一，从事实出发，用历史主义方法，将西方当代先锋小说放到西方当代思想文化语境中实事求是地考察它们的本质特征；第二，集中考察西方当代先锋小说系统中的一个小系统，即从

---

① Ihab Hassan, "POSTmodernISM", *New Literary History*, Vol. 3, No. 1 (1971), pp. 11–12.

20世纪60年代到20世纪末的英国当代先锋小说,细致解读其经典作家作品,以一斑观全豹的方式系统深入地阐述西方当代先锋小说的性质特点。

英国当代著名作家和小说批评家布拉德伯里指出:"1939—1945年的第二次世界大战跟第一次大战一样,无疑是人们现代经验中的一次可怕断裂。"[①]"第二次世界大战使人们目睹了人类前所未有的野蛮情景。……4600万人死去,绝大部分是平民。"[②]惨绝人寰的第二次世界大战给西方社会带来巨大震撼,使西方人对自己走过的路,对过去的文化知识体系、文明、信仰以至真理本身产生了深刻怀疑。"那在三十年代很吸引人的进步论希望和意识形态乌托邦在战后从好处看只是天真的幻想,从坏处看是欺骗和背叛的形式,是堕落的集合体。在欧洲的大都市,如果整个政治体系、工业基础、经济结构变为废墟的话,那么欧洲的知识和宗教价值,意识形态和宗教信念,自我和集体、个人和国家、历史、文化、艺术、善和恶等观念彻底崩溃了。"[③]战后人们开始对过去的思想文化系统展开全面彻底的反思批判,吐故纳新,着力拆除旧文化体系,重置新文化系统。人们将此思想文化大潮总称为后现代主义潮流。

西方当代先锋小说作为后现代主义思想文化大潮的一个重要组成部分,自然也无不是去旧迎新式的。这种除旧布新特点在英国当代先锋小说中表现得异常明显。历史地看,英国当代先锋小说的形成和发展与西方当代先锋思想潮流的兴起和变化完全同步。20世纪初埃德蒙德·胡塞尔(Edmund Husserl)提出,过去人们或完全从客观论出发仅看到事物的物质的一面,或完全从主观论出发仅看到精神的一面,却忽略了一个基本事实,即事物是物质和精神的结合体,是呈现在大脑中的物质,即现象或者

---

① Malcolm Bradbury, *The Modern British Novel*, London and New York: Penguin Books, 2001, p. 253.
② Malcolm Bradbury, *The Modern British Novel*, London and New York: Penguin Books, 2001, p. 254.
③ Malcolm Bradbury, *The Modern British Novel*, London and New York: Penguin Books, 2001, p. 259.

说意识，这种作为精神物质统一体的现象或者说意识，才是事物本身。所以他提出了现象学还原学说，主张摒弃过去的一切基于唯物论或唯心论的理论观念和知识，直接进入现象或意识中，回到事物本身，认识它的本来面目。胡塞尔之后，马丁·海德格尔（Martin Heidegger）认为过去人们仅注意到了人形而上的一面即本质，而忘记了人形而下的一面即现实存在，所以强调应关注活生生的人，回到存在本身。

20世纪四五十年代，法国思想家让-保罗·萨特（Jean-Paul Sartre）、阿尔贝·加缪（Albert Camus）、莫里斯·梅洛-庞蒂（Maurice Merleau-Ponty）等借鉴胡塞尔的现象学方法和海德格尔的存在论学说，对传统的思想方法和观念展开全面批判解构，引发了波澜壮阔的存在主义思潮。他们激烈反对西方传统的本质主义的思想方式，主张摒弃过去站在本质主义立场上对人、人性、人生价值、道德观念等的解释和界定，主张摒弃过去的一切关于人的本质主义的思想理念和知识系统，强调从人的存在和绝对自由出发，重新理解和界定人和人性，重新建立关于人的思想理念和知识体系。

受现象学和存在主义的思想方法和观念的深刻影响，法国先锋实验小说家罗伯-格利耶等人将焦点从以往人们对事物和人的本质的关注，转向对事物和人的现象本身或者说其呈现在特定意识中的事物和人的具体状态的关注，由于事物和人的现象本身或者说它们呈现在特定意识中的原初形态无不是零散的、断裂的、重叠的、无序的，所以罗伯-格利耶等在对它们的描述中便采用了相应的形式，即支离破碎的、跳跃式的、重复性的、碎片化的形式。这样便自然而然地引发了小说形式的重大变革，即抛开传统的以情节和人物性格为核心要素的统一有序的小说形式，采用无情节和人物性格的零乱无序的小说形式。人们将后一种小说形式称作"新小说"。

20世纪60年代，英国作家克里斯蒂·布鲁克-罗斯（Christine Brooke-Rose）、B. S. 约翰逊（B. S. Johnson）等接受法国新小说的影响，自觉地尝试用存在主义的观点观察世界，用新小说的方法表现他们的思想经验，从而促成了英国当代最早的先锋小说形式，人们称之为"反小说"。

布鲁克-罗斯最早向英国文坛翻译介绍了新小说的代表作家罗伯-格利耶，并模仿后者创作了实验小说《外出》（1964）、《如此》（1966）、《两者之间》（1968），它们描绘人物零乱无序的意识和思绪，淡化人物，淡化故事情节，是英国最早的一批"反小说"作品。

与布鲁克-罗斯同时尝试用新小说方式写作的另一位英国作家是 B. S. 约翰逊。他接受了现象学关于事物本身是无序的、零乱的、碎片化的观念："生活混乱不堪，流动不已；瞬息万变，留下无数未经整理、凌乱无序的线索。"[①] 他抛开过去的一切形式，采用直接呈现浮现在人们大脑中千差万异、千变万化、零乱无序的事物或者说现象的方式，从而进一步发展了以展现人的意识片断为出发点的凌乱无序的反小说形式。他的代表作《不幸》（1969）就是典型的例证。作品呈现了主人公跳跃的、零散的、飘忽不定的大脑意识。它由二十七个片断构成，每一个片断呈示一组意识片断。二十七个片断除了首篇和末篇外，其余各片断没有固定的序列，可以任意组合，完全是分散的、无序的。它们以活页形式散装于一个盒子里，读者可以根据自己的理解以任何方式组合。作品的寓意很明显：世界上的事物、现象或者说意识本身是分离的、零散的、无序的、无意义的，它们的秩序和意义是由解读它们的人赋予的，是人为的，人们可以根据自己的理解赋予这样或那样的秩序和意义。作品借"反小说"具体直观地传达了存在论哲学反本质主义的哲学观念，意味十分深长。

多丽丝·莱辛的杰作《金色笔记》则将此"反小说"形式推向了高峰。她的作品采用《十日谈》《坎特伯雷故事集》等中古故事的框式结构，不仅描述了数十人的生活片断，讲述了几十个互不相关的小故事，而且还集中表现了人们的日常生活、殖民地生活、政治生活、性爱情爱生活、心理生活、哲学反思生活等各个方面。作品将各种不同的生活层面、不同的生活片断、不同的故事拼接到一起，借马赛克形式充分展现了生活的无限丰富复杂性，深刻反思人的本质属性，为我们重新认识人性和人生开启了

---

① 转引自候维瑞：《英国文学通史》，上海外语教育出版社1999年版，第923页。

一个新窗口。

　　胡塞尔的现象学告诉人们,除非借助人的主观意识,事物自身无法自我呈现出来,事物是人意识中的事物,是由意识建构成的。那么人的意识又是怎么构成的呢?人是语言动物,人的意识不是先天生成的而是后天形成的,是由语言符号铸造的。由此而言,事物最终无不是在语言符号中呈现出来的,无不是由语言符号打造成的。那么语言符号又是怎么样的呢?瑞士语言学家费尔迪南·德·索绪尔(Ferdinand de Saussure)在《普通语言学教程》中指出:"语言符号所联结的,不是一个事物与一个名字,而是一个观念与一个声音形象。"① 即语言符号不指涉外在事物,而仅指涉人们关于事物的观念和指示观念的声音形象。索绪尔将观念称为所指,将声音形象称为能指。那么所指与能指间又是一种什么关系呢?索绪尔提出,能指与所指之间的联结不是必然的,而是偶然的,是约定俗成的,是由特定语言系统内部的语言法则决定的。

　　20世纪60年代,法国一批学者如克洛德·列维-斯特劳斯(Claude Levi-Strauss)、克劳德·布雷蒙(Claud Bremond)、阿尔吉达斯·于连·格雷马斯(Algirdas Julien Greimas)、罗兰·巴特(Roland Barthes)、茨维坦·托多洛夫(Tzvetan Todorov)等大力介绍、阐述、发挥索绪尔的语言建构论观念,结果在法国和西方文坛上引发了一股强大的思潮即结构主义思潮。此思潮最终促发了人们思想倾向的重大转变,将人们的思想焦点从过去对存在物、存在的关注引向了对建构它们的语言符号的关注,从拷问存在物是怎么样的转向拷问它们是如何被建构的。

　　结构主义史无前例地揭示了人类世界的文化建构性实质,它的革命性和深刻性是不言而喻的。但问题在于:如果说世界建立在某种法则、结构之上,而此法则、结构是普遍的、一成不变的,那么基于它的现实世界自然应该是固定不变的、统一的,可我们眼前的现实世界却是变化无穷的、

---

① Ferdinand De Saussure, *Course in General Linguistics*, trans. Wade Baskin, New York: Fontana/Collins, 1959, p. 66.

千差万异的,很明显结构主义者对人类世界的理论假设和界说与人类世界本身的现实状况不相符,是一种大而无当的描述系统。

基于对结构主义理论误区的深刻反思批判,雅克·德里达(Jacques Derrida)提出了一种迥异于结构主义语言符号建构论学说的新语言符号建构论学说,人们一般将之称作解构主义或后结构主义。跟结构主义者一样,德里达也认为世界是由语言符号建构成的,它是人们用语言符号书写成的大文本:"从意义世界产生的那一刻起,人类世界除了符号外别无他物,我们只能借语言符号来思想"[1],"文本之外无物"[2]。不过在德里达那里,语言符号的核心因素不再是抽象普遍的语言系统、法则(Langue),而是具体特殊的表现形式、言语(Parole),如思想方式、表达方式、词语、概念、术语、范畴,等等。在德里达看来,几千年来人们一贯囿于逻格斯中心主义形而上学思想套路中,追求事物的同质性、统一性、一体性,完全无视和压制事物的异质性、矛盾性、多元性,其言语形式存在着严重问题。他认为,要想彻底改造世界,则首先需要解构传统的言语形式。他本人身体力行,对西方哲学思想史上从古到今的一系列重要哲学思想词语、概念、术语、范畴以至表述方式进行了彻底解构。

20世纪60年代中期,女作家琼·里斯不仅认识到了文学作品是想象的产品、是语言话语的建构物,而且深刻意识到它们无不打上这样或那样的意识形态烙印,并且着力从新的角度重构它们,从而创立了互文小说形式。《茫茫藻海》是此类小说的经典之作。它与以往的现实主义和现代主义小说大为相异:不是以现实中的人物事件,而是以已有话语文本中的人物事件为关注焦点和描述对象,对夏洛蒂·勃朗特的《简·爱》进行了重写,借之彻底解构了《简·爱》中的白人中心主义观念,是一部典型的借旧话语文本编织新话语文本的互文小说。20世纪90年代初,新生代女作

---

[1] Jacques Derrida, *Of Grammatology*, trans. G. C. Spivak, Baltimore: The Johns Hopkins University press, 1997, p. 50.

[2] Jacques Derrida, *Of Grammatology*, trans. G. C. Spivak, Baltimore: The Johns Hopkins University press, 1997, p. 158.

家玛丽娜·沃纳（Marina Warner）在《靛蓝色，或海域绘图》中采用互文方式，重写莎士比亚的《暴风雨》，解构了后者所创建的殖民主义文化图式，创建了后殖民主义文化图式。

法国后结构主义的另一位领军人物米歇尔·福柯（Michel Foucault）对西方传统的文化体系的弊端从话语的角度做了诊断，开出了新药方。在他看来，物的秩序是由词赋予的，世界的状态是由陈述它的言语形式建构的，言语具有历史时代性。他为此具有显著意识形态色彩的言语形式取了一个名字，叫"话语"。在福柯的理解中，事物是在话语中显现的，事物是怎么样的最终完全取决于由谁、在什么时期、从什么角度、站在什么立场上去观看和陈述它。陈述远比陈述对象重要。正因此，他平生将思想焦点完全集中在对人们从古到今陈述事物、建构各种文化系统的各类话语形式的分析研究上。

1973年，海登·怀特（Hayden White）在《元史学：19世纪欧洲的历史想像》中沿着后结构主义者特别是福柯的观念和思路，进一步阐发了历史话语建构历史事实的新历史主义思想学说。他明确指出，19世纪之前人们并不否认历史话语的虚构性："人们常说，历史学是科学和艺术的一种混合体"[1]，"随着19世纪历史学的科学化，历史编纂中大多数常用的方法假定，史学研究已经消解了它们与修辞性和文学性作品之间千余年来的联系"[2]。历史编纂或者说历史话语被人们视为真实记述历史事实的工具。事实上，历史话语本身的主观想象性和它对历史现实的建构性是无法否定的。同一个历史事件，不同的人用不同的话语形式去观察和陈述，会描绘出完全不同的历史情景，历史是"创造过程的产物，历史的文学性和诗性要强于科学性和概念性"[3]。

---

[1] ［美］海登·怀特：《元史学：19世纪欧洲的历史想像》，陈新译，译林出版社2013年版，第3页。

[2] ［美］海登·怀特：《元史学：19世纪欧洲的历史想像》中译本前言，陈新译，译林出版社2013年版，第2页。

[3] ［美］海登·怀特：《元史学：19世纪欧洲的历史想像》中译本前言，陈新译，译林出版社2013年版，第6页。

所谓历史，简而言之，是过去的事件。过去的事件无法自我现身，只能呈现在这样那样的陈述中，"它只存在于思想、语言或话语中"①，仅以文档或器物遗迹的形式存身。而所有陈述都无法回避主观创造性，所以历史事件本身就是文本化的、构造性的。个别的七零八落的历史文档和器物遗迹虽是历史事实的基础，但却不是历史事实，因为它们构不成某种完整的有意义的历史图景。而要将零乱无序的历史文档和器物遗迹集合到一起，组构成一个井然有序的系列，建构成一种清晰可辨的历史景观，则不能不借助这样或那样的陈述方式，具体如隐喻、转喻、提喻、反讽等修辞方式，浪漫剧、喜剧、悲剧、讽刺等情节化方式，形式论、有机论、机械论、情境论等论证方式，无政府主义、保守主义、激进主义、自由主义等解释策略。可见历史事实完全是由历史话语建构成的。所以怀特宣称："我将历史作品视为叙事性散文话语形式中的一种言辞结构。"② 历史话语不是被动记述历史现实的工具，而是主动建构历史现实的语言符号形式。要想改变历史传统及历史现状，则不能不首先从改造建构它们的历史话语形式入手。

由于怀特的学说不仅关乎人们如何理解和对待历史研究和历史编纂的问题，而且也关乎人们如何处理历史传统和进行文化实践的问题，因而引起了知识界广泛而持久的关注。正像怀特研究专家理查德·T. 范恩（Richard T. Vann）1998年在《海登·怀特的接受》一文中所言，"在最近20年中关于怀特论历史哲学的论著有数以千计的引文……有无数评论"③，"评论怀特著作的学者中，历史学家不到15%，其余绝大部分是文学研究者"④，"1973年海登·怀特《元史学：19世纪欧洲的历史想像》

---

① ［美］海登·怀特：《元史学：19世纪欧洲的历史想像》中译本前言，陈新译，译林出版社2013年版，第5页。
② ［美］海登·怀特：《元史学：19世纪欧洲的历史想像》，陈新译，译林出版社2013年版，第1页。
③ Richard T. Vann, "The Rception of Hayden White", History & Theory, Vol. 37, No. 2 (1998), p. 146.
④ Richard T. Vann, The Rception of Hayden White, History & Theory, Vol. 37, No. 2 (1998), p. 148.

的发表标志着关于历史的哲学思考的重大转向"①。之后,历史课题在西方人文社会科学领域里异军突起。与之相应,西方的先锋小说家们也不约而同地将创作焦点集中到历史主题上。"自上世纪 70 年代以来,美国后现代小说中显露出一种新的趋势——我们不妨将其称为'回归历史'"②。"加拿大的英语小说创作开始焕发出拿历史说事的热情"③。在英国,"一大批数量可观的具有敏锐的历史意识的杰出小说,将焦点集中在历史的意义或潜在意义上"④。

20 世纪 70 年代,有一批小说家重温过去的历史情境,创作了一系列重要的历史小说。80 年代以来,书写过去的历史小说勃然兴起,一举变成英国当代文学的主流。正像马尔科姆·布拉德伯里(Malcolm Bradbury)、苏珊娜·基恩(Suzanne Keen)等批评家所言,"无数英国小说家再一次将目光转向了历史,回顾历史的小说当时变得极为流行"⑤,"无论最近实际上有没有好或者很好的历史小说发表,1970 年代以来历史小说毋庸置疑地引起了人们的高度关注,1980 年代后期以来占据了主导地位"⑥。

20 世纪后半期,很多小说家不约而同地将注意力转向历史课题,用各种方式描绘各种历史情景,反思批判过去的各种历史观念、话语和图式,探索新的历史观念、话语和图式,创立了一种新小说文类。人们为这批新小说文类取了很多名字,如"新历史小说"(New Historical Fiction)⑦、

---

① Richard T. Vann, "The Reception of Hayden White", *History & Theory*, Vol. 37, No. 2 (1998), p. 143.

② 陈俊松:《当代美国编史性元小说中的政治介入》摘要,博士学位论文,上海外国语大学,2010 年。

③ 赵伐:《论加拿大新历史小说》,《外国文学评论》2012 年第 3 期,第 221—228 页。

④ Del Ivan Janik, "No End of History: Evidence from the Contemporary English Novel", *Twentieth Century Literature*, Vol. 41, No. 2 (1995), pp. 160−161.

⑤ [英] 马尔科姆·布拉德伯里:《现代英国小说》,外语教学与研究出版社 2004 年版,第 451 页。

⑥ Suzanne Keen, "The Historical Turn in British Fiction", in James F. English (ed.), *A Concise Companion to Contemporary British Fiction*, Malden: Blackwell Publishing Ltd., 2006, p. 171.

⑦ Del Ivan Janki, "No End of History: Evidence from the Contemporary English Novel", *Twenty Century Literature*, Vol. 41, No. 2 (1995), pp. 160−189.

"新维多利亚小说"（Neo-Victorian Fiction）[①]、"历史文档罗曼斯"（Romances of the Archive）[②]、"后现代主义历史小说"（Postmodernist Historical Fiction）[③]，等等。代表性的作家作品有斯威夫特的《水之乡》、巴恩斯的《10½章世界史》、鲁西迪的《午夜之子》、阿克罗依德的《霍克斯默》、拜厄特的《占有》，等等。

斯威夫特的《水之乡》采用故事讲述方式，陈述了欧洲和英国自十七八世纪到当代三四百年间各种各类的理性活动家如革命者、征服者、解释者、陈述者和启蒙者等的生活经历。他们都坚信现代宏大叙事，坚信人类借助理性科学可以把握世界的本质规律，促进社会不断发展进步，走向理想完善的理性王国，而且身体力行，竭尽全力实现上述伟大蓝图。但事与愿违，历史不仅未按他们的意志直线前进，相反却永远在原地踏步；社会不仅未按他们的期望日益向理想境界推进，相反却一直往复循环、在原处转圈。作品借讲述他们的故事，无可争辩地证明，历史不是直线进步的，而是往复循环的，社会不是越变越好、日益逼近理性王国，而是似变非变、未有实质性的提升，启蒙主义者关于人类不断发展进步的观念是一种不符合实际的虚假观念。作品彻底解构了主导西方现代人历史活动的直线进步论观念。

巴恩斯的《10½章世界史》讲述了人类历史上与出行有关的历史故事，借之揭露批判了过去根深蒂固的逻格斯中心主义历史行为模式，并启示了反中心主义的文化路线。明确指出，数千年来人类一贯坚持由其偶像和先祖上帝、挪亚创立的二元区分、等级化、排他性的中心主义思想行为方式，结果引发了人与动物、族群与族群、一个阶级与另一个阶级、一个

[①] Louisa Hadley, *Neo-Victorian Fiction and Historical Narrative*, New York: Palgrave Macmillan, 2010.

[②] Suzanne Keen, *Romances of the Archive in Contemporary British Fiction*, Toronto: University of Toronto Press, 2001.

[③] Ansagar Nunning, "Crossing Borders and Blurring Genre: Towards a Typology and Poetics of Postmodernist Historical Fiction in England since 1960s", *European Journal of English Studies*, Vol. 1, No. 2 (1997), pp. 217—238.

集团与另一个集团以及一个人与另一个人之间无休的矛盾冲突,造成了人和动物、人和人残酷斗争、你死我活的局面。人类的文化出路在于:完全摒弃中心主义思想方式,高和低、善和恶、天堂和地狱等二元对立观念,矛盾斗争法则;坚持反中心主义思想方式,自然自由、万物一齐观念,宽容互敬之大爱法则。

鲁西迪在《午夜的孩子》中借鉴《一千零一夜》的叙事方式,讲述了一个与新印度同时诞生的具有神魔性的青年萨里姆的故事,集中描述了他的身份建构过程和状态,借之拆解了传统的本质主义民族身份构成图式,创建了建构主义民族身份构成图式。阿克罗依德在《霍克斯默》中采用历史故事和现实故事平行并置的方式,描绘了人类存在空间的构成过程和状态,解构了传统的静态、固定、僵死的空间观念,建构了新型的动态、变化、生动的空间观念。

综观上述小说,虽然它们的创作时代各不相同,题材、主题、风格、形式不尽一致,但思想和艺术倾向完全相同:都吐故纳新,替旧换新,是革命性的。在思想内容上,拆除旧文化体系,重置新文化系统,是文化大洗牌式的。如莱辛的《金色笔记》拆除了传统的本质主义和历史主义人性观,提出了不确定性人性观;福尔斯的《法国中尉的女人》拆除了传统的自我观念,提出了新型的个人身份观念;阿克罗依德的《霍克斯默》拆除了传统的静态、抽象、空洞的空间观念,提出了动态、具体、丰盈的空间观念;里斯的《茫茫藻海》拆除了西方中心主义种族观念,提出了反西方中心主义民族观念;鲁西迪的《午夜之子》拆除了传统的本质主义民族性观念,提出了建构主义民族性观念;斯威夫特的《水之乡》拆除了现代直线进步论历史图式,提出了与之相反的历史往复循环论历史图式;巴恩斯的《10½章世界史》拆除了西方根深蒂固的树形历史模式,提出了与之相反的块茎形历史模式;沃纳的《靛蓝色,或海域绘图》拆除了《暴风雨》创建的殖民主义文化图式,建构了与之相反的后殖民主义文化图式。它们去旧迎新,为人们启示和指明了新文化道路和人生方向,具有巨大的文化创造价值。

在形式上，解构了各种旧的文学写作方式方法，建构了各类新的文学写作方式方法，是文学重建式的。如里斯的《茫茫藻海》不以现实经验为书写对象，而以已有的经典作品为书写对象，不以描绘人物事件为重心，而以质疑批判过去的文学描述为出发点，不是采用由作家或他的代理者出面间接介绍的叙述方式，而是采用由当事人出面直接呈示的叙述方式，解构了传统的创作理路，创建了新型的创作理路；莱辛的《金色笔记》拆解了传统的现实主义和现代主义小说创作方法，开发了反传统的"反小说"方法，将几十个互不相关的故事套装在一起，编织了一个故事套故事的、多重故事叠加的文学文本，创建了一个极度丰富复杂的马赛克式的文学世界；拜厄特在《占有》中扬弃了以往包括现实主义、现代主义以至后现代主义在内的所有创作方法，创建了一种独具一格的"策略"法，为文学写作启示了一条新路子；福尔斯的《法国中尉的女人》是一个由历史话语、文学话语、批评话语等三类不同的话语交汇编织成的杂交性的话语文本，它彻底摒弃了传统的单一、同质、明晰的言说方式，创建了新型的多元、异质、模糊的言说方式；鲁西迪的《午夜之子》借鉴和发挥《一千零一夜》之民间故事叙述方式，扬弃了现当代的小说写作方式，将后现代小说形式引向古代的故事讲述方向。它们从不同方面彻底解构了各种旧文学写作方式方法，建构了各种新文学写作方式方法，完成了对传统小说表现形式的全面改造更新，取得了巨大成就。

下面我们就从20世纪60年代至90年代英国先锋小说中最重要、最有代表性的具体作家作品入手，对西方当代先锋文学的这种文化洗牌和文学重建本质特征，做些具体的分析阐述。

文化洗牌

正像美国当代著名批评家哈泽德·亚当斯（Hazard Adams）在《1965年以来的批评理论》之"导言"中所指出的，20世纪中期，西方思想界进入了语言中心论阶段，"语言取代了世界和人"。[①] 语言能指是现实所指的建构方式的建构主义观念勃然风行，并逐步取代了传统的语言符号是事物本质的表现方式的本质主义思想。新兴的结构主义和后结构主义反复宣称，事物内部没有什么自然天成、固定不变的本质属性，事物的属性是由观察描述它的人类的意识形态或语言话语建构的，人类的建构角度方法不同，所建构的事物属性状态迥然有别，如同一个月亮从天文学家的角度和作家的角度（如"牛郎织女"传说的作者）去看，所观察到的情景完全不同，所建构的形象大相径庭。所以在新型的建构论者看来，人类建构世界的方式远比世界本身的自然属性更根本、更重要。要改变事物和世界，首先需要改造建构它们的语言话语形式。基于此，西方当代各路先锋知识分子展开了全面拆解和重建传统的概念、范畴等语言话语系统的工程。如在思想领域，德里达拆除了传统的逻格斯中心主义思想方式，重建了反中心主义的解构思想方式；在知识领域，福柯拆除了传统中一味强调历史连续性和整体性的理性主义知识建构方式，创建了着力开发历史非连续性和断裂性的"知识考古学"知识建构方式。与之相应，在小说创作领域，先锋作家们也彻底反思和批判了各种传统的语言话语系统，创建了各种新型的语言话语系统，具体如拆除和重建了各种文化观念和文化图式等。

[①] Hazard Adams and Leroy Searle（ed.），*Critical Theory Since 1965*，Tallahassee：University Press of Florida，1989，p. 6.

第一部分

文化洗牌——拆除和重置文化观念

第一章 论莱辛《金色笔记》对人的本质属性的再思考[①]

多丽丝·莱辛是英国当代最伟大的作家之一。她创作过大量的短篇和长篇小说，2007年获得诺贝尔文学奖，是西方历史上最年长的诺贝尔奖获得者。莱辛1919年出生于伊朗，当时他的父亲就职于英国设在伊朗的帝国银行。1925年她的父母离开伊朗到南罗德西亚（今津巴布韦）经营农场，她随父母来到非洲，在那里生活了25年。1949年她离开南罗德西亚，移居伦敦，直至现在。《金色笔记》曾被人们誉作一部百科全书式的作品，它讨论的问题是多方面的。下面我们集中分析它对人性问题的思考。

第一节 哲学性地审视人和人性

莱辛在《金色笔记》中明确提出，那种报道性的小说是不值一提的，真正的小说作品应"具有小说之所以成为其小说的那种特质——哲学性"（金67），应该是"那种充满理智和道德的热情，足以营造秩序、提出一种新的人生观念的作品"（金68）。她认为她的《金色笔记》便属于此类作品。在1969年关于《金色笔记》的一次访谈中她说："当我开始写作时，我问的第一个问题是：'谁正在思考同样的思想？那跟我一样的其他

[①] 本章曾以"拷问人性——再论《金色笔记》的主题"为题，发表于《外国文学研究》2012年第2期，第27—34页。

人在哪里？'我不再相信我有某种思想。周围的人当然也有。"① 从莱辛的这些自白中可以明显看到，她所看重的不是那种简单描述生活事件的报道性的小说，而是那种有思想深度的哲学性的故事；她的《金色笔记》不是用来表现她自己的个人经验的，而是用来表现周围人们的普遍的思想观念的；她想借作品主人公安娜的故事讲述营造一种"秩序"或言境界，探讨所有的人都共同关注和思考的根本性的问题，即人生问题，以最后提出"一种新的人生观念"。

在《金色笔记》的总结性的篇章"金色笔记"中，有两个细节很值得注意。一是主人公安娜的情人索尔鼓励安娜去编写故事，并为她写下了第一句话："两个女人单独待在伦敦的一套住宅里"。这句话基本上概括了《金色笔记》的题材：它主要记述两个女人摩莉和安娜特别是安娜的一段生活经历经验。二是安娜鼓励索尔为传播先进的思想去创作，并为他写下了第一句话："在阿尔及利亚一道干燥的山坡上，有位士兵看着月光在他的枪上闪烁。"索尔接着上面的话，写下了下面的故事：

> 这位士兵原是个农民，他意识到自己对生活的看法与别人指望他应当有的看法不一样。……他应该有自己的看法。有天深夜他和一名他曾拷打过的法国俘虏讨论到自己的这种心境。这名法国俘虏是位年轻的知识分子，是位哲学系学生。这位年轻人（两人是在监狱里密谈）抱怨他是羁押在一所智力的牢房里了。他发现，这已经好几年了，他每有什么观点，或感情，无不立即可予归类：一类标着"马克思"，另一类标着"弗洛伊德"。他抱怨说，他的思想和感情就像弹子一样无不流入预定的"狭槽"之中。……他但愿只要有一次，在他一生中只要有一次，他能感受或想到一些属于自己的东西，自发的，不受指点的，不是弗洛伊德或马克思爷爷授意他的。……指挥官走进来，发现这阿尔及利

---

① Jonah Raskin, "Doris Lessing at Stony Brook: An Interview", *New American Review*, No. 8 (1970), p. 170.

亚人像兄弟一样与他本该监视的俘虏在谈话。指挥官认定他的这位部下有间谍嫌疑……第二天早上,就在那道山坡上,那阿尔及利亚士兵和法国学生,脸上沐着初升的太阳,并排着一起被枪决了。(金 679—680)

这个故事基本上概括了《金色笔记》的哲理主题。在此故事中,"年轻的法国知识分子"的思想状况即是安娜的思想状况的隐喻式表现:她意识到她的智力、思想以至行为都被已有的认知视野如马克思主义或弗洛伊德学说禁锢了起来,她盼望能像没有任何思想羁绊的阿尔及利亚士兵那样自由地思想,对人生有自己的看法。那"年轻的法国知识分子"所渴望的实际上就是安娜(质而言之是莱辛)在《金色笔记》中着力完成的,即全面突破西格蒙德·弗洛伊德(Sigmund Freud)和马克思关于人性的看法,自发地、不受指点地"提出一些属于自己的东西"。

第二节 历史主义观念

在人的世界中,人为什么而活和怎么活,是所有的人都不得不面对的根本性问题。所以我们看到,在《金色笔记》中,不仅成年的安娜在苦苦求索它的答案,未成年的汤姆也在苦心竭虑地尝试给它一个说法。怎么理解人生的意义和方向,自然与怎么理解人的本质、本性直接关联在一起,所以探究和界定人的本质、本性问题,便成了包括文学艺术在内的所有人文社会科学的焦点问题。在人类历史上解释人性问题的学说汗牛充栋,数不胜数。有两种学说最有代表性:马克思主义和弗洛伊德学说。前者是理想主义观念的代表,它把人理解成社会的精神的人,认为人生的意义在于为人类做贡献,具体而言是投身于反社会不平等、反剥削反压迫的革命事业中,为人类的共同幸福努力;人的本质是社会关系的总和,人性是具体的历史的,是由特定的社会环境决定的。后者则是物欲主义的代表,它把人理解成个体的物质的人,人生的意义就是最大限度地满足自己的各种物质欲望;人性是人的生命欲求,是普遍的绝对的,根之于人的生理心理机能，与社会环境没有关系。

《金色笔记》共有六个部分。前四个部分都由"自由女性""黑色笔记""红色笔记""黄色笔记""蓝色笔记"等五个板块组成，第五、六部分中各自只有一个板块，前者的名字是"金色笔记"，后者的名字是"自由女性Ⅴ"。莱辛在《金色笔记》第一和第二部分中首先考察了马克思主义的人性观念。

前两部分之"自由女性Ⅰ""自由女性Ⅱ"，主要讲述的是汤姆的故事。汤姆是伦敦金融家理查和演员摩莉的儿子。理查和摩莉结婚后不久，因人生态度不同而相互鄙视对方。摩莉认为理查眼里只有金钱，他声色犬马，生活空虚无聊。理查认为摩莉空有理想，没有作为，一事无成。他们结婚不到一年就分手了。离开理查后，摩莉一直带着汤姆与好友安娜一起过着独立的生活。汤姆长大后，性格很古怪，让摩莉、理查以至安娜很担心。比如在他这个年龄段，很多人为了上牛津、剑桥等名校，正在发奋读书，但"他对什么都不感兴趣"（金20），整天呆在房间里"胡思乱想"。他父亲给他介绍工作去做，他断然拒绝了。理由是他不愿走父亲的路。他蔑视父亲的生活方式，认为父亲生活在金钱世界中，空洞平庸。他找不到人生方向和出路，异常苦闷，最后走上了自杀之途。他的这种反叛家庭、反叛社会规范的叛逆性格，正像他跟安娜辩论时所提到的，完全是在他母亲和安娜等共产主义者的影响下形成的："我之所以未能成为（父亲）那种人，这都是你和我母亲的影响造成的"（金279）。"我始终不是一个共产党员——我只是看见你和我母亲以及你们的朋友在里面，但这已影响了我。我现在正患意志麻痹症"（金277）。从汤姆的身上可以明显看到，人的言行、性格或者说本性，完全是在特定的社会环境中形成的，是由特定的意识形态打造成的。马克思说得没错，人性是历史的具体的。

前两部分的"黑色笔记"中，作品主人公安娜讲述了她在南罗得西亚的一家英国旅馆所经历的一段往事。其中的核心人物是保罗·布莱肯赫斯特。保罗曾就读于牛津大学，早年参加过一个有左翼倾向的组织。二战期间停学参军，变成了一位英国空军士兵。他落拓不羁，对所有的陈规旧习都嗤之以鼻，而"对于任何道德的或社会的反常现象都表示由衷的欣赏"（金82）。到了罗得西亚后，他参加了当地的一个共产党小组，周末经常与小组成员一起到当地的一家英餐馆马雪比游乐，认识了黑人厨师杰克逊。他不顾白人和黑人间的种族隔离戒律，与杰克逊平等交往。这引起了老板娘布斯比太太的强烈不满，她多次出面阻止。老板娘的反对不但没有能阻止保罗与杰克逊来往，相反却激怒了保罗，他与杰克逊走得越来越近。布斯比太太愤慨不已，骂保罗脑子有问题。很明显，保罗的反社会道德规范、反种族压迫的个性也与他的左派分子身份分不开，根本上是由他最早接受的马克思主义的反社会等级、反种族压迫的思想话语打造成的。

前两个部分的"红色笔记"主要表现的是二战后安娜的政治态度。作为一个老共产党员，二战后安娜对共产主义事业仍怀有很高热情，特别是当她看到周围的很多人"俗不可耐"，而像摩莉这样的共产党员却"富有生气和热情"，"为共同的目标而工作"（金165）时，她十分羡慕，欣然参加了伦敦的党组织。但她同时也深深体察到了当时共产主义的组织和政府的弊端，如伦敦党组织的高级领导层思想僵化，官僚作风严重；党组织内部宗派思想严重，党同伐异；党的领袖人物斯大林搞个人崇拜等。由于对共产主义组织和机制的极度失望，安娜入党不几年便打报告退了党。安娜入党是因为希望通过参加党组织的活动，为共产主义事业做贡献，而她退党则是因为党组织不能领导人们实现共产主义的伟大目标。所以她的政治态度的基础依然是共产主义的伟大理想。她始终沉湎在共产主义的神话之中，"等待回归真正的社会主义的一天的到来"（金171）。她的个性是由共产主义神话塑造的。

前两部分的"黄色笔记"记载了安娜的一部长篇小说《第三者的影子》。小说的主人公爱拉在战争期间做过女工，思想进步，被人称作"革命者"。她的婚姻观念也很激进，十分厌恶和反对无感情的婚姻，极力追求两情相悦的男女关系。很久以前有一个男人苦苦追求她，因下不了跟他一刀两断的决心，她嫁给了他。婚后她实在无法与这个她不爱的人生活下去，所以离开了他。此后她一直独居。有一次，在一场晚会上她与一位有妇之夫保罗·唐纳邂逅相遇,深深相爱,过了五年亲密的情人生活。她觉着他们之间的关系才称得上是真正的男女关系。她简直无法理解像保罗的妻子那样的女人,竟然能与一个自己不爱的人一直木然地生活下去。然而让她始料不及的是,保罗不仅像过去曾厌倦和抛弃他的妻子那样厌倦和抛弃了她,而且还在别人面前诋毁她,称她是"轻浮的婆娘"(金237)。在此情境中,她不得不承认她的状况"比他那位担惊受怕的妻子好不了多少"(金332),她追求真挚爱情的人生梦想彻底破产了。她经受了一次巨大的人生重创,精神几近崩溃。爱拉的婚姻爱情史是一部悲剧式的婚姻爱情史,其根由不在外部而在内部,是由她对爱情婚姻的过高期望造成的,发端于她理想化的人生梦幻。她的生活悲剧根本上是由她所接受的那种理想化的浪漫主义话语酿造的。

前两个部分的"蓝色笔记"收集了安娜1946至1954年间的一些日记,表达了安娜对社会人生的各个方面的深度失望感。一是她对自己的婚姻的失望感。1946年,安娜与男友麦克斯结婚生子,结婚后不久发现自己对麦克斯没有丝毫感情。跟他在一起她"没有性欲"(金246)。所以一年后就离开了他。二是她对写作的失望感。她曾写过一部小说《战争的边缘》,它与她要表达的东西差距很大,很不真实。所以她不仅对它很失望,而且对写作本身不再抱有幻想,停止了创作活动。三是她对自己的情人迈克尔的失望感。虽然她与迈克尔相互爱慕,两人间产生了真挚爱情,她"大部分时间都还愉快"(金250),但迈克尔"我行我素"(金354),干涉她的个人自由,挖苦她的创作活动,指责她"爱他不如爱孩子"(金250),所以她很恼火,一直怨恨他。四是她对人类世界的失望感。美国正在试验氢弹,英国大幅度增加军费开支,朝鲜战争极为血腥和残酷,"穆斯林世界火光冲天"(金256),俄国的苏维埃掀起了大肃反运动,等等。这一切正在将人类推向灾难的深渊。安娜的这种深度失望感自然源自于她对生活的高度期望,源自于她美妙的共产主义理想。正是在后者光芒的照耀下,她才深深感受到了社会人生的黑暗和不如意。

上述的各类人物,从反叛家庭和社会俗见的汤姆,到反对种族隔离思想的保罗·布莱肯斯特,到一面参加左派组织一面对之持怀疑态度的安娜,到追求浪漫多情的男女关系的爱拉,到对社会人生的各种方面极度不满的安娜,其思想言行、个性或者说本性,都是由共产主义神话或者说革命理想主义观念塑造成的,都受制于特定的意识形态,即马克思主义的思想话语。由此而言,马克思主义关于人的本性根之于具体的社会历史环境、是社会历史的产物的历史主义观念,是有道理的,人性的确是具体的历史的。

第三节 本质主义观念

《金色笔记》的第三、四部分给我们展示了人的个性或内在本质属性的另外一种图景。其中的"自由女性Ⅲ""自由女性Ⅳ"主要记述的是汤姆自杀未遂之后的事。汤姆持枪自杀,虽然被抢救过来,但由于子弹伤到了大脑神经,所以变成了瞎子。汤姆的父母和安娜都非常恐惧,担心他承受不了这巨大的打击。但结果却大大超出了他们的意料,被抢救过来的汤姆非但不再自寻死路,而且表现出了空前强烈的求生欲望和强大的生命意志:他打消了所有的轻生念头,竭力克服各种由双目失明带来的不便和困难,很快适应了盲人生活。他后来与父亲年轻的妻子马莉恩接触,受到后者的抚慰,顿时擦出了强烈的爱情火花,最后不知不觉地走到了一起。在这两个篇章中,我们看到的多是汤姆身上的生命欲望、生存意志、激情和本能的一面。

第三、四部分的"黑色笔记"同时讲述了三个不同的故事。第一个故事讲述了人残害动物的事:一个男子抬脚无缘无故踢死马路上的鸽子,其生性中有一种显著的毁坏性力量或暴力倾向。第二个故事讲述了保罗·布莱肯斯特屠杀生物的事:保罗和共产党成员去附近山里打野鸽,看到路边有两对蚱蜢正在交配,他不但恶作剧式地破坏他们的交尾举动,而且最后将它们全部踩成了白花花的肉浆;在山上,他看到野鸽,见一只射一只,一连射杀了九只,身上充满了血腥味;人类的破坏、残暴本能在他那里得到了触目惊心的表露。第三个故事讲述的是一个白人商人兽性发作强奸一个黑人女孩的事:"那位白人的目光直勾勾地像利箭射向"一个黑人女孩诺妮"一摇一摆的臀部"和"处女的大腿",然后"强行霸占了"她(金468)。在这些故事里,作者给我们展示了人类为自己天然的无法扼制的本能欲望所驱使,残害自己的近邻动物和残害自己的同类的情景。可见,人在根本上与凭本能行事的动物相差无几。

第三、四部分的"红色笔记"记述了斯大林去世后英国共产党的状况。人们期望英国共产党"不再死心塌地忠于莫斯科,不再说假话",能够"革除党内的'僵死的官僚主义'",脱胎换骨,"成为一个真正的民主的政党"(金473)。可实际上党的领导层"一直在隐瞒决议,欺骗,结党营私,造谣生事,歪曲事实"(金474)。这很明显不是由共产主义理论和信仰造成的,而是由人们自以为是、争权夺利的丑恶本性造成的。正因此,"再没有任何事能比通过民主的方法'消除'老卫士们并从'内部'改造共产党这个主意更荒谬了"(金475)。因为它将会引出更多的宗派和内斗。

第三、四部分的"黄色笔记"写的是人们放纵性欲情欲的情景。爱拉的性爱经历是核心。爱拉被保罗·唐纳抛弃后感到"比以往任何时候更孤单了"(金477)。为了排解孤寂,她有一次和同事杰克发生了一夜情。杰克是那种不懂柔情而只会耍弄枕席技巧的男人,爱拉感到很沮丧,于是她决定"在真正爱上什么人之前将洁身自重"(金482)。但很快"她开始感到了性饥渴。现在她无法入睡,经常怀着敌视男人的幻觉实施手淫。她感到莫大的羞耻,觉着这意味着她得依赖男人来'苟合偷欢',来'放荡一番',来'获得满足'"(金483)。几星期后,爱拉在一次聚会上遇到了一个主动勾引她的加拿大人后,便不由自主地投入了后者的怀抱:"他们喝酒,大笑,说些玩笑话。欢乐之余,他们上了床。"(金484)。这里的爱拉是一个完全受性欲支配的本能性感的女人。

第三、四部分的"蓝色笔记"主要记述了安娜后期的性爱经历。在后期,安娜遇到的男人都是那种以伤害别人为乐事的男人。1954年,她认识了美国的犹太人纳尔逊，因他表现得比较严肃、负责、成熟，安娜对他产生了好感。相识的第三天，他们就同居了。他是那种性功能有障碍的早泄型男人。他怪罪妻子，"说他太太'让人勃不起来'"（金514）。他跟安娜上床，也失败了。他转而歇斯底里地辱骂所有的女性。后来他打电话给安娜，声称要和她结婚。遭到安娜的拒绝后，他开始尖叫并辱骂安娜。在他身上，安娜清楚地看到了人类的那种"以恶为乐"的本性。之后，安娜遇到了美国人索尔·格林。他是一个完全以自我为中心的人，行事从来不顾及别人的感受。在美国时，他同时与梅维斯和琼两个女人来往，结果却引得梅维斯为他切腕自尽。到了伦敦他又与简、安娜、玛格丽特、多萝西等四个女人同时来往，逼得她们一个个为他发狂。安娜称他是"那邪恶的无法无天的本原"的化身（金615）。

第三、四部分中的人物，从有强烈的求生欲的汤姆，残酷杀戮动物的路人和保罗，强暴黑人少女的白人商人，英国共产党人，性感的爱拉，到以伤害别人为乐事的"以恶为乐"的纳尔逊、索尔·格林等，无不以自我为中心，无不凭本能行事，无不是冲动性的。由此而言，弗洛伊德关于人的心理和行为根本上受制于人的生理机能、人的本性实质上就是人的生命欲望和性本能的说法，触及到了人性的某些根本的方面，也不无道理。

第四节 不确定性观念

事实上，人身上既有社会的理性的历史的因素，亦有自然的本能的普遍永恒的因素，人的本性远比马克思等历史主义者和弗洛伊德等本质主义者所说的要多元复杂，甚至可以说是无穷无尽的，无法界定的。对之，《金色笔记》的总结性的篇章"金色笔记"和"自由女性Ⅴ"给予了极充分的表现。

"金色笔记"主要是主人公安娜对自己和她的情人索尔·格林的精神心理的解剖。在她犀利的解剖刀下，我们看到了两颗在所有的层面上都处于激烈矛盾状态中的开裂的灵魂。如安娜一方面十分厌恶只图自己的快乐而不顾别人的感受的自我中心主义者索尔，称他是"魔鬼"（金 647），另一方面却又发狂似的喜欢他，他每一次去会其他女人，她都心急如焚，坐立不安。一方面她是动物性的，尽情欣赏自己的肉体和享受物质快感："我坐在床上，愉快地欣赏着自己的身体。甚至大腿内侧皮肤上一条细小的皱纹，衰老的最初的迹象，也让我感到愉悦"（金 649）；"我上床不久，索尔进来，在我身边躺下了。他伸在我脖劲下的手臂很温暖有力，我们便做爱了……我不禁笑了起来。他也笑了，我们笑个不停，嘻嘻哈哈地在床上打滚，后来又滚到了地上"（金 647）。另一方面她又是神性的，极端厌恶自己的肉体："我坐在床上，看着自己瘦瘦白白的双腿和瘦瘦白白的双臂，又看看自己的乳房。我湿漉漉又黏乎乎的中心似乎很令人厌恶"（金 648）。一方面她是梦幻式的，满脑子是幻觉："天花板上的光斑成了巨大的警觉的眼睛，那是正在盯着我的野兽的眼睛。那是一只老虎，蹲伏在天花板上，而我是个儿童，并且知道房间里有老虎"（金 650）。另一方面她又是理智的，大脑意识异常明晰："自始至终我都意识到自己躺在床上，意识到在睡眠，而且思维出奇的清醒。"（金 650）一方面她是现实的，充满了焦虑："这是以前在病中才有的那种睡眠：身体非常轻，仿佛躺在水中……随即我意识到身下的深水区充满危险，那儿尽是怪物、鳄鱼和我几乎想像不出的野兽，它们都极狡猾极凶险"（金 651）。另一方面她是理想的自由轻松的："因此我像个喝醉了的女人一样，先在浅浅的污水中曲膝跪着慢慢爬起，再站起来，并用脚踩动污浊的空气竭力想往上飞。于是我奋力踩蹬，并缓缓升了起来，而屋顶却消失了"（金 651）。一方面她是历史的，生活在记忆中：她的脑子里全是过去的人和事，如马雪比旅馆，保罗·布莱肯斯特，维利，伦敦，摩莉，汤姆，理查，迈克尔，等等。另一方面她是当下的，生活在虚构中：她对过去的人和事进行再"命名"，制作出了新的现实图景，如伦敦，爱拉，保罗·唐纳，等等。安娜自称她常常"以各种身份经历了各不相同的生活"（金 639）。她的大脑视野过去与现在不分、虚幻与现实不分，"是一片混乱，一场乱糟糟的舞会"（金 655）。

索尔也始终是自相矛盾的。一方面他是一个"百分之百的革命者"（660），最早因反对斯大林的极左路线曾被开除党籍，随后又因是赤色分子而在好莱坞被列入黑名单，不过他对党的事业从来没有灰心过，随时准备为党献身。另一方面他又"颓废得一无是处"，变成了一个连自己都"讨厌"的享乐主义者（金660）。一方面在感觉的层面上他欣赏安娜，承认他"喜欢安娜胜过任何女人"（金607），另一方面在理智的层面上他又厌恶她，称她是常给人找麻烦的"折磨"人的女人（金608）。由于他有多重面孔，所以安娜怎么也摸不透他："我在想，我，安娜·沃尔夫，正坐在这儿等待着，却不知道谁会走下楼来，是那个了解我安娜的温柔亲切多情的男子，还是那个鬼鬼祟祟的狡诈诡秘的孩子，抑或是个充满憎恨恶意的疯子"（金626）。

由于安娜和索尔各自都有多张面孔，多重声音，所以他们二人间的交流差不多变成了杂语共呈的口角，完全是多声部的："我在想，要是发生在这房间里的无数次谈话，那些交谈、口角、争辩和恶心，都有录音的话，那录音听起来就会像世上不同地区的一百个不同的人在说话、叫喊和提问一样"（金659）。

安娜和索尔的性格是矛盾复杂的，其他的人物如摩莉、汤姆和马莉恩也不例外。这在"自由女性Ⅴ"的反讽式的文学叙事中表现得很清楚。摩莉曾是一个地地道道的"自由女性"。她很早就参加了英国共产党，思想十分激进。在家庭生活方面，她一贯追求一种独立自主的人生。18岁那年，父亲出于利益的考虑把她嫁给了一个她不喜欢的人理查，没过多久，她就离开了理查，过上了一种不受男人约束的自由无羁的生活。在社会生活方面，她反对唯利是图的资本主义生活方式，崇尚为大众谋福利的社会主义生活方式。她十分轻蔑眼里除钱外看不到任何东西的理查，认为他的生活"空虚而愚蠢"（金24）。她将大部分精力花在各种各样的社会福利工作上。可二十多年后，她的思想突然发生了一百八十度的大转弯：她不仅十分渴望一种受男人约束的家庭生活，因而嫁了人，而且还嫁给了那种她一贯最鄙视的人即发了大财的商人。从常人的角度看，她的这种自相矛盾的言行的确匪夷所思。

汤姆和马莉恩曾是极端的革命者。他们十分蔑视理查唯利是图、声色犬马的生活方式。正是在对理查的轻蔑和反叛中，两个人不知不觉走到了一起。他们曾一度将精力全部放到为大众谋幸福的左翼政治事业上，如"为那些黑人穷人的不公正待遇而大声疾呼"（金410），探望政治犯，参加与非洲殖民地国家的独立有关的政治性会议，并参加反殖民主义的游行示威活动，以至赴非洲帮助那些"可怜的人"，等等。可最后他们却改弦易辙，走上了他们极为轻蔑的人理查所走的路，即把精力全放到赚钱和个人发展上：汤姆接管了理查的公司，在那里"正式就职了"（金702），变成了自己父亲的资本主义金融事业的接班人；马莉恩也"在骑士桥一带买了一爿成衣店"，"经营上等服装"（金702），成为一个货真价实的资产者。不言而喻，他们的言行也是矛盾自反的。

人的本性是如此的矛盾复杂，以至一切有关它的界说都不会脱靶。因为不管你怎么去界定它，都会多多少少触及到它的一些重要层面，都会揭示它的某些本质属性。这也正是上述马克思主义式的历史主义人性观和弗洛伊德式的本质主义人性观为什么都显得有道理的原因。但从另一个角度说，一切有关它的界说又必然不会完全中的，必然有严重缺陷。因为作为一种思想概括或语言叙事，任何界说都只能捕捉到人性中与其视野有关联的或者说同构的一面，而无法捕捉到其中与其视野无关或悖谬的一面，它们只能从某一个角度注意到其中统一有序的因素，而必然会遗漏掉其中差异混沌的因素。这也正是安娜（实际上是莱辛）对语言表现的能量和可信度表示深刻怀疑的根由所在。她指出："在我思考的时候，这些文字不是成了重现经历的形式，而成了一系列犹如牙牙学语般的毫无意义的音节，并消失在片面的经验之中"（金506）。

人性的内涵是无限丰富的，是无穷无尽的。人们的每一种界说都只能触及它的某一种意味，都不可能穷尽它所有的意味，所以人性在根本上是不可界说的。安娜将人们界说人性的过程比喻为一群人推大圆石上山的过程——永远在往前推，但永远没有结果："一群人正在推一块大圆石上山。

当他们刚往上推了几尺,石头便滚落下来——不是滚到底,总能停在比原先高几寸的地方。于是那群人用肩膀顶住石头,又开始往上推"(金664)。接着又掉下来……"那块圆石就是大人物们凭天性就认识的真理,那座山就是人类的愚昧"(金222)。不管人们怎么努力,大圆石永远无法抵达山顶,人性之"真理"永远无法被全面揭示。人性之"真理"是无法界说的。

早在两千四百多年前,古希腊的智者苏格拉底就对人们说:"认识你自己。"在人类历史上,人们认识和探究人和人的本性的活动从来没有停止过。人和人性的问题是人类文化史上的一个亘古常新的话题。对人类生活中的这一重要而诱人的斯芬克斯之谜,以前的作家们大都抱着一种虔诚的态度,不遗余力地探究和阐发它,力图为之提供一种终极答案。而多丽丝·莱辛却一反这种积极的态度,一开始就极力申述人性的多元性、丰富性、矛盾性、复杂性,并一再宣称试图充分阐述它和界定它、为之提供一种终极答案的不可能性。且不论莱辛的此种解构主义式的态度和观念是否正确(事实上正像莱辛本人所说,"正确"概念本身就是一个问题),单就莱辛对人性问题的独树一帜的阐释本身而言,已足以叫人耳目一新,大开眼界。《金色笔记》一面世就在西方思想界和文坛上产生了震撼,这无不与它对人和人性问题深刻而独到的思考直接关联在一起。莱辛自称,《金色笔记》是"一次突破某些意识观念并予以超越的尝试"[①]。它在思想上破前人所未破、立前人所未立,是一部货真价实的反传统的后现代主义前卫之作。

[①] Anni Pratt and L. S. Dembo (ed.), *Doris Lessing - Critical Studies*, Madison: University of Wisconsin Press, 1974, p. 20.

第二章 论福尔斯《法国中尉的女人》中萨拉的身份建构[①]

第一节 解阈理论和身份建构

20世纪中叶是西方思想史上的分水岭。就人类属性而言，之前人们坚持本质主义观念，将之视作自然天成的，取名为人性、自我等；之后坚持建构主义观念，将之视作文化建构物，取名为身份。身份的中世纪拉丁词根为"identitas"，法语为"identite"，英语为"identity"，本义指事物的同一性。具体到人，则指一个人思想行为的一贯性。传统中人们普遍将此一贯性看作自然天成的、一成不变的，多用个人性（Individuality）、个性（Personality）、独特性（Uniqueness）、自我（Self）之类术语指称它。20世纪后期，受风行于西方思想界的建构主义观念影响，人们普遍将此一贯性视作文化建构物，是动态多变的，多用身份一词来指代。

那么，身份是怎么建构的？当代法美知识界和英国知识界的看法不尽一致。正像英国著名理论批评家帕特里夏·沃在《后现代小说和批评理论的兴起》中精辟指出的，受结构主义和后结构主义思潮影响，法美知识界普遍认为所指是由能指建构成的、现实世界是语言符号的建构物，强调"世界和它的形而下形式之间没有间隙，因为世界完全是文本性或表现性

[①] 本章曾以"结阈和解阈——论《法国中尉的女人》中萨拉的身份建构"为题，发表于《北京社会科学》2017年第2期，第4—11页。

的"①。英国知识界则相反，他们未把客观存在完全溶化到语言符号中，坚持认为"语言和世界之间永远存在着反讽性间隙"②，现实世界是抵制语言符号的顽固力量和强大矫正器。

与之相应，法美的先锋知识分子普遍认为人的身份是由语言话语建构成的。如法国后结构主义心理分析学家雅克·拉康（Jacques Lacan）认为，自我或者说身份是由语言符号建构成的：幼儿的自我是通过认同某种外在幻象（镜像）建立起来的，成人的自我是通过认同某种形象系统（想象界）或文化观念系统（象征界）建立起来的。法国后结构主义哲学大师福柯认为个人身份是由权力话语建构成的：一个人理解和对待事物的思想行为方式是由特定话语塑造成的，特定话语是在特定权力关系中形成的。美国著名后现代批评家朱迪思·巴特勒（Judith Butler）提出，"性别是关于性的各种文化的建构物"③，性别身份是由男女之间的权力关系及性别话语塑造成的。

英国的前卫知识分子则普遍认为人的身份是在人为的结构法则和自然的生动事实之矛盾运动中形成的。20世纪60年代，英国著名人类学家维克多·特纳（Victor Turner）创建了解阈理论，精辟地阐述了人类主体身份的建构法则。解阈，拉丁语词根为"limen"，本义是门槛、阈，指介于房内与房外之间的中介物。英语词形为"liminal"。1909年，比利时民俗学家阿诺德·望·让奈（Arnold Van Gennep）在《过渡的仪式》中首次开发了其名词词形"liminality"，特指过渡性仪式（如洗礼、割礼、婚礼、葬礼、狩猎仪式、开国典礼、战前动员等）中一个人或集体从一种身份或状态转向另一种身份或状态的情景。让奈认为过渡性仪式主要包括以下三个环节：第一，分离，主体割断以前的实践活动和常规；第二，边缘性

---

① Patricia Waugh, "Postmodern Fiction and the Rise of Critical Theory", in Brian W. Shaffer (ed.), *A Companion to the British and Irish Novel 1945—2000*, Malden: Blackwell Publishing Ltd., 2005, p. 74.

② Patricia Waugh, "Postmodern Fiction and the Rise of Critical Theory", in Brian W. Shaffer (ed.), *A Companion to the British and Irish Novel 1945—2000*, Malden: Blackwell Publishing Ltd., 2005, p. 74.

③ Judith Butler, *Gender Trouble*, New York and London: Routledge, 1999, p. 145.

或解阈，主体通过清除以前被认为是理所当然的形式和限制，创造纯洁质朴的白板状态，重建身份；第三，重聚合，主体以一种新身份重新进入社会，转变成一种新存在。

1967年和1969年特纳在其名著《象征的森林》和《仪式过程：结构和反结构》等论作中进一步发展了让奈的解阈概念，创建了比较完善的主体身份建构理论。他明确指出主体身份是在结阈和解阈的辩证运动中构成和变化的：结阈是社会普遍结构的个人化过程，在此过程中主体完全被社会规范所同化和阈限，思想行为在很大程度上是大众性的、程式化的；"解阈也许可以被视作对所有肯定性结构主张的否定"①，"是对社会普遍结构的悬置"②。在解阈过程中主体彻底从社会规范中解脱出来，思想行为不为任何现成规则所限制。解阈的典型形态是共同体。共同体（Communitas）与结构（Structure）相对，结构指的是区分、划界、排序和对等级秩序的创建，共同体指的是擦抹、跨界、混合和对等级秩序的拆除。在共同体中，主体将摆脱所有的结构和界限，进入一种没有任何规则和阈限的狂欢化境界。"共同体的盟约没有区别、平等、直接、无理性、存在、我-你（在布伯尔的意义上）。共同体是天然的、直接的、具体的、没有抽象。它是'严肃生命'的一部分，它不融化个人身份；但会将个人从对一般规范的适从中解放出来，当然如果社会以有序样式继续运作的话它必然是很短暂的。"③ 由于特纳的解阈理论对人类主体身份的形成过程及法则做出了深入切实的阐发说明，因而受到理论界的普遍认同。关键词"解阈"现已成为西方当代人文社科领域最常用的术语。

在英国人类学家特纳提出主体身份是在主体本身的内在精神结阈和解阈运动中建构起来的学说之际，英国作家约翰·福尔斯也发表了类似的看

---

① Victor Turner, *The Forest of Symbols*: *Aspects of Ndembu Ritual*, Ithaca: Cornell University Press, 1967, p. 97.

② Arpad Szakolczai, "Liminality and Experience: Structuring transitory situations and transformative events", *International Political Anthropology*, Vol. 2, No. 1 (2009), p. 32.

③ Victor Turner and Edith Turner, *Image and Pilgrimage in Christian Culture*: *Anthropological Perspectives*, New York: Columbian University Press, 1978, p. 250.

法。1964年他在哲理作品《智者》(*The Aristos*)中明确指出:

> 呈现在我们面前的处于时间形态中的事物,与我们的现实生存利益相应,是由两种对立的法则控制的:法规,或者说组建法则,和混乱,或者说拆除法则。此两种法则——一种对我们而言就是分类和建立,另一种是解除和毁坏——处在永恒的冲突中。这种冲突就是存在。①

在福尔斯看来,事物的存在是由"分类和建立"与"解除和毁坏",或者说结阈与解阈等两种对立法则的辩证运动构成的。因而它既是有限的又是无限的:"事物的形式是有限的,但事物是无限的,形式是死亡判决,事物是不朽生命。"② 由于此两个对立面的冲突是永恒的,因而事物永远处于有限与无限的矛盾变化状态。

宇宙事物的存在是在组建法则和拆除法则、建立和毁坏、结阈和解阈的矛盾运动中形成和变化的,人类主体亦不例外:"法规和混乱,两种程序主导着存在,同样也主导着个人。对混乱而言,法规是毁坏;对法规而言,混乱是毁坏。它们平等地创造、摆布和摧毁个人。"③ 人的身份就是在法规和混乱、结阈和解阈的交替作用中不断建构、变易和进化的。

福尔斯同时认为,冒险(Hazard)是主体身份得以解阈和更新的基本途径和突出表征。宇宙万物由存在和非存在、可知和不可知两个方面构成:"就像原子由正粒子和负粒子构成一样,每一个事物由存在和非存在构成。"④ 非存在是宇宙万物和人类存在的不可或缺的重要方面,也是最为广袤的方面,一个人要想彻底突破现成的思想视阈和行为模式,则不能不向此非存在领域——诸如"黑暗内核、神秘物,甚至最简单客体的不是

---

① John Fowles, *The Aristos*, New York: The New American Library, Inc., 1964, p. 14.
② John Fowles, *The Aristos*, New York: The New American Library, Inc., 1964, p. 14.
③ John Fowles, *The Aristos*, New York: The New American Library, Inc., 1964, pp. 14—15.
④ John Fowles, *The Aristos*, New York: The New American Library, Inc., 1964, p. 27.

其所是"等①——大胆挺进。所以福尔斯称:"未知和冒险对人类而言须臾不可缺,就像人无法缺失水分一样。"②"冒险的目的就是迫使我们,和其他事物,不断进化。只有借助进化,只有在进化过程中,我们才能生存。"③由此而言,人类存在的"最基本的法则将永远是冒险,然而是在各种限制中的冒险。无限制的冒险是无物质法则的冒险,即是永久的完完全全的混乱"④。

　　福尔斯是如此理解世界和人类存在的,也是这样书写它们的。1964年,他在接受罗伊·纽奎斯特(Roy Newquist)的采访时明确宣称:"如果要具体说我的人生目标,我首先喜欢成为一个好诗人,然后成为一个响当当的哲学家,最后是一个优秀小说家。对我来说,小说简简单单就是表达我的生活观点的方式。"⑤福尔斯平生创作了《收藏家》《巫术师》《法国中尉的女人》等多部脍炙人口的小说,被公认为英国最早、最重要的后现代小说家。在其代表作《法国中尉的女人》中,作者追踪描述被人们贬斥为"法国中尉的女人"的萨拉的出身、爱情、宗教社会活动、精神情感追求等各个不同的生活阶段或生活方面,集中描绘她在每一个生活阶段或方面既遵循社会规范又破坏社会规范,或用特纳的话说既结阈又解阈的自相矛盾的性格和行为方式,充分表达了他关于人的主体身份是在主体自身既组建法则又拆除法则、既有序化又无序化的矛盾行为中建构起来的观念。

第二节　萨拉主体身份的建构

　　叙事作品总体上不外两大类:一是述事,二是说人。述事自然少不了什么事、怎么发生的、过程怎样、结果如何之环节。说人当然要提到姓甚

---

① John Fowles, *The Aristos*, New York: The New American Library, Inc., 1964, p. 27.
② John Fowles, *The Aristos*, New York: The New American Library, Inc., 1964, p. 27.
③ John Fowles, *The Aristos*, New York: The New American Library, Inc., 1964, p. 42.
④ John Fowles, *The Aristos*, New York: The New American Library, Inc., 1964, p. 17.
⑤ Roy Newquist, *Counterpoint*, Chicago: Ronad Mcnally, 1964, p. 222.

名谁、哪家的、品性如何、命运怎样之内容。《法国中尉的女人》对萨拉的述说也首先是从她的出身开始的。作品在第16章中提到，男主人公查尔斯曾私下里偷偷读过一本"淫书"，"那就是著名的《包法利夫人》"（法86）。作品明显借鉴了居斯塔夫·福楼拜（Gustave Flaubert）《包法利夫人》的叙述模式：写下层农村女孩，被虚荣的父亲送到贵族学校，接受上流社会生活方式培训后的状况和命运。女主人公萨拉对上层社会的态度与《包法利夫人》的女主人公爱玛的态度大为相异：爱玛完全接受了父亲和学校不断向她灌输的上层社会远远胜过下层社会的等级观念，始终向慕和追求上流社会生活方式；而萨拉最初顺从父亲的意志，接受了弥漫于现实环境中的浓重的等级观念，后来则违背父亲的意愿，凭自己个人心性，走上了一条反等级观念的叛逆之道。

萨拉的父亲是德文郡比敏斯特附近一家贵族的佃户，是一个下层农夫。他内心深处有深重的"名门出身情结"（法38）。他臆断自己是贵族的后代，是有身份的人，因而竭尽全力将独生女送到"女子书院"接受贵族教育，以期她将来能嫁到名门大户，改换门庭。萨拉最早完全顺从父亲的意愿，到寄宿学校接受教育。为了完成学业，她艰苦奋斗，"白天学习，晚上赚钱交学费，有时要干到深夜，做的是织补或其他卑贱的工作"（法38）。在受教育过程中她无形中接受了等级观念，毕业后渴望嫁一个有地位的男人，挤进上流社会，但因为"她渴望进入的那个阶级的青年男子则认为她依然过于平庸"（法38），不愿娶她，因而她想挤进上流社会的愿望始终未能实现。最后变成了一个无人迎娶的"老处女"（法39）。

不过，她不像爱玛那样完全被等级观念迷惑，极度羡慕和拼命追求奢华腐败的生活，从而变成等级观念的牺牲品。她在随社会大潮被动接受等级观念的同时，却从现实状况出发主动抵制和反叛它。她上学期间因为出身低贱，受到周围的同学严重蔑视，但她不仅不当回事，还敢于以牙还牙："她们瞧不起她，她也抬起头来看穿了她们。"（法38）18岁那年学成回家，面对父亲渴望恢复绅士身份的梦想和"海阔天空的胡吹"（法38），她无动于衷，不屑一顾，"她的沉默刺激了他"（法39）。为了维护尊严，父亲"放弃租赁，自己买了一个农场"（法 39），试图创业赚钱，成名成家。经营农场远远超出了他的能力和财力所能及的范围，几年后农场破产，他本人精神崩溃，疯狂而死。在父亲死于疯人院时，"萨拉自谋生计已有一年——开始为离父亲近些，在多尔切斯特的一户人家干活，父亲死后，她到塔尔博特家做事"（法 39）。虽然父亲死后没留下一分钱，但由于她早已脚踏实地、自谋生计，因而她的人生和自由没有受到多大影响。萨拉能突破周围浓重的门第观念，独立自主，自力更生，实属难得，所以作者称她"属于罕见的一类"（法 37）。

正因为萨拉践行了这种既接受又排斥社会成规的结阈和解阈并举的行为方式，所以她的身份特征与全盘接受现成等级观念的爱玛完全不同：后者完全被社会成规同化，变成了社会成规的外在表征，是简单划一的；而她既认同又反叛社会成规，因而既是又不是社会成规的表征，是复杂多面的。

在鲁昂修道院，爱玛学习之余私下阅读了大量浪漫主义小说，其中高雅华贵的淑女形象无形中变成了她的偶像和平生模仿的榜样。同样，萨拉在女子学院学习时，由于同学们歧视她，"她和其他同学的关系处得不好。其结果是她比多数同学读了更多的小说和诗歌，这两样东西确是孤寂者的避难所。在不知不觉中，她在判断人的时候，一方面使用在直接经验中形成的标准，另一方面则使用沃尔特·司各特和简·奥斯丁的标准"（法 38）。她以沃尔特·司各特（Walter Scott）、简·奥斯丁（Jane Austen）等浪漫主义小说家笔下的淑女为楷模，尽力寻找自己的白马王子，以期嫁给一个有情有义的理想郎君，变成一个名副其实的"淑女"（法 38）。可惜时运不佳，她遇到的都是一些"过分自信的伪君子"（法 38），因而最终未能达成当淑女的鸿愿。

父亲去世后，萨拉离开多尔切斯特到了查茅斯，在塔尔博特上尉家当家庭教师。在那里她遇上了法国中尉瓦盖讷。后者遭遇沉船事故，身受重伤，在塔尔博特上尉家疗伤养病。法国中尉不会讲英文，于是塔尔博特请懂一点法语的家庭教师萨拉当翻译，并帮助料理法国军官的日常生活。法国中尉的"伤势非常严重""皮开肉绽""痛得很厉害,但是他从不喊叫,连最轻微的呻吟都没有"(法121)。他的坚强给她留下了深刻印象。他十分英俊,很有礼貌,说话讨人喜欢。她很快就被他迷住了。他一再讨好她,明确表示要娶她为妻,带她一起回法国。她也很向往一种情意绵绵的夫妻生活。但由于要远离国土到一个自己完全不了解的陌生地方去生活,心里不免充满了恐惧和担忧。离别前,瓦盖讷称他会在港口城市威茅斯等她一个星期。过了五天,她实在无法忍受与他分离的孤寂,于是瞒着塔尔博特太太去威茅斯会他。到那里后,发现他在一家下等的妓院里花天酒地,早将她忘得一干二净。"他并无诚意……是个骗子"(法124)。她从他身上领悟到,小说里所讲的那些多情多义的白马王子只是小说家大脑中的幻象,现实中的男人都是自私自利、逢场作戏的骗子。于是她不仅当机立断,彻底离开法国中尉,而且用嘲弄的方式戏耍那曾使很多人着迷的浪漫主义爱情程式,谎称为了高攀法国中尉而委身于他,中尉得到她后又抛弃了她。她故意将自己说得非常放荡,用极端方式挑战现成的淑女范型。

萨拉对传统中的理想女人范型的尖锐解阉和拆除,无形中开启了另一种女人范型:放纵情欲、追求性解放的放荡女人范型。由于她大肆宣扬的这种风流放荡的行为方式彻底颠覆了过去的有序法则,将人们引向混乱无序的状态(如特纳所说的共同体状态),因而遭到人们激烈的攻击。人们用最污秽恶毒的词语称谓她的新身份:"法国中尉的女人""可怜的'悲剧'"(法6),"把耻辱挂在脸上"的人(法46),"撒旦"(法175),"法国中尉的娼妓"(法61)等。

萨拉不仅在阶级出身和行为方式方面经历了从顺从现成法则到破坏现成法则的过程,而且在宗教道德方面也采用了一面遵循成规一面违背成规的方式。为了嘲弄流行于世的淑女范型,萨拉不惜败坏自己的声誉,她辞掉了塔尔博特上尉家的家庭教师工作,来到莱姆镇波尔坦尼太太家做女佣。

波尔坦尼太太是"家产万贯"的波尔坦尼先生的遗孀,是莱姆镇最严厉的精神统治者。她是"生活中的暴君"(法13),对仆人很严厉。特别是在上帝的事务上丝毫不马虎,十分热心宗教宣传和慈善事宜,要求家仆每日做晨礼和晚祷,恪守宗教信条,不允许人们有任何违背上帝法则的行为,尤其无法容忍人们放纵情欲的行为。"要是她看见一个女仆外出和一个男青年一起散步,那么灾难就要降落到这女仆的头上。"(法 14)

跟很多维多利亚人一样,萨拉在宗教事务上一丝不苟。在来波尔坦尼太太家之前,她每天坚持做礼拜,"始终如一"(法 27),很虔诚。到波太太家后更加卖力。不仅每天在波太太主持的晨礼上用美妙的声音诵经,而且诵读得很投入,"声音很真诚"(法 41),因而深深打动了仆人们的心。那些仆人们以前都是被迫参加礼拜仪式的,心不在焉。自萨拉诵经之后,他们都主动到场礼拜,并且十分"聚精会神"(法 41)。萨拉在帮助波太太散发宗教小册子、宣传宗教真理的事务上也十分尽心,不仅按波太太的要求将宗教书籍散发到莱姆镇每一个人手上,而且散发时非常谦卑、真诚。对大部分不识字的莱姆镇人来说,萨拉的虔诚举止和悔过表现比宗教小册子给他们带来的启示更多。

尽管波太太和萨拉都相信上帝,都热心宗教事务,虔敬地参与宗教仪式,但由于她们所理解的上帝不完全一致,因而行为方式大相径庭。波太太心目中的上帝是大众化的:"波尔坦尼太太相信的是一个从不存在的上帝"(法 41),这个上帝不仅创造了世界和人类,制定了很多法则规范人类的言行,而且还将依据人类遵守和违背法则的状况在后世奖惩人类。所以波太太十分热心宗教事务,严格遵循宗教法则,希望死后得到上帝的奖赏。她是现成宗教法则的铁杆捍卫者和执行者,是一个典型的结阃式人物。

萨拉心目中的上帝是个性化的:"萨拉却知道有一个确实存在的上帝"(法 41),他弥漫于现实世界中,是处于绝望中的人们的希望和处于痛苦中的人们的慰藉。他不是旧法则的制定者和卫护者,而是新世界的开拓者和启示者。背负十字架的基督就是此上帝的具体显现。正是基于这种理解,她认为宗教信条法是"教会对于《圣经》的狭隘的按字面的解释"的结果,波太太等人的机械恪守行为是"愚蠢荒唐的行为"(法 420)。她不仅不遵循此类僵死刻板的信条法则，反而故意进行破坏。

在莱姆镇周边有一片丛林叫韦尔康芒斯森林。"自洪荒时代起，这里有一种传统（比莎士比亚古老得多）：每逢仲夏之夜，年轻人便带上提灯、一个小提琴和一两瓶苹果酒，到森林深处一片叫'笨驴草地'的草坪上，跳舞庆祝夏至时刻的到来。有人说，半夜过后，喝酒喝得东倒西歪的人比跳舞的还多。观念更严肃的人则声称，喝醉的和跳舞的都不多，但是干另一种事情的人倒很多。"（法 64）现在"每年夏天，它都引来许多成双成对的情侣"（法 64）。如果说波太太家的晨礼晚祷代表的是宗教法则和禁欲的话，那么韦尔康芒斯森林代表的则是放荡和狂欢。因此，严守规则、主张禁欲的波太太将之视作魔鬼的老窝，罪恶丑行集结之所，并由她挂帅成立了一个"妇女委员会"，"敦促市政当局在马车路上设门、筑围栏，把它封闭起来"（法 64），阻止人们进入其中。尽管波太太三令五申禁止人们走进那块淫荡邪恶之地，但萨拉却置若罔闻，每天偷偷跑到林子里游荡散步。波太太知道她首先违背自己的禁令后怒不可遏，痛斥她鬼迷心窍，是万恶的"撒旦"（法 175）、"邪恶的耶洗别"（法 175）。萨拉则理直气壮地给予反击："到韦尔康芒斯去走走有什么罪？不就是一片林子嘛。"（法 65）当波太太恶狠狠地要赶她走时，萨拉淡定地回答说：

"我在这个房间里经历过的一切全是虚伪，因此我很乐意离开。"

"把你的工资带走！"

萨拉转身瞪了她一眼，摇摇头。"你留着吧。如果这一小笔钱足够的话，我建议你不如拿去买件刑具，将来还有可怜的人落到你手里，我相信费尔利太太一定会帮助你对她们动刑的。"

"你……说……这话……是要……负责任的。"

"是在上帝面前吗？你那么肯定到了来世上帝还能听见你说话吧？"

萨拉带着微笑，淡然离开。波太太气急败坏，"一下子瘫倒在座位上，昏厥过去了。"（法 174—175）

作品中的此段描述可谓寓意深长，象征在萨拉的冲刺下波尔坦尼太太所代表的传统宗教道德法则已寿终正寝，一种新的自由不羁的狂欢状态悄然登场。

萨拉的另一个反传统道德法则的举动是，明知道从伦敦赶来莱姆镇度假的情侣查尔斯和欧内斯蒂娜是天造地设的一对，但她与查尔斯邂逅相遇并产生好感后，就毫不犹豫地接近他并引诱他，最后硬是将查尔斯从欧内斯蒂娜手里夺了过来。因此镇上最有威望的人格罗根医生断定她患有严重的"抑郁症"（法110），是个疯子，建议查尔斯将她送到埃克塞特的"一家私立精神病院"去（法163）。

在情感的层面上，萨拉也经历了从遵循成规到突破成规的过程。风行于18世纪末、19世纪初的西方浪漫主义文学的一个核心内容，是激烈抨击传统的门当户对的男女婚配观念，极力宣扬抛开一切外在条件、追求真挚感情的男女爱情观念。浪漫主义文学所倡导的这种自由浪漫爱情法则，后来为人们普遍认同接受，变成人们建构自己的情感生活的基本规则和标尺。

跟维多利亚时代的很多知识青年一样，萨拉最早完全接受了这种浪漫爱情法则。她早年在女子学院学习时，因与周围同学的关系紧张，经常孤身独处，借读书自慰，阅览了大量浪漫主义小说。这些小说在无形中赋予了她浪漫爱情观念，使她将建立两情相悦、炽烈相爱的男女关系当成自己的情感生活目标。

她以浪漫主义小说家所描绘的自由浪漫的男性形象为标本，去寻找自己的另一半，结果一无所获。因为周围的男人要么十分势利鄙俗，要么很自负虚伪，与她的期望差距很大。直到查尔斯出现，她才觉得遇到了自己向往的理想男性，即自然、真诚、没有门户之见和自由、高尚、没有庸俗势利观念的男子。尽管查尔斯这时已与欧内斯蒂娜有婚约，而且后者无论就社会地位还是个人条件都远比她优越。但以浪漫主义的自由不羁精神为人生法则的她毫不在乎。她天马行空，无拘无束，喜欢上查尔斯之后，主动接近、诱惑、吸引他，以至为他献出了珍贵的处女之身，最后终于将他拽到自己的怀抱中，与之结成情真意切的伴侣。

而她的独特之处在于：不像她的意中人查尔斯那样对早年接受的浪漫爱情法则矢志不渝、坚持不懈，而是在全面践行了该法则、实现了浪漫爱情梦想之后，却毫不犹豫地摒弃了它。跟萨拉一样，查尔斯也是在浪漫主义作家让-雅克·卢梭（Jean-Jacques Rousseau）、乔治·戈登·拜伦（George Gordon Byron）等人的作品的深刻影响下成长起来的，从一开始就崇尚自由，追求自然质朴的生活，反对压迫和强制，厌恶虚假伪装的言行。正是从自然、自由、平等的思想观念出发，查尔斯对他的未婚妻欧内斯蒂娜深感失望，因为他慢慢发现后者势利、虚荣，喜欢装腔作势，与他心目中的理想女性差之甚远，而对新结识的女孩萨拉越来越迷恋，因为他逐步意识到后者自然纯真、浪漫不羁，正是他所崇尚的理想人格。刚到莱姆镇后，他去韦尔康芒斯森林采集动物化石标本，偶然看到萨拉躺在山林里的一块草地上睡觉，她那自然粗野的状态给他留下了深刻印象。后来听到她离经叛道、我行我素、放荡不羁的各种传言，不仅无鄙夷之感，相反却十分认同，觉着她"没有虚伪，没有歇斯底里，没有伪装""十分清纯"（法7）。当听了萨拉用丑化自己的方式挑战世俗偏见、借"嫁给耻辱"的方式惩罚自己梦想与体面的上流社会青年成婚的愚蠢行为后，他对她超凡脱俗的行为举动十分赞赏。他说："她身上有一股子野劲"，"野得清纯，野得近乎热切"（法177）。他与她同居、发现她还是一个处女后，对她产生了仰慕崇拜之情。他将他俩的关系看成罗米欧与朱丽叶式的至死不渝的爱情关系，决心为对方献出一切。他抛弃初恋情人欧内斯蒂娜，抱着用生命保护萨拉的信念去见她。但万万没有想到她会不辞而别，弃他而去。他想当然地认为她是为了成全他与欧内斯蒂娜的婚姻才做出重大牺牲的，因而对她更为崇敬和思恋，跑遍全世界，四处寻找她。苦苦寻访两年多，终于见到她后，他发现她当初并不是为了成全他而离开的，而是为了躲避他而离开的。他从自己深信不疑的浪漫爱情法则出发，对萨拉的背叛行为百思不得其解，因而怒不可遏，痛斥她是一个不断玩弄男人感情的复仇者、女妖（法327），与之愤然断绝了关系。

而萨拉在埃克塞特小旅馆与查尔斯同居后，情感陡然发生了变化：对查尔斯的爱由疯狂变为平静。平静之余,她开始反省自己的行为。结果发现她对查尔斯的爱发端于她的孤寂绝望和对情感交流的需要,以及她对上流社会的怨恨和对欧内斯蒂娜小姐的嫉妒等,动机严重不纯,掺杂了许多不纯洁和虚假的东西。因此她最终选择了不辞而别的方式,决心彻底终结她与查尔斯的这段不纯真的情感关系,过一种自己真正想过的生活,即独立自主的、没有任何羁绊和限制的、自由自在的独身生活。正像她后来对查尔斯所解释的:"当时我真的很疯狂。直到在埃克塞特的那一天,我才清楚地看到这一点……我认为,我毁掉我们之间已经开始的爱情也是对的,因为其中有虚假的成分……最近我注意到拉斯金先生的一句话。他谈的是关于概念的不一致问题。他的话意思是,自然的东西被人造的东西玷污了,纯洁的东西被不纯洁的东西玷污了。我认为,两年前发生的情况也是如此。我自己扮演的是什么角色,我心里非常清楚。"(法323)

概而言之,萨拉在情感生活方面不像查尔斯那样始终坚持自由浪漫爱情法则,而是一面坚持和践行该法则,一面却彻底摧毁了它;她的情感身份也不像查尔斯那样一贯单一,完全是浪漫主义的,而是双重矛盾的,开初是浪漫主义的,后来则是自由独身主义的。

第三节 萨拉主体身份的特征

写人是叙事文学的核心功能,古今中外作品没有例外。关于写人,传统作家和当代作家的方式大为相异。前者讲求清晰明确、生动典型,写到某一个人,力求说清楚姓甚名谁,出身如何,是好人还是坏人、英雄还是流氓、忠臣还是奸臣,或心理状态如何,等等。后者讲求血肉饱满,复杂奇异,如有哪些方面,遭遇了什么变故,出现了什么状况,等等。当代批评家给当代作家的这种曲折繁芜的写人方式取了很多名字,其中有一种最为流行,即"后现代主义"。后现代主义作家致力于创造丰富复杂的人物形象,其方法技巧很多,总体上不外两类:一是空间方式,将一个人物身上不同因素或方面平行罗列到一起,是拼贴性的;一是时间方式,介绍一个人物思想、行为的动态变化过程，表现其身份的转变和矛盾悖反状态，是修辞性的。

福尔斯书写萨拉时同时采用了空间拼贴和时间修辞两种方式。一方面他横向罗列了萨拉的家庭出身、女性人生、道德生活、精神情感追求等不同层面，另一方面纵向追溯了她在每一个生活层面上从顺从现成规则到拆除现成规则、从结阈到解阈的变化过程。如在阶级差别层面，她最早接受了现有的门第观念，顺从父亲的愿望接受贵族化培训，希望跻身上层社会，后来却鄙夷和嘲弄等级观念，心安理得地去过"下等人"低下粗俗的生活。在做女人方面，当初接受了现成的淑女观念，后来则不惜采用自我诋毁的极端方式有意违背传统的淑女观念，奉行纵欲放荡的法则。在宗教道德层面，一方面因循守旧，相信上帝，热心宗教事务，严格遵行各种宗教仪式信条，助人为乐；另一方面又无视宗教戒律，我行我素，刻意破坏别人的幸福。在情感生活方面，她开初坚持浪漫主义的自由浪漫爱情法则，抛开金钱地位和道德规范等一切外在限制，与查尔斯疯狂相爱；后来抛弃该法则，奉行独身主义，步入一种无拘无束的"共同体"境界。

由于萨拉的人生不仅是多层面的，而且在每一个层面上都经历了从遵守规则到破坏规则、从结阈到解阈的过程，她的品质和状态无疑是多面复杂的，随着时空的变化而不断变化，对于萨拉这样一个人物，传统的人性、个性、自我等抽象笼统的术语已无法指代，所以当代批评界启用了一个新术语——"身份"来评价她。萨拉是多个生活层面和多种意识形态与生活法则的混合体，其身份特征很难用一个明确的概念总结，如果真要概括的话，只能用这样一种模糊的短语称谓：多元混杂性。

萨拉复杂的身份建构过程和多元混杂的身份特征表明，福尔斯对自我的属性的理解已突破传统的本质主义藩篱，步入新型的建构主义境界。他不再把自我看成自然天成的，而是看成由社会文化塑造成的；不再把自我的属性看成单面的、简明的、一成不变的、统一的，而看成多面的、复杂的、动态变化的、矛盾开裂的。由此可以看出，20世纪后期，英国以至西方对人和自我的属性的理解，达到了一个前所未有的新高度。

第三章 论阿克罗依德《霍克斯默》中的空间建构法则①

正像西方学者安东尼奥·巴列斯特罗斯·冈萨雷斯（Antonio Ballesteros González）所言，阿克罗依德是英国当代文坛上最负盛名的作家之一："阿克罗依德与朱利安·巴恩斯一道是英国历史编撰元小说类型作家中最重要的名字。"②他的代表作《霍克斯默》1983年发表后引起巨大反响。同时获得惠特布雷德最佳小说奖和英国卫报小说奖，并"引出了许多批评文章"③。有的学者认为它用后现代主义创作方法揭露了现当代伦敦社会的黑暗面和犯罪现象④，有的学者认为它表达了阿克罗依德深厚的天主教思想观念⑤，有的学者认为它传达了诺斯替教的非理性主义思想⑥，还有学者认为它反映了作者的反理性主义倾向⑦，等等。1996年阿克罗依德在接受批评家苏珊娜·奥涅加·哈恩（Susana Onega Jaén）的访

---

① 本章曾以"论《霍克斯默》中的后现代空间建构观念"为题，发表于《外国文学研究》2017年第5期，第64—73页。

② Antonio Ballesteros González, "Metafiction and Myth in the Novels of Peter Ackroyd by Susana Onega Jaén", *Atlantis*, Vol. 22, No. 1 (2000), p. 217.

③ Alex Link, "'The Capitol of Darknesse': Gothic Spatialities in the London of Peter Ackroyd's 'Hawksmoor'", *Contemporary Literature*, Vol. 45, No. 3 (2004), p. 517.

④ Petr Chalupsky, "Crime Narratives in Peter Ackroyd's Historiagraphic Metafictions", *European Journal of English Studies*, Vol. 14, No. 2 (2010), p. 121; Nick Bentley (ed.), *British Fiction of the 1990s*, London: Routledge, 2005, p. 12.

⑤ Suzanne Keen, "Peter Ackroyd and Catholic England: At Present, Living in the Past", *Commonwell*, No. 3 (2000), pp. 14—19.

⑥ Susana Onega Jaén, "Pattern and Magic in 'Hawksmoor'", *Atlantis*, Vol. 12, No. 2 (1991), pp. 31—43.

⑦ Roger B. Salomon, *Mazes of the Serpent: An Anatomy of Horror Narrative*, Ithaca: Cornell University Press, 2002, p. 19.

谈时明确指出，他的小说一贯以他的"伦敦视像"为表现重心：

> 问：伦敦在此诗歌集子中扮演着重要角色，也是你的所有小说的一贯的话题。
>
> 答：不错。我认为它与如下事实有关：我发现自己有特殊的才能，发现自己具有生动展现大脑视像的才能后，伦敦视像便变成了一直与我身影不离的东西。①

他的所有小说都致力于表现他的"伦敦视像"，代表作《霍克斯默》不例外也集中展现了他大脑中伦敦的空间视像，表达了他关于世界空间的看法。

第一节 空间转向和《霍克斯默》的空间书写

正如西方当代著名思想家福柯和文学批评家罗伯特·T. 泰利（Robert T. Tally）等异口同声地指出的，从20世纪中期开始，西方文坛上出现了强劲的"空间转向"思潮："正如我们所知道的，19世纪所痴迷的是历史……当下的时代首先是空间的时代。"②"19世纪似乎被时间、历史、目的论发展的话语所主导，现代主义美学似乎将时间性奉为最重要的维度……'空间转向'，正像此名称所暗示的，伴随着由后结构主义特别是法国哲学所提供的理论批判，为被人们理解为是后现代主义的审美感受所强力支持，迅速地延伸到多个国家和多种学科领域。"③

传统上人们一贯用一元决定论、本质主义的观点看待世界空间，认为它基于某种唯一的因素（客观物质或主观机能），是一元的、统一的、静止的、确定的。正像亨利·莱菲弗尔（Henri Lefebvre）在《空间生产》

---

① Susana Onega and Peter Ackroyd, "Interview with Peter Ackroyd", *Twentieth Century Literature*, Vol. 42, No. 2 (1996), p. 211.
② Michel Foucault and Jay Miskowiec, "Of Other Spaces", *Diacritics*, Vol. 16, No. 1 (1986), p. 22.
③ Robert T. Tally Jr., *Spatiality*, London and New York: Routledge, 2013, p. 3.

中总结指出的，西方历史上人们关于空间的构成主要有主观根基论和客观根基论两种观念：在主观根基论那里"理解力被认为可以不受任何艰巨障碍物阻挠，构制它所观察到的东西即客观物，将之由昏暗之物变成明亮之物"①，空间完全是人类主观机能的产物；在客观根基论那里，空间是事物本身的形态的再现："它（空间）求助于自然性，实物性……'事物'比'主体'及其思想、欲望更实在根本……语言类似于'词语袋子'，从中人们择取恰当和充分的词语再现每一种事物或'客体'"②。无论是主观根基论者还是客观根基论者，都认为事物的空间基于某一个元点、中心，都是同质的、统一的、固定不变的。福柯在《地理学问题》一文中也尖锐指出："从柏格森开始或更早？空间被当作僵死，固定，非辩证，静止。相反，时间是丰富，活力，生动，辩证。"③

20 世纪后期，西方先锋知识分子普遍用多元互动论、建构主义观念看待空间形式，认为它是多元、矛盾开裂、变化无穷的。后结构主义思想家福柯和空间理论批评家爱德华·W. 索亚（Edward W. Soja）等反复强调说："我们不是生活在一种真空中，在那里我们摆放了无数个人和事物。我们不是生活在由各种明亮的光线点缀成的真空中。我们生活在一套关系中，后者勾勒出了一个个相互连接在一起但又无法归并替代和绝对不会重合的场域"④，在此真实空间中"多个场域本身相互矛盾"⑤；空间是"无尽展开的""异质的"⑥。

---

① Henri Lefebvre, *The Production of Space*, trans. Donald Nicholson, Malden: Blackwell Publishing, 1991, p. 28.
② Henri Lefebvre, *The Production of Space*, trans. Donald Nicholson, Malden: Blackwell Publishing, 1991, p. 28.
③ Michel Faucoult, "Question on Geography", in Colin Gonden (ed.), *Power/Knowledge: Selected Interview and Other Writings, 1971—1977*, New York: Pantheon, 1980, p. 70.
④ Michel Foucault and Jay Miskowiec, "Of Other Spaces", *Diacritics*, Vol. 16, No. 1 (Spring, 1986), p. 23.
⑤ Michel Foucault and Jay Miskowiec, "Of Other Spaces", *Diacritics*, Vol. 16, No. 1 (Spring, 1986), p. 25.
⑥ Edward W. Soja, *Postmodern Geographies: The Reassertion of Space in Critical Social Theory*, London: Verso, 1989, p. 17.

阿克罗依德是在 20 世纪六七十年代后结构主义风靡西方文坛的思想文化环境中成长起来的。1971 年大学毕业后，他获得"美隆研究基金"，赴耶鲁大学留学两年，在那里受到后结构主义的深刻熏陶，完全接受了它。1973 年，他在耶鲁结业时写了一部论著《阐释一种新文化》，明确阐述了他的后结构主义立场观点。在该著中他集中论述了"现代主义"文化文学现象，指出："现代主义是创造性形式开始疑问自己的运动，指向自我——同一中自己与自己的不可能的联盟。这是那种首先呈现在马拉美和尼采的书写物中的生活形式，它在文学的新异观念中找到自己的实证物。语言只在自己内部建构意义，切除了外在的主观指代物和主观推论产品——人。这样在语言否定人性论的力量的同时……这种语言新的自足性和形式绝对性业已成为模式，运行在艺术、语言学的发展和心理学的治疗等领域，它是我们时代的操控性意象。"[①] 主体和世界是由语言建构成的，而语言本身如德里达所言是无根的、差异的："德里达的文本，创造了一种必然性神话；语言永远与它的本源有距离，它永远不可能回到世界母体中，因而永远寄身于对自己的解释。语言的符号仅指代其他符号，文本仅指向其他的文本。德里达'书写'的意义其实就是一种无本源的绝对形式，坚持差异第一性。"[②] 阿克罗依德写作《阐释一种新文化》之时，术语"后现代主义"还未流行开来。他所说的"现代主义"文化现象实际上就是后来杰姆逊、哈琴等所说的"后现代主义"文化现象。阿克罗依德认为，后现代主义不仅是西方当下的主导性文化文学现象，同时也代表着未来的发展趋势，衰败落后的英国文化和文学界应认真学习借鉴。[③]

1973 年阿克罗依德学成归来后，在伦敦一家杂志社工作。他一边做编辑工作，一边进行文学创作，写了大量小说和非小说作品。尝试用后结构主义观点方法写作，试图给保守的英国文坛注入新鲜空气。不仅在形式上采用虚构与史实融合、小说与历史混杂、过去与现在并置等后结构主义

---

① Peter Ackroyd, *Notes for a New Culture*, London: Alkin Books, 1976, p. 146.
② Peter Ackroyd, *Notes for a New Culture*, London: Alkin Books, 1976, p. 144.
③ Peter Ackroyd, *Notes for a New Culture*, London: Alkin Books, 1976, pp. 146-149.

的二元互补方法，而且在内容上也用建构主义和差异论等后结构主义观点看待和描述世界人生。其小说代表作《霍克斯默》即是他站在后结构主义的立场上观察描绘伦敦大教堂的空间建构过程的产物。

这部作品取材于历史事实。17世纪后期至18世纪初期，英国有一位著名的建筑师，叫尼古拉斯·霍克斯默（Nicholas Hawksmoor），曾是皇家建筑工程师和总检查员克里斯特福·雷恩（Christopher Wren）的助手，伦敦大火之后建成了六座著名的基督教大教堂。在《霍克斯默》中，阿克罗依德对霍克斯默的形象进行了艺术再创造，将之一分为二，分化成两个小说主人公：一是18世纪的皇家建筑师尼古拉斯·戴尔，二是现代的侦探长霍克斯默；前者具有浓厚的宗教观念，是一个非理性主义者，后者擅长观察分析和逻辑推理，是一个理性主义者。

作品共十二章，奇数章（第一、三、五、七、九、十一章）的叙述者是戴尔，集中描述了18世纪初伦敦六座大教堂的建造过程，隐喻性地表现了人类生产空间物的过程和情景。偶数章（第二、四、六、八、十、十二章）是从霍克斯默的角度叙事的，集中描述了霍克斯默对20世纪后期发生在伦敦大教堂里的六起男孩或类男孩遇害案的侦查过程，象征性地表现了人类建构空间图景的过程和情景。总括起来说，作品主要展示了人类建构空间图景和空间物的过程和情景，表达了作者关于世界空间之建构过程和法则的看法。

第二节 物质空间和大脑空间的博弈

作品的偶数章主要描绘的是当代伦敦大教堂里的生活场景，集中展现了两类场景：一是发生在六座大教堂里的六个男孩或类男孩的奇怪的死亡事件，二是侦查此六起死亡事件的侦探霍克斯默的精神思想状态。六个死去的男孩或类男孩的姓名、状态、死亡时间和地点都不一样。第一位是个小男孩，叫托马斯·黑尔，"去年的十一月十七号傍晚"，"在斯彼特尔费尔兹的基督教教堂的废弃通道里"死去（霍147）。第二位是个类男孩，叫奈德，流浪汉身份，论年龄已进入中年行列，但智力水平跟小男孩差不多，"今年的五月三十号"，"他被发现死在圣安娜石屋的地窖里"（霍147）。第三位是个漂亮的小男孩，叫丹·迪，"八月十二日"，他的尸体"被发现在崴坪圣乔治东部的地面上"（148）。第四位也是一个小男孩，叫马修·海斯，"十二月二十四日"（霍197），有人走进大教堂圣马利沃尔诺斯，发现他的尸体"躺在八层台阶的第四层上"（霍185）。第五位和第六位是两个无名男孩，他们受害的时间很接近，"一个接一个，仅仅发生在几个小时之内"（霍229），"当一具孩子的尸体被发现在圣乔治的地上的同时，另一具尸体被发现在布鲁姆斯伯里的圣阿尔弗莱治教堂的后墙上"（霍232）。这六起死亡事件不仅各不相同，而且相互之间没有关系，完全是分离的、零散的，其空间形式可归结为法国当代著名空间理论思想家莱菲弗尔在《空间生产》中所说的"物质空间"类型："物质空间——自然，宇宙"[①]，具体为处于初始毛坯状态的客观存在。

除死在六大教堂的六个男孩或类男孩等客观景象外，作品第二部分还集中表现了伦敦警察局首席侦探霍克斯默侦查解释此六起奇怪的死亡事件的思想经历。霍克斯默博学睿智。"他喜欢把自己当成一位科学家，甚至是一位学者，因为他需要仔细的观察和合理的推理才能够得出对每个案子正确无误的理解。他很为自己熟识化学解剖学甚至数学感到骄傲。"（霍184）他很擅长分析推理，如他可以从尸体的温度推断出死者断气的时间，从一个人的脚步推断出他的心理状况，"从凶手所制造的死亡的类型"推断出他的性格（霍192），等等。

从其一贯的逻辑推理思想方式出发，他断定发生在大教堂里的这六起奇怪的男孩或类男孩死亡事件间肯定有某种内在联系，他绞尽脑汁，试图了解它们背后的某种共同的东西或统一线索，将它们连接起来，整合成某种明晰可见的图式，以完全理解、把握、控制它们。霍克斯默的这种逻辑

[①] Henri Lefebvre, *The Production of Space*, trans. Donald Nicholson, Malden: Blackwell Publishing, 1991, p. 11.

有序化大脑活动,借用莱菲弗尔的空间理论术语,即是人类认识和把握混沌无序现实的主观机能,即"大脑空间":"大脑空间——包括逻辑的和形式的抽象物"①。

在作品中,由于六起男孩或类男孩死亡事件极为特殊、零散、怪诞、复杂多样,所以霍克斯默对它们的侦查、观察推理或有序化过程显得极为艰难和不确定。最早他从死亡者的个人精神心理状况出发,将之归结为自杀事件。如托马斯·黑尔很可能是自杀的。他在圣凯瑟琳学校上学时,经常受其他小孩的欺凌,有强烈的恐惧心理,逃进斯彼特尔费尔兹教堂尖塔中寻求安全和平静,由此形成了逃避和遐想习惯。有一回,"他又一次回想起校园里发生的事情,在黑暗中他想象着其他的痛苦和屈辱:那些男孩子如何在等着他,他们如何在他经过的时候从上面扑过来踢打他"(霍42),于是极度恐惧,逃进教堂。在那里再一次产生幻觉,凌空一跃,"从塔上摔下来"(霍50),死于非命。奈德亦然。他原是布里斯托尔市一家生产文具的小公司的印刷工,性格孤僻。有一次与同事喝酒,醉后自称以前蹲过监狱,并偷过公司的钱。酒醒后回想起自己说的话,十分恐惧,想着警察可能会来抓他,于是精神恍惚,坐立不安,离家出走,从布里斯托尔逃到伦敦,与流浪汉为伍。在伦敦他碰到放荡的妓女、残暴的小孩、无情的流浪者,他们嘲笑、攻击、排斥他,结果进一步加重了他的恐惧心理和幻想症。"在城市里他年纪越来越大,境况越来越差。他终日疲惫和无精打采"(霍99),精疲力竭,有一次"失足摔下通往地窖的楼梯"(霍147),悲惨死去。

但事件本身的复杂性明显超出了霍克斯默的解释范式:六个男孩或类男孩都受到他人的攻击,大部分是被扼死的,因而很难被归入自杀。如黑尔"是被扼死的"(霍147);"法医检查证明他(奈德)是被扼死的"(霍147);丹·迪也"是被扼死的"(霍148);海斯死后依然"恐惧地睁大双

---

① Henri Lefebvre, *The Production of Space*, trans. Donald Nicholson, Malden: Blackwell Publishing, 1991, p. 11.

眼"（霍185），明显也是被扼死的；两个无名男孩"都是被用没有打结的带子勒死的"（霍230）。

于是霍克斯默不得不转变思路，从他杀的角度解释这些事件。他在侦查过程中发现，这些事件的发生似乎都与一位身穿黑色大衣的男子脱不开干系：在托马斯·黑尔死去的那天早上，一个"穿着某种深色的夹大衣或者外套大衣"的男人一直跟踪他（霍45）；在奈德被杀的那天，一个"身着深色外套"的男子盯上了他。在海斯死去的那天，有人"看见一个身穿深色大衣中等身材的男人试图打开圣马利沃尔诺斯教堂的大门"（霍200）。于是他推断这些死者都为一位身穿黑色大衣的男人所杀。不过此判断依然存在不少问题："凶手出于什么样的动机，又是怎样的事件顺序使得他徘徊在这古老的教堂里？"（霍190）为了谋财？这些男孩或类男孩身无分文；为了复仇？他们手无缚鸡之力，不可能伤害过他。

此时霍克斯默接到一封奇怪的信。信的背面有一幅素描，画着一个男人跪在地上用一张白色的唱片遮在右眼上，画的下面写着"世界建筑师"（霍201）。信的正面画着如下图形：有四个十字，其中的三个组成一个三角形，而第四个的距离稍微远一点。图形下面用铅笔潦草地写着："这是让你知道我要说的话。哦，不幸，他们将要死去。"（霍201）看到这封信，他突然回想起以前在马利沃尔诺斯教堂看到的一个流浪汉跪在教堂的走廊上用粉笔画素描的情景。他意识到，这封信正是那位流浪汉寄来的。他觉着信中的图形暗示谋杀地点："如果每一个十字都是传统意义上的教堂，那么谋杀地点的大略地方——斯彼特尔费尔兹位于三角的顶端，圣乔治东部和圣安娜各占两个底角，圣马利沃尔诺斯位于西部"（霍201）。信中的文字暗示谋杀行为：那些被选中的男孩将必须被杀死。他突然明白，这个叫"世界建筑师"的流浪汉写此奇怪的匿名信给警察局是要传达如下信息：这些杀童事件是他干的。

可不管霍克斯默的推断如何有道理，说到底只是一种主观阐释和假设，因为其中无任何事实依据。由此而言，霍克斯默的助手沃尔特的说法不无道理："这里没有什么希望，或者什么疑点。"（霍202）也许那封信只是呈现了一幅有趣的素描画,并没有什么寓意;画中的"十字也许不代表教堂"(霍 202);画中的流浪汉也许只是一个虚构的人物,而不是写信者本人,更不是杀人犯。果不其然,霍克斯默带着凶手是"世界建筑师"的预设去寻找证据,呕心沥血,四处查找,结果一无所获。最后他因为办案不力被上级解职。

而作者详细描述霍克斯默细致观察和侦探此六起奇怪死亡事件的精神思想历程的目的,显然不像一般的侦探小说作者那样仅仅为了逐步揭开死亡事件谜底、造成刺激效果、满足人们的好奇心,而是有更深刻的用意,即用隐喻方式深刻揭示事物的空间图景是怎么形成的、传达他关于空间建构的看法:

(1) 六起奇怪的死亡事件和侦探霍克默斯对它们的侦查解释显然不是实指性的,而是隐喻性的,前者喻指奇特、零散、昏暗、混乱的现实存在或物质空间,后者喻指人类整理无序的现实存在的逻辑统一的主观机能或大脑空间。作者首先借描述发生在伦敦大教堂的六个男孩或类男孩死亡事件的凌乱无序和霍克斯默着力侦查解释它们和赋予它们以这样那样的形式(如自杀、他杀、为黑衣人所杀、为"世界工程师"所杀等),隐喻性地揭示了空间图景的建构法则,即是不规则、无序性的客观现实或物质空间和逻辑、有序化的主观机能或大脑空间矛盾运动的结果,根本上是由主观机能或大脑空间建构成的。

(2) 由于现实无限丰富复杂,如上述六起死亡事件不仅各自发生在不同的时空中,非常特殊,昏暗迷离,而且互不相关,是碎片性的,而人类用来组织整合现实的形式不可避免地带有这样那样的局限(如霍克斯默的认知方式完全是科学理性的,仅寻找六起怪异死亡事件中有关联的东西,而对无关联的东西忽略不计),所以人类对现实空间的整理建构必然是不完全的,有这样或那样的缺陷(由此不难理解,为什么霍克斯默对六起死亡事件的总体把握、判断、界定每一次都漏洞百出)。

(3) 同时,由于人们对空间的整理建构每一次都有遗漏,因而不可避免需要再整理建构,所以人们的空间建构活动是无穷无尽的,与之相应,事物的空间图景自然是流变不居的。霍克斯默对六起死亡事件的空间类型的建构过程和结果就是典型的例子：他首先从受害者的心理状态出发将之归结为自杀，接着从受害人的身体受伤痕迹出发将之归结为他杀，之后认为六个男孩或类男孩是由一个穿黑色大衣的男人杀的，后来又断定他们是被一个叫"世界建筑师"的流浪汉杀死的，等等。世界空间是在物质空间和大脑空间之无尽博弈中被建构的，永远处于动态变化中，这是阿克罗依德对空间图景的建构过程和形态的基本看法。

第三节 乌托邦和异托邦的矛盾运动

作品的奇数章主要描述的是18世纪初伦敦大教堂的建造过程，其中有两个核心人物：一是皇家学会委任的总负责人克里斯托福·雷恩爵士，二是雷恩爵士雇用的总工程师尼古拉·戴尔。他们之间表面上看是雇主和雇员、上级和下级关系，而实质上是思想死敌。正像西方批评家塞德里克·D. 热沃朗德（Cedric D. Reverand II）精辟地指出的："雷恩运用的是理性时代的理性规则程序，而戴尔代表的是理性时代不理性的东西。"[1] 用福柯的空间理论术语，可以将前者称作乌托邦方式，即理性有序方式："乌托邦是没有实际地方的场所，它们以完美的形式呈现社会本身"[2]，"乌托邦提供的是安慰：虽然它们没有实际的场地，但却有可以无限伸展的、幻想的、无矛盾混乱的领域"[3]。可以将后者称作异托邦方式，即非理性无序方式："异托邦是扰乱性的"[4]，在它们那里"无数有可能构成秩序的碎片在各个维度上分头闪现，毫无法则或几何秩序，完全是不规

---

[1] Cedric D. Reverand II, "Review ot Peter Ackroy's Hawksmoor", *Eighteenth Century Life*, Vol. 11, No. 2 (1987), p. 104.

[2] Michel Foucault and Jay Miskowiec, "Of Other Spaces", *Diacritics*, Vol. 16, No. 1 (1986), p. 24.

[3] Michel Foucault, *The Order of Things: Archaeology of the Human Sciences*, New York: Vintage Books, 1994, p. xviii.

[4] Michel Foucault, *The Order of Things: Archaeology of the Human Sciences*, New York: Vintage Books, 1994, p. xviii.

则的"①。

莱菲弗尔在其空间理论巨著《空间生产》中明确指出：空间是由人类生产出来的，人类生产空间的形式主要有"观察—设想—生命三元素（换作空间术语，即是空间实践、空间的表现和表现性空间）"②。所谓观察或空间实践，即是人们的活动；所谓设想或空间的表现，即是人们的思想；所谓生命或表现性空间，即是人们的观念想象。它们三者之间的关系是：活动建立在思想之上，思想建立在观念想象之上。而无论是在遐想的层面上，还是在思想和实践的层面上，雷恩和戴尔的空间生产方式都针锋相对。

两人观念想象之矛盾集中表现在他们之间一场面对面的争论中。争论是因他们二人关于发生于1665和1666年的伦敦瘟疫和大火两场灾难的不同看法引起的：

"据说，先生，瘟疫和大火并非意外而是必然，是其内在罪恶一面的标记。"克里斯托福对此付之一笑。

"你不能把瘟疫和大火的起因归因于罪恶。正因为人的疏忽才导致那些灾难的。"

我继续道："其中不乏有一些人，先生，为一六六四年末一六六五年初出现的两颗巨型彗星而惊恐不安。""据说他们惊叫了一声，于是就预示了灾难的降临。"

"纯粹一派胡言，尼克。"

"人类无法主宰或掌握大自然。"

"但是，尼克，我们的时代至少能清理垃圾，打筑地基，这也就是我们之所以必须研究自然规律的原因，因为它是我们的最佳方案。""在所有种族中，直到如今这个启蒙时代，我们一直是

---

① Michel Foucault, *The Order of Things: Archaeology of the Human Sciences*, New York: Vintage Books, 1994, p. xviii.
② Henri Lefebvre, *The Production of Space*, trans. Donald Nicholson, Malden: Blackwell Publishing, 1991, p. 40.

最习惯于根据征兆和预见安排自己的事务。而今是一个难得的良机，我们可以进行试验，运用得之于观察、演示、理智和条理的新科学教育人们，抛开阴影，拨开那些填塞在人们大脑中使人产生无谓恐慌的迷雾。"

"你说现在是拨开迷雾的时候，可是人类恰恰正走在迷雾之中。你所推崇备至的理智变幻无定，而且因人而异：每一件蠢事都可能因为被编造出一千条理由堂而堂之地加入智慧的行列。理智本身就是一个谜。""你的显微镜又怎么样呢，因为在它们的帮助下我们除了看见可怕的形状和图案外还能看见什么呢？当呼气凝结在镜面时，显微镜里会出现蛇和龙吗？根本没有数学美或几何秩序可言，空空如也——只有死亡和瘟疫遍布这个城市。"

"这纯粹是一派胡言，尼克。没有什么真理如此深奥或远离人的理智以至于高不可攀。只要你能理解，你就可以控制。抓住这个事实，尼克，一切都会好的。"

我心里对他再次涌起一股怒火。我说："与其说你对真理还不如说是对试验充满激情，因为你是把试验变成自己所想象的一项真理。"（霍170—173）

此场争论可以说是十七八世纪西方思想界中传统的宗教非理性和新兴的理性科学观念之大交锋的缩影。在非理性主义者戴尔看来，伦敦的两大灾难是由超自然的力量引起的。此超自然的力量，人们一般将它称为上帝，实际上应称作魔鬼。因为"那位创造这个世界的神，也是死亡的制造者"（霍23），它本质上是强暴的、破坏性的。"魔鬼撒旦就是这个世界上的上帝"（霍24）。而在雷恩看来，两大灾难"是人的疏忽引起的"，是人们防范自然灾祸的意识不强和应对意外事件的能力太差导致的。"事物静静地沿着各自真实的因果关系的轨道发展。"（霍168）主宰宇宙的巨大力量不是超自然的神魔，而是自然本身的内在本质和规律。

雷恩认为，传统的非理性主义者所推崇的彗星等各种预兆以至操控它们的神、魔，都是人类胡思乱想的结果，是不可靠的，眼见为实，只有看得见摸得着的东西才是真实的，只有借助人们日常的实实在在的理智判断能力和科学试验方法才能揭示事物的真理，把握自然规律，控制世界。戴尔正相反，认为新兴的理性主义者所推崇的理智本身是主观臆断性的，空幻虚假，所依赖的物质器械如显微镜是制造假象的工具，只有凭借直觉、想象，人类才可抵达宇宙的本体——神、魔，才可揭示世界的本质和真理，掌控世界。

与理性主义观念联系在一起，雷恩对大教堂建筑物的设想具有显著的物质主义色彩。在规划上他十分看重教堂建筑的物质上的坚固性和安全性，坚决反对将教堂建在"离坟墓很近"的地方，"坚决反对把尸体埋在教堂下，甚至是教堂的院子里，以免加重整个建筑的腐烂，对那些到此敬神的人的健康造成损害"（霍 5）。在形式上他极力强调教堂建筑应阳光、祥和，以对人们精神心灵产生积极影响："他全力支持光明和舒适，倘若他的教堂和死亡或黑暗沾点边，他会很不高兴。"（霍 5）

基于非理性主义思想，戴尔的设想完全是精神主义的，千方百计地想将自己认为的宇宙的灵气、世界的根本力量即黑暗恐怖的神魔性融入教堂建筑中，以"使之神圣"（22）。因而他在制作设计图时以强化黑暗非理性为重心，处处与雷恩对着干。他教导助手沃尔特说："1. 是该隐建造了第一座城市；2. 这世界上有一种真正的建筑学，叫做阴影科学，如人们所知，被遏制了，但是一名真正的建筑师仍然需要掌握它；我们的圣坛和牺牲品，还有我们的殿堂，都必须是非理性的"（8）。他称自己的建筑风格为以怪异魔幻为突出特征的托斯卡风格："托斯卡建筑样式，现在已成为我自己的风格，我被它的怪异和威严所打动；模糊形状，阴影和宽阔的开口，这些样式让我如痴如醉。"（霍 63）"在我的每一个教堂里，我都放了一个标记，这样每个看见教堂结构的人，也许会看到现实的阴影，它的轮廓和图形。"（霍 54）

在空间实践中，雷恩完全采用新兴的理性科学手段建造教堂。1666年伦敦大火事件发生之前，伦敦的城市建筑和教堂大部分是用木材建成的。大火之后他总结经验教训，采用石材建造城市建筑和教堂。为了建造坚固优美的房屋,他不仅自己学习建筑和石工技艺,借科技手段设计和建造城市建筑,而且还精心挑选既懂建筑学又精于石工的科技人才。在一次调研中,当他发现戴尔同时擅长建筑学和石工时,便立即提拔任用他,将他从一个不起眼的小石匠提升为伦敦大教堂的总建筑工程师,作为他的技术代理,全权负责教堂建筑工作。

雷恩极为重视几何知识和建造技术。有一次他和戴尔去考察坐落在索尔兹伯里之巨石阵的建筑结构,对它的结构和建造技术赞不绝口:"尼克,你看见了吗,多么美妙的比例啊。"(霍73)"几何是辉煌的秘诀,你看,尼克,他们如此准确地对应了天体的位置,反映了行星和恒星的位置"(霍74)。他要求手下用几何学知识和科技手段建造教堂,做到精确无误,分毫不差。对他的这种只重物质形式不重精神内涵的做法,戴尔极度反感,他反唇相讥道:"内斯特是机械动力的发明者,现在这项发明被人交口称赞。他曾经设计了一座极其优雅的建筑,但是它虽然设计巧妙无比,却只能承受它自身的重量。它倒塌了,潘恩先生,只不过因为一只鹪鹩(译注:雷恩爵士的姓"雷恩"和"鹪鹩"是同一个词)停在了它的顶上。"(霍7)言下之意是,此种建筑方法只关心建筑本身的因素,不问支持建筑的基础力量,本末倒置,中看不中用,毫无价值。

与之相反,戴尔则完全沿用古代非理性主义的建筑模式。自古以来人类都将膜拜超自然的力量如神、魔、上帝、佛等的场所视作非同寻常的地方,都不断供献这样那样的祭品维护它们的神圣性和极端肃穆庄严性。在欧洲文化传统中,人们一贯都以男孩为祭品。古代很多神庙下面或附近都有一个洞穴或"小屋洞",这个地方就是古人供献男孩的地方,是"圣地":"在这个地方,那即将成为祭品的男孩被囚禁在地下房间里,一块巨石横挡在房间门口;他坐在黑暗之中七天七夜,此时人们认为他已闯过了鬼门关,于是在第八天,欣喜的人群从洞穴中挖出他的尸体;那个房间即被人称为'圣地'的地方,被奉为死神的神龛。"(霍26)"这一传统通过祭司们沿袭至今,他们不用文字记录,只通过秘密教仪进行传播。他们以男孩为祭祀,因为他们相信,人的生命由于不治之症和战争的危险而无法得到保障，除非由一男孩代为受过"（霍24）。

戴尔在建造伦敦大教堂的过程中，完全沿用了古代的非理性主义的方式，每建造一座教堂，便想方设法杀死一个男孩或类男孩，作为牺牲品为教堂奠基，维护教堂的灵气。如建造斯彼特尔费尔兹教堂时，让石匠黑尔先生的儿子，一个"十岁或十一岁"的漂亮男孩托马斯，爬上教堂塔楼的屋顶，为教堂铺设"最高处最后的一块石头"（霍28），诱导他一直往前爬，结果致使他摔下塔楼，当场摔死，成为教堂的"祭品"（霍29）。在建造石灰屋教堂时，他诱使奈德，一个"退化到了孩童状态"的流浪汉（霍80），持刀自杀，献身教堂。在开始建造崴坪教堂时，他指使神秘组织米拉比利斯的成员约瑟夫杀害了一个漂亮男孩丹，并将其尸体炸成碎片，融合在地基里。在建造圣马利沃尔诺斯教堂时，他灌醉测量检查官约里克·海斯，诱导他爬上正在修建中的教堂，将之推下脚手架，使之变成教堂的献祭物。在建造布鲁姆斯伯里教堂时，他将一个晚上流浪街头的十二岁男孩托玛斯·罗宾逊骗进教堂，谋害了他，祭奠教堂。建造格林威治教堂时，杀害了一个无名男孩，为教堂奠基。

伦敦市区的六座大教堂从始至终都是在雷恩和戴尔两人的主持下完成的，由于他们两人采用的建造方式完全相反，前者采用的是理性有序或者说乌托邦的方式，后者采用的是非理性无序或者说异托邦的方式，所以由他们相互配合所建造起来的六座教堂中，无不深深包含着两种相反的成分，无不是二元矛盾的：既有理性、光明、宁静、和谐的一面，又有非理性、黑暗、暴力、动乱的一面。作者借作品中的人物语言一再渲染伦敦大教堂以及大千世界的矛盾悖反景象："只有暗影，才给我们的作品赋予真正的形状，才给我们的建筑真正的透视，因为没有暗影就没有光，没有阴影就没有实体……什么生活不是明与暗的混合体呢？"（霍4）"这世界的表面都是用透明薄脆的玻璃制作成的，在玻璃下面是形形色色的蟒蛇。"（霍68）"万物看似静止，实则流动。"（霍103）"有形的地方必定有倒影，有光明的地方必定有阴影，有声音的地方必定有回音，谁又能说明何处是结尾何处是开端？"（霍269）显然，在阿克罗依德的理解中，伦敦大教堂及宇宙事物的空间形式根本上是在人类理性和非理性、乌托邦和异托邦两种相反的思想行为方式的矛盾运动中建构成的,是光明和黑暗因素的混合体,是多元矛盾的。

第四节 后现代主义空间观

概而言之,《霍克斯默》聚焦于伦敦的一大空间景观,即六座基督教大教堂,集中描述了18世纪的两个建筑师雷恩和戴尔建构大教堂的过程和情景,以及20世纪的侦探霍克斯默侦查解释发生在大教堂里的六起男孩或类男孩死亡事件的过程和情景。它用文学隐喻方式深刻表达了作者关于空间建构的基本观念:

第一,所有的空间,无论是空间图景还是空间物,都是由两种相互对立的因素或方式建构成的。空间图景是由混乱的现实状态和逻辑有序的大脑推断建构成的,或用莱菲弗尔的话说是由混沌的物质空间和明晰的大脑空间建构成的,具体到《霍克斯默》中,是由碎片式的六起男孩或类男孩死亡事件和霍克斯默对它们的有序化运算建构成的。空间物是由理性有序的乌托邦方式和非理性无序的异托邦方式建构成的,具体到作品中,六座伦敦大教堂是由雷恩代表的理性主义建筑方式和戴尔代表的非理性主义建筑方式建构成的。

第二,由于人们的空间建构活动从里到外、从思想认知到物质实践,自始至终处于两种相反相成的因素或方式的矛盾运动中,因而由之所打造的空间形态无不是多元混杂的、异质的、动态变化的、不确定的。如六座大教堂中深深隐含着上帝与魔鬼、光明与黑暗、宁静与暴力、和谐与动乱等相反的成分,二元矛盾,昏暗不明;六起男孩或类男孩死亡事件或被归结为个人自杀,或被归结为他人谋杀,或被看成由一位神秘的黑衣人所为,或被当作由一位怪诞的流浪汉所为……随着时空境况的变化,建构者霍克斯默对它们的划界、归类一直在变化,它们的空间图景一直处于绘制和再绘制过程中,它们的空间形态始终处于流变不居的状态,是游移的、不确定的。

　　阿克罗依德这种关于世界的空间图景和空间物是人类的文化建构物，是两种相反相成的因素或方式矛盾运动的结果，是多元异质的和动态多变的的观念，是西方当代先锋知识分子关于世界空间的普遍看法，是"空间转向"思潮的突出界标。《霍克斯默》深刻反映了西方当代知识界关于空间的最新观念，无疑具有重大的思想认识价值。

第四章 论里斯《茫茫藻海》对克里奥耳女人之疯狂的重写①

由于英国当代杰出作家琼·里斯的经典之作《茫茫藻海》主要描述了加勒比地区的两个本土白人妇女因受民族压迫而发疯的人生悲剧，所以作品中对民族问题的表现便成为学术界讨论的焦点问题。关于它的民族书写，评论界的看法褒贬俱存，正像约翰·J. 苏（John J. Su）所总结的："一方面，《茫茫藻海》被视为是战后人们对维多利亚的社会习俗和英国的殖民政策进行文学批判的标志性作品。在埃伦·G. 弗里德曼看来，借给《简·爱》中无声的伯莎·梅森、那'阁楼里的疯女人'、罗切斯特的第一夫人以声音，里斯成功地突破了英国的男权主义和帝国主义'主流叙事'。另一方面，里斯的小说因对加勒比黑人的描述而受到了批判，维罗妮卡·格雷格谴责它对加勒比黑人的声音和文化进行了'民族主义扼压'。里斯的作品所引发的广泛解释使巴贝多诗人和批评家卡毛·布莱斯维特将她形容为'我们的战争的海伦'，她的作品为英国和加勒比学者之间的意识形态斗争提供了战场。"② 而不管是赞扬它的还是批判它的学者，主要关注的都是它的社会政治批判价值，而忽略了它的价值的最重要的方面，即思想认识价值。《茫茫藻海》最早突破了西方传统的本质主义民族观念，提出了新型的建构主义民族观念，为我们认识和理解民族性问题启示了一种新视野。

---

① 本章曾以"重写、问题意识、历史见证法——论琼·里斯《茫茫藻海》的种族书写方式"为题，发表于《学术月刊》2014 年第 8 期，第 144—152 页。

② John J. Su, "Jean Rhys's Wide Sargasso Sea", in Brian W. Shaffer（ed.）, *A Companion to the British and Irish Novel 1945—2000*, Malden: Blackwell Publishing Ltd., 2005, p. 388.

第一节 《简·爱》中伯莎的疯狂

人以群分，物以类聚。民族与家庭、家族、国家、人类、男人、女人、贵族、奴隶、地主、农民、资本家、工人、居民、移民等一样，均是人们用以标划人类团群的概念。由于民族是一个涵盖面较大和凝聚力较强的概念，因而其作用力也十分巨大，极具破坏性。正如英国当代著名理论家埃里克·霍布斯鲍姆（Eric Hobsbawm）在《民族与民族主义》中形象地描绘的："试想，在核战浩劫后的一天，一位来自银河系外的星际史学家，在接到地球毁于核战的讯息后，横渡银河，亲赴战争后满目疮痍的地球，想一探地球毁灭之因。他或她（暂且不论银河系外的生物繁衍问题），殚尽心力，从残存的图书与文献中，找寻地球毁灭之因的蛛丝马迹——显然，精良的武器已达成其全面摧毁人类的目的，但却奇怪地将人类的财物保留了下来。经过一番详细调查，这位星际史学家的结论是，若想一窥近两世纪以降的地球历史，则非从'民族'（nation）以及衍生自民族的种种概念入手不可。'民族'这个字眼，阐述了纷扰人事的重要意义，但是，到底民族对人类有何意义可言？这个问题即是揭发人类毁灭的奥秘所在。"[①] 霍布斯鲍姆的分析十分敏锐深刻：人类的一切巨大灾难、战争或其他毁灭性事件，无不与民族问题关联在一起。

民族性是民族问题中的关键问题。传统上人们对民族性的理解很大程度上是本质主义的。有三大表征：第一，认为民族性是自然天成的；第二，认为每一个民族内部有某种天然的本质属性，该属性决定了一个民族的品质和状态；第三，认为自己的民族优秀，其他民族低劣（如西方人一贯认为自己是天神或上帝的后裔和选民，天生理性文明，是优等民族，非

---

① ［英］埃里克·霍布斯鲍姆：《民族与民族主义》，李金梅译，上海人民出版社2006年版，第1页。

西方人是被天主或上帝遗弃的种族，天生野蛮粗暴，是劣等民族①）。这种自然天成论和二元对立论民族观念在传统的西方文学作品中表现得异常明显。如早在公元前九、八世纪，古希腊诗圣荷马（Homer）在《奥德修纪》中就将异域人波吕斐摩斯、基尔克、塞壬等描写成天然的半人半兽、残暴恶毒的怪物。公元前五世纪，古希腊悲剧作家欧里庇得斯（Euripides）在《美狄亚》中将来自异域的公主美狄亚描写成天生恶毒残忍的妖女。17 世纪初，英国戏剧家莎士比亚在《暴风雨》中将黑人凯列班描写成先天丑陋、下贱、低能、奸邪、不可理喻的怪物。18 世纪初期，英国小说家丹尼尔·笛福（Daniel Defoe）在《鲁滨逊漂流记》中将土著人描写成天然野蛮的食人族。

19 世纪中期，英国小说家夏洛蒂·勃朗特在《简·爱》中完全继承了此种将非西方人看成天生的野蛮人的观念，突出标志是她将加勒比地区的克里奥耳人伯莎描绘成先天性的疯女人，乖戾粗暴，不可理喻。《简·爱》主要描述的是简·爱从未成年到成年的一段生活经历，是一部典型的成长小说。简·爱在成长过程中遇到了一连串压制迫害她、使她遭受重大磨难的可憎人物，如残暴的表哥约翰、势利的舅母里德太太、虚伪的慈善家布洛克尔赫斯特等，而她在青年时期碰到的来自加勒比地区的疯女人伯莎，则是破坏她和恋人罗切斯特的自由幸福的最可怕的人物。

作品中描绘伯莎的文字虽然不多，但倾向性很明显，贬抑之情溢于言表。作品从两个方面描绘了伯莎的疯狂性格：一是疯狂的根源，二是疯狂的特征。勃朗特借罗切斯特的叙述反复强调伯莎的疯狂源自血统、是天然的："伯莎·梅森是个疯子；她出身于一个疯子家庭；——三代都是白痴和疯子！她的母亲，那个克里奥耳人，既是一个疯女人又是一个酒鬼！——我娶了她的女儿以后才发现；因为在这以前，他们对这个家庭秘密是闭口不谈的。伯莎象个孝顺的孩子，在这两点上都和她母亲一模一样。"（简 383）"我一离开大学，就给送到牙买加去娶一个已经为我求过

---

① 对此当代后殖民批评家爱德华·W. 萨伊德（Edward W. Said）在《东方主义》中做过深刻论述，参阅 Edward W. Said, *Orientalism*, New York: Vintage Books, 1979.

婚的新娘。……我从来没有见过新娘的母亲；我以为她死了。度过蜜月以后，我才知道我猜错了；她只是发了疯，关在病人院里。还有一个弟弟，完全是个哑巴白痴。你看见的那个弟弟也许有一天也会发疯……我看出我永远不会有一个平静安定的家庭，因为她不断蛮横无理地发脾气，或者拿一些荒谬、矛盾、苛求的命令折磨人，使仆人们没有一个忍受得了……伯莎·梅森——一个声名狼藉的母亲的忠实的女儿。"（简401—402）。

　　罗切斯特一而再、再而三地述说伯莎的疯狂源自家族遗传基因特别是有疯病的母亲，表面看是为自己的厌妻毁婚行为辩护，实质上正反映了以往西方人对异域民族的看法和态度。在西方人的理解中，异域人"蛮横无理"，乖戾，"荒谬、矛盾"，不可理喻，是天生的疯子，理当受到抛弃、压制、关押、监管。这种观念是典型的自然天成论民族性观念。

　　作品除特别强调伯莎疯狂的病因外，还刻意描绘了她疯狂的症状。作品借简·爱的描述集中展示了伯莎的疯狂，主要有四段文字。第一段描写简·爱刚到桑菲尔德庄园时听到的伯莎的怪异笑声："我轻轻地向前走着，万万没有想到在这样寂静的一个地方，竟然会听到刺耳的笑声"（简135），"我还听到她那古怪的嘟囔，那比她的笑声更怪"（简140）。第二段描写简·爱看到的伯莎半夜点火焚烧罗切斯特卧室的情景："火舌在床四周跳动，帐子已经着了火。在火焰和烟雾包围中，罗切斯特先生正一动不动地伸开手脚熟睡着。"（简193—194）第三段描写简·爱听到的伯莎用刀刺杀哥哥理查德的情景："现在我听到一阵搏斗的声音，从声音来判断是一场你死我活的搏斗；一个一半被闷住的声音嚷道：'救命！救命！救命！'急速地叫了三遍。"（简268—269）第四段描写简·爱亲眼看到的伯莎半人半兽的外形和攻击罗切斯特的行为："那是什么呢，是野兽呢还是人呢？乍一看，看不清楚；它似乎在用四肢匍匐着；它象个什么奇怪的野兽似地抓着、嗥叫着；可是它又穿着衣服；密密层层的黑发夹杂白发，蓬乱得马鬃似遮住了它的头和脸……这个穿着衣服的鬣狗爬了起来，用后脚高高地站着……她把浓密蓬乱的鬈发从脸上分开，狂野地瞪着她的客人……疯子跳起来，凶恶地卡住他的脖子，用牙咬他的脸颊；他们搏斗

着。"(简384—385)

简·爱从声音、形象、行为等多个方面刻画了伯莎的疯狂。她经常发出古怪的嘟囔声、刺耳的笑声、野兽似的嗥叫声,与无理性的动物没有什么区别。四肢匍匐,密密层层的黑白混杂的鬈发遮住了她的头和脸,乍一看像一条鬣狗。时不时会做出一些令人猝不及防的可怕举动,如半夜闯入罗切斯特的房间,乘他熟睡之际点火焚烧他的卧室;拿刀刺杀到她房间看她的同父异母兄弟理查德;当着很多人的面用手凶恶地卡住罗切斯特的脖子,用牙咬他的脸颊。

在勃朗特笔下,克里奥耳女人伯莎神态怪异,外形奇特,神志不清,生性野蛮凶残,难通人性,跟动物没有什么两样。表面看来,勃朗特对伯莎的否定性书写似乎仅转述了受害人简·爱的责贬之词,属于个人偏见,实质上简·爱的看法来自勃朗特的看法,而勃朗特的看法无不根之于周围人们的看法,所以勃朗特的否定性书写正代表了西方人关于异域人的普遍看法:异域人乖戾、粗野、残暴、疯狂,与动物无异,不可理喻。

总之,在勃朗特笔下,伯莎是一个天生的疯子,乖戾、荒诞、不可理喻、野蛮、残暴,跟动物差不多。此种书写从思想观念的角度说,根本上是西方传统的本质主义民族观的产物,即无意识中将民族性看成自然天成的,认为异域人天生粗野残暴,是劣等民族。伯莎的疯狂说到底是西方人眼中非理性的异族人的表征。由于过去人们一贯囿限于根深蒂固的本质主义思想窠臼,因而理所当然地认为《简·爱》中所描绘的伯莎的疯狂,正是克里奥耳人民族性的真实写照。所以,在《简·爱》面世后的一百多年中,很少有人怀疑过它的民族书写的荒谬性。

第二节 《茫茫藻海》对伯莎母女疯狂的重写

英国当代小说家琼·里斯的非凡之处,就在于在人们对《简·爱》的本质主义民族书写一向熟视无睹、听之任之的状态下,却独具慧眼,敏锐地看到了它的不合理性,对之进行了尖锐质疑。她读完《简·爱》后立刻意识到了其中描述克里奥耳妇女的文字的荒谬性,开始愤怒质疑勃朗特:"为什么她会认为克里奥耳妇女精神失常、不可理喻?"①

里斯之所以能敏锐发现《简·爱》中本质主义民族书写的荒谬性,与其独特的身份和生活经历有关。里斯1890年生于加勒比地区的多米尼加岛,父亲是威尔士人,母亲是克里奥耳人。里斯的童年和少年是在多米尼加度过的。多米尼加是一个白人和黑人杂居的英属殖民地,那里民族冲突一向都很激烈,19世纪末尤为尖锐。由于无法忍受白人的歧视和盘剥,19世纪90年代,多米尼加黑人发动了一场针对白人统治的反殖民起义。里斯作为白人小孩,从小就受到了当地黑人的排斥。她的童年留给她的差不多全是冷酷无情的记忆。她在自传《请笑一笑》中记述道,小时候父母曾送她到一家黑人占多数的修道院去学习,她试着跟一个黑人女孩交朋友,得到的却是"仇恨——没有人情味的、难以调和的仇恨"②。她家曾雇过一个叫梅特的黑人保姆,后者常借折磨小里斯来发泄她对白人的怨恨,所以小里斯很讨厌她,咒她为"黑魔鬼"③。

16岁那年,她离开多米尼加,来到英国。在那里她同样受到了人们的歧视、排斥和压迫。她最早就读于剑桥的皮尔斯女子学校,在那里同学们因她的地方口音和外来者身份常嘲笑她。1909年她到伦敦的皇家戏剧艺术专科学校上学,没读多久,因为她不能讲标准的英语,学校的老师劝她父亲将她带走。1910年父亲去世后,她不得不放弃学业,自谋生路,从事过音乐剧团合唱队演员、人体模特、艺术模特等工作。有一段时间还给一位有钱人当情妇。一战期间她作为一个志愿者在兵营食堂工作。战后在欧洲大陆漂游多年。直到1927年后才在英国定居下来。

里斯早年既受多米尼加黑人的排斥又受英国白人的歧视的痛苦经历,

---

① Elizabeth Vreeland, "Jean Rhys, The Art of Fiction No. 64", *Paris Review*, Issue 76 (1979), p. 235.
② Jean Rhys, *Smile Please: An Unfinished Autobiography*, New York: Harper & Row, 1979, p. 39.
③ Jean Rhys, *Smile Please: An Unfinished Autobiography*, New York: Harper & Row, 1979, p. 24.

使她从内心深处对形形色色的民族主义怀有一种强烈的恐惧感和厌恶心理，而她后来从一种文化环境转移到另一种文化环境、从一个地方转移到另一个地方、四处漂泊的生活阅历，则使她彻底摆脱了狭隘的民族主义和地方主义思想视野，而具备了一个步入地球村时代的新型世界公民的品格，即热切期盼一种人类各民族不分地域肤色、平等和谐相处的自由境界。

正是基于这种真切的民族平等观念，她对西方人基于本质主义思想方式的民族主义观念和种族歧视态度极度厌恶反感。因此在读到《简·爱》对克里奥耳女人伯莎的诬蔑性书写时极为不满，她愤怒地指出："将罗切斯特的第一个妻子写成可怕的疯女人是多么可耻！"① 她认为"过去肯定有某种东西使她走向疯狂，甚至试图烧毁一切，最终成功了"②。她宣称她写《茫茫藻海》的目的就是为了解释安托瓦内特（伯莎）疯狂的"原因和理由"③，以驳斥勃朗特对克里奥耳人的诬蔑。而为了有力驳斥勃朗特有关克里奥耳人是天生的疯子、乖戾蛮横、不可理喻的说法，作品刻意采用了复线结构和戏剧法：第一，它同时讲述了安托瓦内特（伯莎原初的克里奥耳名字）和她母亲安妮特两人发疯的历史过程；第二，集中展现了两个英国男人梅森和罗切斯特与两个克里奥耳女人之间的冲突，揭示了安托瓦内特母女发疯的根由，表达了里斯关于民族性的新观念。

作品首先讲述了安妮特如何发疯的故事，集中描绘了她与梅森之间的冲突，揭示了她的疯狂的发生原因，表达了里斯对民族性问题的新看法。安妮特是牙买加的一个奴隶主克斯韦的第二个妻子，来自马提尼克岛。19世纪英国颁布《废奴法案》，废除奴隶制后，克斯韦家的奴隶离去，田园荒废。克斯韦在世的时候，安妮特家的家境已很困窘。丈夫去世后，安妮

---

① Elizabeth Vreeland, "Jean Rhys, The Art of Fiction No. 64", *Paris Review*, Issue 76 (1979), p. 235.

② Jean Rhys, *Letters 1931—1966*, Francis Wyandham and Diana Melly (eds.), Harmondsworth: Penguin, 1985, p. 156.

③ Jean Rhys, *Letters 1931—1966*, Francis Wyandham and Diana Melly (eds.), Harmondsworth: Penguin, 1985, p. 164.

特的境况更为艰难。不仅经济拮据,而且由于丈夫过去压迫过黑人,所以周围住的黑人对他们不怀好意。附近西班牙镇上虽住有欧洲白人,但这些白人自视甚高,不愿意与本土白人来往。安妮特身边没有一个朋友,精神十分孤寂,加上儿子皮埃尔患的是白痴症,无法治疗,她的心理负担很重。

安妮特家附近一个老宅子换了新主人。新主人的朋友、英国商人梅森先生见到安妮特后,主动追求她。这给万念俱灰的安妮特带来了生命活力。她接受梅森先生的邀请,一起去西班牙镇跳舞,参加各种社交活动,出出进进,心情非常好,不知不觉热恋上梅森。没过多久,她与梅森结了婚,变成了梅森夫人。

这引起了西班牙镇上欧洲女人的强烈妒忌。有人说:"真是桩怪异的婚事,他会后悔的。他那么有钱,在西印度群岛上有资格挑选任何女孩,就算在英国恐怕也有很多选择。"(茫16)可她没有看到,无论在加勒比还是英国拥有如此大片田园的女人并不多。有人说:"他为什么娶个寡妇?穷得叮当响,库利伯里又是片废地。"(茫16)但她忘了梅森先生是一个商人,在商人梅森的眼里,那大片的废地就是巨额的财富。

跟西班牙镇上攻击她的那些欧洲白种女人一样,安妮特也未搞明白梅森先生追求她、娶她的真正目的。她只是觉着西班牙镇上的那些欧洲女人们蛇蝎心肠,用心险恶,她们散布的流言蜚语充满恶意,阴险恐怖。

梅森住进库利伯里庄园后修缮房屋,更换家具,打理园地,使库利伯里的面貌焕然一新,使安妮特和孩子们的生活得到了彻底改善。跟梅森结婚后,安妮特的物质需求虽然得到了充分满足,但精神负担一点都没有减轻。她心里明白周围黑人对他们的敌意不仅没有减轻,相反随着他们的财富的增加而急剧增强。为此,她多次请求梅森带他们离开牙买加,到英国居住。但梅森反过来说她杞人忧天,对她的警告根本不当回事。不仅如此,他还当着黑人女仆的面宣布他准备从外地输入劳工,替换本地黑人。此计划被黑人女仆传出去后,黑人们集结起来,放火焚烧他们的庄园,准备把他们赶走。在这次暴力事件中,安妮特的家园被烧毁,儿子被烧死。

第四章 论里斯《茫茫藻海》对克里奥耳女人之疯狂的重写

看着那烧毁庄园和烧死儿子的熊熊大火，安妮特痛恨那些纵火的黑人，更怨恨那将她的忠告当作耳旁风的梅森。她痛斥他说："我一遍又一遍地告诉你会发生什么事儿。你不听，你嘲笑我，你笑得好虚伪，你应该去死，你什么都知道，是不是？"（茫28）她这时才看清楚，从始至终梅森所爱的不是她而是她的财产，关心的不是她们母子三人的幸福和安危，而是他自己的利益。真正背叛和伤害她的不是那些攻击她的黑人，而是这位蓄意剥削和玩弄她的英国绅士。所以当失去家园和儿子后，她对他的反应很激烈："她突然开始尖叫着怒骂梅森先生"（茫28），"她仍然尖叫"（茫28），"当他把手放到她胳膊上时，她突然尖叫起来"（茫32）。

对丈夫梅森的极度愤恨和失去儿子的巨大痛苦纠结到一起，使安妮特思想亢奋，情绪激动，精神不堪重负，终于失去了控制。她精神狂乱后不仅未得到梅森的抚慰，相反却被后者当作精神病人看管起来，并任由那些监管她的黑人非礼、凌辱。安妮特的佣人克里斯托芬对之最清楚："是他们把她逼疯的。她儿子死掉后，她有段时间神志不清，他们把她关了起来。没一句暖心话，没一个朋友，丈夫也走了，丢下她不管。看管她的那个男人什么时候想搞她就搞她，而他女人到处乱讲。那个男人，还有别的男人，他们都搞过她，唉，上帝压根就不存在。"（茫154）在这种极度残酷的压迫和凌辱下，安妮特的精神心理越来越痛苦、狂乱，最后全线崩溃，彻底发疯了。

从安妮特的生活历程看，她的发疯主要是由其爱情婚姻悲剧引发的。而她的爱情婚姻悲剧则主要是由于她与梅森的爱情婚姻观念和行为方式的差异造成的。正像作品通过直接和间接的方式所明确展示的，梅森娶安妮特有所图谋，是为了骗取安妮特大片的田园，发财获利，而安妮特嫁给梅森则主要出于激情和爱，为了满足精神需要，因而在情感交流过程中，梅森三心二意，主要出于理性考虑，而安妮特却全心全意，付出了全部感情，并越陷越深。结婚后安妮特首先考虑的是他们全家人的人身安全和精神快乐，因而极力劝说梅森带他们离开此是非之地，到一个无民族仇恨的地方过太平和谐生活，而梅森首先考虑的是他的经济利益，所以对安妮特的话置若罔闻。黑人袭击庄园的事件发生后，安妮特终于看清了梅森的真面目，难以承受她付出了全部的爱和情而对方回报的却是无情和欺诈这一事实，所以精神崩溃，神志狂乱。她精神错乱后，梅森唯利是图、自私无情的面目暴露无遗，对可怜的安妮特不仅不想方设法安慰疗理，相反却交由黑人任意凌辱。

里斯借描绘安妮特从一个正常人变为一个精神失常者的过程，给我们揭示了两大重要现象。

第一，民族性不是先天的而是后天的，是约定俗成的，是文化传统的产物，是文化建构物。如英国现代人一直很看重物质利益，因而在处理爱情婚姻问题时以利益为重，梅森就是典型的例子。他追求安妮特、与之成亲，完全是为了谋取后者的财产，所以婚后不仅对安妮特的精神期待不予理睬，甚至对安妮特一家人的人身安全也不放在心上。安妮特发疯后将之像扔垃圾一样抛弃了。而克里奥耳人一贯重视情义，因而在处理爱情婚姻时以精神快乐为出发点。如安妮特喜欢上梅森以后，将自己的身心和财产毫无保留地全部投入爱情中。因而后来发现梅森虚情假意后，便无法接受，从而走向疯狂。梅森和安妮特的思想观念和行为方式完全源自民族传统，是文化建构物。他们之间的冲突是不同的民族文化观念的冲突，安妮特的疯狂是由于无法理解英国人梅森的思想行为方式导致的。如果换成一个英国女人，将不会发生此类悲剧，因为对英国女人而言，此种情景司空见惯，不足以引发她们的精神震荡和分裂。

第二，民族性不是一种客观存在，而是一种主观叙事，对同一种民族品质，不同的人所看到的东西完全不一样，得出的结论也大相径庭。如对同一种现象即克里奥耳人的民族性，19世纪中期的白人女作家勃朗特和20世纪中期的加勒比裔女作家里斯看到的东西完全不一样，前者看到的是它的缺点，后者看到的是它的优点；因而得出的结论完全不同，前者认为克里奥耳人乖戾野蛮、不可理喻，后者认为他们不虚伪狡诈、纯真坦荡。

在描述母亲安妮特的发疯过程的同时，作品还详细描述了女儿安托瓦内特的疯病史。跟母亲一样，安托瓦内特的疯狂也是由爱情婚姻的不幸造成的，同时她与英国人罗切斯特的爱情婚姻悲剧，也源于他们二人之间爱情婚姻观念和行为方式的巨大差异。老罗切斯特爱财如命，为了扩充家族财富，建议儿子爱德华·罗切斯特娶英国富商梅森的继女安托瓦内特为妻，后者将会给他们带来三万英镑的嫁妆。罗切斯特接受了父亲的建议，准备与父亲给他介绍和推荐的安托瓦内特成亲。显然，罗切斯特从一开始就动机不纯，是为了谋取财产才到加勒比来追求克里奥耳女孩安托瓦内特的。

安托瓦内特是一个混血儿，父亲是爱尔兰人，母亲是马提尼克白人。父亲很早就去世，母亲孤苦伶仃，加上还要照顾痴呆的弟弟，所以根本顾不上关照她。她从童年开始就很孤独寂寞。母亲发疯后，她被姑姑和继父送进一家修道院学习，过了几年与世隔绝的生活。她17岁那年离开修道院后不久，被同父异母兄弟理查德·梅森介绍给英国人罗切斯特。从未享受过爱抚和温情的她比任何人都渴望能找到一个爱她的人。所以，当罗切斯特向她求婚时，一方面怦然心动，很想接受这位英俊儒雅的英国男孩，但另一方面因亲眼目睹过母亲的爱情婚姻悲剧，害怕受到伤害，重蹈母亲覆辙，因而她犹豫不决以至拒绝了他。可后来罗切斯特穷追不舍，并且发誓永远忠于爱情。她见他态度诚恳，真心实意，于是答应了他的求婚。

新婚伊始，罗切斯特被安托瓦内特漂亮的外表所吸引，完全沉浸到对她的狂热爱抚中。过了三个星期，他对她的新奇感慢慢消失。新鲜感消退后，他对她的生活环境和她本人产生了一种无名的厌恶感。他看不惯加勒比的景色："一切都太多了，我没精打采地骑马跟在她身后时，心里这样想着。"（茫58）看不惯加勒比的社会环境："这是个野地方——还没开化"（茫56）。看不惯加勒比的人："狡黠、居心不良，也许是恶毒的"（茫53）。更看不惯安托瓦内特本人："她那副央求人的模样叫人看了心烦。"（茫58）这里他的种族偏见和思想狭隘性溢于言表，昭然若揭。

恶棍丹尼尔对安托瓦内特的诬陷，进一步加剧了罗切斯特对妻子的偏见和厌恶。为了讹钱，地痞无赖丹尼尔编派了一连串有关安托瓦内特的丑闻:"最糟糕的是这个家族有疯病。"(茫 86)"她(安托瓦内特)继承了父母双方的坏血统。"(茫 88)"你的妻子老早就认识桑迪。……你一定是个聋子,你结婚时没听人们的嘲笑么?……要是让我闭嘴不谈,那照我看来你就欠了我的人情。500 英镑对你来说算得了什么?"(茫 120)尽管这时已深深爱上罗切斯特的安托瓦内特安向他做了掏心掏肺的表白和解释,但他还是宁愿相信丹尼尔的诬陷之词,而不愿相信妻子的肺腑之言,并开始称她为"伯莎",此名字原是安托瓦内特的母亲的称号。

就安托瓦内特而言,她听完罗切斯特结婚前海誓山盟式的许诺后,对他充满了期望,而他新婚伊始的狂热使她对他更为倾心。结婚后他差不多成了她生命的全部。她期待着与他永远相爱,白头偕老。可没想到刚度完蜜月,他就变了心,不愿意接近她。为此她不仅十分伤心,而且极为焦虑。安托瓦内特在无计可施的情况下,求助于克里斯托芬的奥比巫术。克里斯托芬拗不过安托瓦内特的纠缠,给了她一副春药。没想到罗切斯特服下安托瓦内特掺到酒里的春药后,非但没有激起恋情,相反却中了毒,得了病,结果对安托瓦内特更为鄙视仇恨。为了报复妻子,他在她的卧室隔壁故意与黑人女仆调情、做爱。安托瓦内特无法承受如此巨大的打击,精神日趋狂乱,几近发疯:"她的头发乱七八糟,毫无光泽,披到眼睛上,她眼睛红肿,目不转睛地瞪着,面孔通红、浮肿。她光着脚。"(茫 141)

看到安托瓦内特被罗切斯特折磨得如此凄惨,女仆克里斯托芬忍无可忍,她愤怒痛斥罗切斯特的罪恶行径。下面是罗切斯特记述的克里斯托芬对他的痛斥之词和他的回应:

"……每个人都知道你是为钱而跟她结婚的,你把钱全部拿走了,然后你想弄死她……"

……

好像是这样,我想。好像是这样。不过最好是什么也不说。

……

"……你想逼她哭,逼她说话。"

……

"不过她不肯哭。于是你就动了别的心思。你把那个小贱人带到隔壁去玩。……"

……

没错,这并非偶然。我是有意的。(茫 148—158)

从克里斯托芬的痛斥和罗切斯特的回应中,我们看到了这位英国绅士的真面目:他追求安托瓦内特完全是为了图谋她的财富;而为了达到此目的,他采用了两面三刀的方式,心里想一套,表面做一套,心口不一,两张面孔。由此,我们也明白了安托瓦内特发疯的真正缘由:由于她十分单纯、直率、坦诚、透明,对于面善心狠的伪君子罗切斯特毫无戒备之心,因而陷入了情网,结果饱受欺凌和折磨,痛苦不已,最后情感激越,精神趋于狂乱。

安托瓦内特精神失常后,罗切斯特不仅没有细心照料和抚慰她,相反却怕她影响自己的声誉,悄悄将她带离加勒比,关押到英国乡下一个偏僻的庄园里,使之在暗无天日的黑屋子里足足呆了十几年,彻底发了疯。对此,里斯在《茫茫藻海》第三章中借当事人格雷斯和安托瓦内特的陈述做了进一步说明。格雷斯在写给朋友的一封信中透露了罗切斯特关押安托瓦内特的情景:罗切斯特将那个加勒比女人带到乡下的一栋房子里,他解雇了那里所有的仆人,只请了一个管家、一个厨子、一个女仆和专门监管安托瓦内特的格雷斯,付给格雷斯双倍的工钱,条件是绝对不能将这个女人的事说出去;其实,那位被关到黑屋子中的加勒比女人并没有完全发疯:"我要为她说句话,她并没有失神丧气。"(茫 177)罗切斯特将一个深爱着他的精神狂乱、性情狂躁的可怜女人安置到一个暗无天日的黑屋子里,足足关了十几年,这正应了监管人格雷斯的一句话:他是一个不折不扣的"魔鬼"。(茫 175—176)

显而易见,安托瓦内特和罗切斯特的爱情婚姻观念大为相异:罗切斯特追求安托瓦内特完全出于物质利益,为了谋取后者的财产,因而他当初谈恋爱时热情很高,对她百看不厌,大献殷勤,穷追不舍,而结完婚、获得财产共享权利后马上变了心,看她怎么也不顺眼,采用各种方式伤害折磨她；而安托瓦内特嫁罗切斯特却完全出于精神追求，结婚前她为他的优雅风度所吸引，为他的热情所感动，深深爱上了他，结婚后则毫无保留地将自己的一切献给对方，一切都依从他，发现他变心后，便想尽办法加以挽救，后来看到无论怎么样都无法获得他的欢心时，痛苦至极，精神高度紧张，最后彻底崩溃。

对照梅森便会发现，罗切斯特的这种唯利是图的爱情婚姻观念和心口不一的行为方式，不是一种偶然现象，而是英国人的普遍精神风格，或者说是英国人的民族本性；而联系安妮特的思想行为方式便会看到，安托瓦内特的这种以情为重的爱情婚姻观念和单纯直率的行为方式，则是加勒比本土人的基本品质格调，或者说是克里奥耳人的民族性。显然，两人的品性根本上是由两种文化传统塑造成的，是两个民族的民族性的代表，他们的冲突是两种不同的民族文化的冲突，安托瓦内特的疯狂，是因无法理解和接受英国人唯利是图的爱情婚姻观和口心非的行为方式引起的。

由此，作品有力反驳了勃朗特关于克里奥耳人是天生的不通人性的疯子的说法，提出了相反的说法，即克里奥耳人多情、纯真、直率，远比英国人富有人性。这充分说明，所谓的民族性只是一种文化叙事，同一个民族的品性，由不同种族的人去言说，其说法完全相异。如上所述，对克里奥耳人的民族性，由英国人勃朗特和克里奥耳人里斯去描述，结论完全相反。

第三节 《茫茫藻海》之民族书写的思想价值

20世纪中后期，在波澜壮阔的存在主义、结构主义、后结构主义等思潮的相继冲击和影响下，西方人的思想视野发生了重大变化，即从本质主义转向了建构主义，不再认为事物是自然生成的，其意义或性质状态是由内在的本质决定的，而是认为事物是人类的文化建构物，其意义或性质状态是由人自己赋予的或建构的。具体到民族性，西方当代先锋社会思想家和文学批评家不约而同地提出了民族性不是自然存在体而是文化建构物的观念。如 1983 年美国著名民族问题研究专家本尼迪克特·安德森（Benedict Anderson）在《想象的共同体：民族主义的起源与散布》中明确指出："民族归属（nationality），或者，有人会倾向于使用能够表现其多重意义的另一个字眼，民族的属性（nationess）以及民族主义，是一类特殊类型的文化的人造物（cultural artefiacts）。"①"我主张对民族作如下的界定：它是一种想象共同体。它是想象的，因为即使是最小的民族的成员，也不可能认识他们大多数的同胞，和他们相遇，或者甚至听说过他们，然而他们相互联结的意象却活在每一位成员的心中。当勒南写道'然而，民族的本质是每个人都会拥有许多共同的事物，而且同时每个人也都遗忘了许多事情'时，他其实就以一种文雅而出人意表的方式，指涉了这个想象。"②

1992 年英国著名社会学家霍布斯鲍姆在《民族与民族主义》中说："我和盖尔纳都特别强调：在民族建立的过程中人为因素的重要性，比方说，激发民族情绪的各类宣传与制度设计等。'将"民族"视为天生的、是上帝对人类的分类，这样的说法实则是民族主义神话'。"③"或许，我们可用主观标准来取代客观标准，比方说以集体认同或个人认同来判定民族……民族显然是'套套逻辑'（tautological）的产物，若想了解民族到底是什么？只能借'后设'（posteriori）原则去理解。"④

1978 年英国著名文学批评家萨伊德在《东方主义》中称："东方不是惰性的自然事实。它不是只在那里，正像西方本身也不是只在那里一样。我们必须认真对待维柯的伟大洞见：人们制作他们自己的历史，他们可以知道的东西即是他们制作的东西。将此见解扩展到地理学：像'东方'和

---

① ［美］本尼迪克特·安德森：《想象的共同体：民族主义的起源与散布》，吴叡人译，上海人民出版社 2011 年版，第 4 页。
② ［美］本尼迪克特·安德森：《想象的共同体：民族主义的起源与散布》，吴叡人译，上海人民出版社 2011 年版，第 6 页。
③ ［英］埃里克·霍布斯鲍姆：《民族与民族主义》，李金梅译，上海人民出版社 2006 年版，第 7 页。
④ ［英］埃里克·霍布斯鲍姆：《民族与民族主义》，李金梅译，上海人民出版社 2006 年版，第 7 页。

'西方'这样的场地、区域或地理层面的存在体，正如地理的或文化的实物一样——遑论历史实物，都是人类的制造物。"①

1990年西方当代后殖民批评的领军人物霍米·K.巴巴（Homi K. Bhabha）在《民族和叙事》中提出，所谓民族性，即是一个民族的整体特征，这种特征作为统一体，自然不可能是具体的特殊的民族文化现实，而只能是人们关于民族文化现实的概括性描述。所以民族性在根本上不是一种现实存在，而是一种文化叙事，是一个民族的生活现实和一定的叙事者的叙事的混合体："民族的象征性结构……像现实主义小说的情节一样运作"，"它将展现在民族舞台上的各种各样的表演活动和表现者（他们丝毫没有意识到别人的存在）链接到了一起"，制造出了某种民族统一性或者说民族性。② 所以民族性是客观现实和主观叙事、外在和内在、社会性和个人性等各种因素合力运动的结果，不仅是文化建构物，而且是多元矛盾体、杂交品。

而早在这些先锋思想家和批评家提出这种建构主义民族性观念之前，如上所论，琼·里斯在《茫茫藻海》（1966）中明确提出了民族性不是自然的产品而是文化建构物，其性质特点不是由内在本质决定的而是由外在言说者赋予的之建构主义观念：作为现实存在的民族性（如英国人或克里奥耳人一贯的思想观念和行为方式）是由根深蒂固的民族文化传统塑造成的，作为知识话语的民族性（如关于克里奥耳人之本质属性的说法）则是由叙事者建构成的；叙事者不同，所建构的民族性话语不同，如由英国人勃朗特和克里奥耳人里斯所建构的克里奥耳民族性话语大为相异，有天壤之别。正是在这个意义上，我们可以说《茫茫藻海》是一部最早彻底突破了源远流长的本质主义民族性观念，创立了先锋性的建构主义民族性观念的开拓性作品。它为人们重新认识民族问题以至处理民族关系，提供了一种全新的思想路线和方法，具有巨大的思想启迪作用。

---

① Edward W. Said, *Orientalism*, New York: Vintage Books, 1979, pp. 4—5.
② Homi K. Bhabha, *Nation and Narration*, New York: Routledge and Keegan Paul, 1990, p. 308.

第五章 论鲁西迪《午夜之子》中萨里姆民族身份的构成

第一节 萨里姆身份的构成和身体伤疤

近几十年,被誉为"后殖民文学教父"的当代英国印裔作家鲁西迪的代表作《午夜之子》(1981)颇受理论界的关注。其中的人物特别是萨里姆的身份一直是学术界讨论的焦点问题。由于鲁西迪与后殖民主义批评家霍米·K. 巴巴都是从印度移民到英美的具有双重身份的知识分子,两人集中关注的都是后殖民社会的现状和出路问题,特别是巴巴在其《文化定位》等论著中多次讨论过鲁西迪的《午夜之子》,因而学界普遍以巴巴的杂交理论为平台解读萨里姆的身份,将之理解成各种不同的文化话语或因素交织杂糅的产物,是一个多元文化杂交体。如凯瑟琳·休姆(Kathryn Hume)说:鲁西迪的作品"解构了二元主义思想,使历史和个体相互作用,使身份成为问题",创造了杂交性形象。[①] 埃里克·格雷考维支(Eric Grekowicz)指出:"萨里姆的杂交反映了作者自身的杂交。萨里姆的主题曲表明他是开裂的:他有多个文化方面。萨里姆关于自己的陈述与巴巴的'开裂'和'双重化'十分相似。"[②]

事实上,鲁西迪的创作在先,巴巴的理论在后,二者之间没有对应关

---

① Kathryn Hume, "Taking a Stand While Lacking a Center: Rushdie's Postmodern Politics", *Philological Quarterly*, Vol. 74, No. 2 (1995), p. 209.

② Eric Grekowicz, "Salman Rushdie's 'Midnight's Children' and the Metaphorics of Fragmentation", *Journal of South Asian Literature*, Vol. 31/32, No. 1/2 (1996/1997), p. 221.

系。如果说鲁西迪受过什么影响的话，那便是20世纪中期风行于西方文坛的结构主义和后结构主义思想，特别是福柯关于自我是由知识话语和权力关系打造成的文化建构理论。在一次讨论巴勒斯坦人身份的对话中，鲁西迪称赞萨伊德的《东方主义》"分析了'知识与权力的亲缘性'"①。其中"知识与权力的亲缘性"是福柯权力话语学说的核心命题。足见鲁西迪对福柯的学说耳熟能详。

  细读文本可以明显看到，《午夜之子》中萨里姆的身份不是各种对立的因素或叙事话语协商对话、混合杂交的结果，而是人为的社会文化观念、范畴、规则、话语等对天然的个人生命和生命经验进行刻写建构的结果，用福柯的话说是权力、知识、话语对个人的灵魂和肉体进行规训的产物。福柯在《惩罚与规训》中指出：人的"这种现实的非肉体的灵魂不是一种实体，而是一种因素。它体现了某种权力的效应，某种知识的指涉，某种机制。借助这种机制，权力关系造就了一种知识体系，知识则扩大和强化了这种权力的效应。围绕着这种'现实－指涉'，人们建构了各种概念，划分了各种分析领域：心理、主观、人格、意识等等。围绕着它，还形成了具有科学性的技术和话语以及人道主义的道德主张。人们向我们描述的人，让我们去解放的人，其本身已经体现了远比他本人所感觉到的更深入的征服效应。有一种'灵魂'占据了他，使他得以存在——它本身就是权力驾驭肉体的一个因素。这个灵魂是一种权力解剖学的效应和工具；这个灵魂是肉体的监狱。"②将福柯的这段论述转换成通俗的说法即是：权力关系造就了知识体系，包括概念、学科、技术、话语、道德等，知识体系塑造了人的灵魂，人的灵魂管辖和制约人的肉体。

  萨里姆集灵魂和肉体于一体的自我同一性，正是由环绕在他周围的权力关系和文化符号塑造成的。这些权力关系和文化符号在规训和刻写萨里

---

① Salman Rushdie, "On Paliestinian Identity: A Conversation with Edward Said", in Salman Rushdie, *Imaginary Homelands: Essays and Criticism 1981—1991*, London: Granta Books, 1991, p. 166.

② ［法］米歇尔·福柯:《规训与惩罚》, 生活·读书·新知三联书店 2003 年版, 第 23 页。

姆的个人灵魂肉体，或者说生命和初始性生命经验的过程中，完全改变、扭曲、损坏了后者，所以萨里姆的身份不是各种相反因素混合杂糅的结果，而是固定僵死的社会文化观念规则收编、刻写、歪曲生动鲜活的个人生命及其经验的结果，其特征不是杂交性的，而是刻画损坏性的。

西方学者琼·M. 凯恩（Jean M. Kane）精辟地指出，印度人的思维是整体思维，在那里，"主体被理解成肉体的、无所不包的、多维的"，"精神情感首先被视作身体的感觉而不是理性化的大脑的效应"。① 在鲁西迪笔下，萨里姆的精神和肉体是一体的。他的精神个性集中反映在他的身体表征中。作品集中描述了萨里姆身上后天性的伤疤这一突出表征。如小说一开篇萨里姆自我介绍说："我，萨里姆·西奈，后来又有了'拖鼻涕''花面孔''秃子''吸鼻子''佛陀'，甚至'月亮瓣儿'等各种各样的外号，已经与命运紧紧纠缠在一起——就是在最好的情况下，这种纠葛也是很危险的。在那时候我连自己的鼻子都不能擦。"（午3）第八章中他重复说："我叫萨里姆·西奈，又叫'拖鼻涕''花面孔''吸鼻子''秃子''月亮瓣儿'。"（午146）第十八章："就称它为萨里姆，或者'拖鼻涕'，或者'吸鼻子'，或者'花面孔'吧，称它为'小月亮瓣儿'吧。"（午332）第二十一章："我是黄瓜鼻子、花面孔、没下巴、太阳穴上长角、罗圈腿、缺掉手指尖、像和尚样的头上秃了一块、左耳又听不清。"（午379）第二十五章："努力想要记起自己叫什么名字。他只能想起各式绰号：'拖鼻涕'呀、'花面孔'呀、'秃子'呀、'爱哭鬼'呀、'月亮瓣儿'，等等。"（午466）"这会儿，我为黄瓜鼻子、花面孔、罗圈腿、太阳穴上长角、和尚那样的秃顶、少了一截手指头、一只聋耳朵。"（午466）下面我们就以萨里姆的身体伤疤为切入点，具体考察其身份的构成过程和特点，进而对鲁西迪的族群身份构成观念做些管窥式的分析说明。

---

① Jean M. Kane and Salman Rushdie, "The Migrant Intellectual and the Body of History: Salman Rushdie's 'Midnight's Children'", *Contemporary Literature*, Vol. 37, No. 1 (1996).

第二节 宗教成规和耳聋

萨里姆出生前,母亲阿米娜找魔术师算过命,后者说她会生出"两个头的孩子"。所以阿米娜十分担心,生怕生出个多头怪物来,萨里姆降生后她才放心了,他跟其他孩子一样,不是长了两个脑袋,而是一个脑袋。事实上作品所说的"两个头"不是实指,而是喻指,隐喻他的两种血统:他是英国商人威廉·梅斯沃德和印度卖艺女子范妮塔偷情所生,就血统而言,有一半英国人的元素,一半印度人的基因。而他一生下来就被护士玛丽调包,送给一对与他无任何血缘关系的穆斯林夫妇阿赫穆德·西奈和阿米娜·西奈,斩断了自然联系,被置于一种纯粹非自然的文化境遇中。此种处理旨在凸显印度人身份的文化建构性和多元复杂性。

他小时候是由阿米娜和玛丽共同抚养长大的。前者是母亲(实际上是养母),后者虽是保姆,但他将她视为"第二个母亲"(午 509)。前者是货真价实的穆斯林,后者是虔诚的基督徒。塑造他生命形态的最初的重要文化形式是宗教意识形态。萨里姆身上有多种血统,并且是在一个由多种民族、多种职业的人构成的梅斯沃德大院长大的,因而最早思想非常活跃,想象极为丰富,对异常之物十分敏感和迷恋。九岁那年,他大脑里突然响起"许多人乱七八糟地说话的声音,就像是没有调好电台的收音机"(午 206),此情景跟《古兰经》中提到的穆罕默德先知听到大天使声音的情形很相似。所以他很兴奋,自认为受到真主的特别眷顾,于是把家里所有的人召集到大厅里,当众宣布:"昨天我听见了好些声音,这些声音在我脑袋里跟我讲话。我觉得——阿妈,阿爸,我真的觉得——大天使们开始同我讲话了。"(午 208)

小萨里姆想,他说出自己大脑里那奇妙的不可思议的情景后,会得到家里人的赞扬:"好了!我想,好了!说出来了!这一来他们就会拍我的背,还会给我糖果,当众宣布,也许又会拍照片。这一来他们心中会充满了自豪感。"(午 187)可没想到他的"宣言"一发布,立即遭到全家人的痛斥，大家都认为他发疯了：

> 噢，小孩子是多么天真无知呀！我老老实实说真话，诚心诚意、不顾一切地想要讨好——却不料受到了各方面的攻击。就连铜猴儿也说："噢，真主，萨里姆，费了那么大的劲来表演，就为了说你这个蠢得要命的笑话吗？"比铜猴儿更糟的是玛丽·佩雷拉，她说："耶稣基督！救救我们吧，上帝！罗马教皇啊，真想不到我今儿个会听到这种亵渎神圣的话！"比玛丽·佩雷拉更糟的是我母亲阿米娜·西奈，她嚷道："天理难容！这孩子会让房顶塌下来压在我们头上的！"阿米娜继续说："你这个魔鬼！流氓！噢萨里姆，是不是你的脑筋出毛病了？我亲爱的儿子怎么回事了呀——你是不是会变成个疯子——专门来折磨人啦？"比阿米娜的尖叫更糟的是我父亲的沉默，比她的担心更糟的是他额头上郁结的强烈的怒气。最最糟糕的是我父亲的手，他结实得像头牛，手指粗粗的，指关节硬硬的，手突然伸出来，朝我脸上用力扇了个耳光。我侧着身子倒了下去，在房间里一片惊诧、各人都觉得甚为愤慨的状态之中，把一块不透明的绿色玻璃台面打得粉碎。从此以后，我的左耳的听力就出了毛病。（午187）

这里，萨里姆与家人的冲突实质上是个人的初始生命经验与社会的文化观念规则的冲突：小萨里姆大脑中响起很多奇奇怪怪、无法理解的神秘声音，他自然而然将之理解成那创造世界的、无所不能的真主或上帝的声音，因而真诚地认为他受到了真主或上帝的启示；而熟悉宗教法则的父母、保姆以至妹妹认定，真主或上帝的启示只有那些超常的先知、圣人有资格领受，萨里姆自称听到真主或上帝的声音、受到后者的启示，明显超越了常人与圣人的界限，违背了宗教规则，因而受到家人严厉斥责和惩罚。鲁西迪在这里刻意厚描萨里姆发布"宣言"和家人围攻他的场景，可谓用心良苦、意味深长：萨里姆畅所欲言，直呈他的听觉视觉感受，再现他大脑中的原生态景象，明显是人的自然状态的展露；妹妹铜猴儿、保姆玛丽、母亲阿米娜、父亲阿赫穆德等用宗教规则衡量小萨里姆的言行，他们是与人的自然状态相对的文化成规的化身；萨里姆受到家人围攻的场景是现实中人们的生命经验受到宗教规则规训的情景的形象表现。

家人的围攻和打击使萨里姆肉体受到伤害，左耳变聋，隐喻在文化成规的规训下，他的生命受到严重损坏扭曲。而实际的情形是，此后他的精神心灵发生了重大变化，由直率真诚变为伪装虚假："这是我平生第一次对自己有了确定的感觉，我跌在绿雾般的带着锋利的刃口的玻璃碎片世界中，在这个世界里我再也不能把我脑海中的一切告诉与我关系最密切的人。"（午209）此后他从一个心口一致的小天使变成了一个表里不一的小骗子。

在通灵术的帮助下，小萨里姆依然能听到各种声音："各种声音七嘴八舌，从马拉雅拉姆语到那加语，从纯净的勒克瑙乌尔都语到南方含糊的塔米尔语应有尽有。"（午213—214）。不过他不再像以前那样自然坦诚、有什么讲什么了，而是学会了伪装和隐瞒："所有这一切我都不对任何人讲"（午214），"在这样一个把孩子生理或者心理上的任何异常之处都看作是家庭的奇耻大辱的国家里，我父母坚决不愿意再看到我身上有什么令人尴尬的地方；而在我这方面呢，以后从来再也没有提起我耳朵里嗡嗡的响声。我已经明白有时候还是保守秘密为好"（午215）。

久而久之，他养成了隐瞒事实的习性，变成了一个心口不一的人："在我那张讨人嫌的面孔后面，潜伏着一颗不很纯洁的心灵……你不妨设想一下钻到我的脑袋里，透过我的眼睛朝外面看去，听到各种噪音、人声，但却不能让别人有所觉察，其中最为困难的就是装出一副惊异的样子来，就像在我母亲说'哎萨里姆猜猜看我们去阿雷伊米尔克区去野餐吃什么'时我得装着说'噢噢'，真太有趣了！其实我对此心中一清二楚因为我已经听到了她内心的独白。"（午215—216）

萨里姆原初大脑通畅，思想无拘无束，天马行空，有什么说什么，心口一致，经过家人所理解的宗教规则规训后，变得压抑自制，口是心非，养成了表里不一的思想习性，他的主体精神身份明显是由印度当代文化成规刻写成的。

第三节 社会暴力和秃子、断指

除了浓重的宗教意识形态性外,强烈的暴力倾向也是当代印度社会的一大特色。它外部与中国斗,与巴基斯坦斗;内部党派纷争此起彼伏,连续不断。现实中暴力事件接连不断,无休无止。人与人之间不是一种亲爱互助关系,而是一种敌视伤害关系。小萨里姆深受其害。

萨里姆早年就读于大教堂学校。星期三早上,学校安排了两个项目:扎加罗的地理课和圣托马斯大教堂的宗教活动。学校允许学生在二者之间选一项。平时大部分学生都选择后者。1958年年初的一个星期三早上,学校临时取消了圣托马斯大教堂的宗教活动,要求大家上扎加罗的地理课。

扎加罗对大部分学生选择去教堂不上他的课十分恼火。他憋足了劲想整治一下他们。他选了一个经常不来上课的学生卡帕迪亚,让他回答什么是人文地理的问题,后者回答不出来。于是扎加罗狠劲拧卡帕迪亚的耳朵,差不多快将它拧下来了。萨里姆知道卡帕迪亚有心脏病,担心他承受不了老师的惩罚,出面为他求情。结果扎加罗便将火气转移到萨里姆身上。先嘲笑萨里姆的面相,称它是印度次大陆的"人文地理",接着揪他的鼻子。萨里姆的鼻涕流了扎加罗一手,他恼羞成怒,开始拔萨里姆的头发。"他把鼻涕擦在我梳得整整齐齐的分头上。这会儿,他又抓住我头发不放,又在使劲拉……不过这一回是朝上提了,我的头猛地抬了起来,踮起脚尖……手更加用力往上提……更加用力往上提……"(午293)萨里姆的一片头发被拔掉,血迹斑斑。他自此变成了秃子。

萨里姆的老师不仅专横暴力,他的同学亦偏好借欺凌别人取乐,充满暴力倾向。"拔发"事件发生不久,大教堂学校举办交谊会。其貌不扬的萨里姆受到"赫赫有名的蛙泳好手马莎·米奥维克"的眷顾,使另外两个男孩格兰迪·凯斯·科拉可和佩斯·费许瓦拉嫉妒得要命。他们当着马莎的面侮辱萨里姆,对着他喊:"拖鼻涕是个秃子!""吸鼻子面孔是张地图!"在马莎的鼓励下,萨里姆进行反击。他鼓足勇气,猛扑过去撞翻了两个同学。他们爬起来后反扑过来。萨里姆转身逃跑,躲进教室,他们也跟了进来,并关上了门。他冲过去,想把门拉开。他右手扶着门沿,刚拉开一条缝,佩斯冲上来,用力一推,门关上了,他右手中指的三分之一被夹断了。自此除耳聋、秃顶外,他的身体又多了一种伤残,就是断指。

萨里姆自称:"我同历史的联系……既是主动的,又是被动的"(午300)。一方面他承受周围人的各种暴力行为的袭击和伤害,身上留下了一连串伤痕,是被动的;另一方面周围人的暴力行为无形中影响到了他的性格,赋予了他暴力性,他反过来又以同样的方式对待他人、伤害他人,是主动的。

萨里姆蓄意伤害他人的行为在萨巴尔马提司令杀人事件中表现得最为明显。十岁那年,萨里姆发现母亲阿米娜与前夫纳迪尔汗旧情复发,有越轨举动。他同时发现萨巴尔马提司令的妻子丽拉与电影大王霍米·卡特拉克有奸情。为了儆戒母亲,他向司令写匿名信,揭露他妻子的不轨行为,挑唆司令惩罚妻子。萨巴尔马提发现霍米和妻子的奸情后怒不可遏,当下用枪打伤了丽拉,打死了霍米,自己也因此被判刑。萨里姆借刀杀人的行为虽然使母亲受到惊吓,中止了与前夫的私情,但害死了霍米,并导致萨巴尔马提身陷囹圄,严重伤害到身边的人,因而事后颇为懊悔。

萨里姆原初心地善良,同情关心他人,以帮助他人为乐事。当老师扎加罗的惩罚有可能危及同学卡帕迪亚的健康和性命时,他挺身而出,冒着被老师严惩的风险帮助后者。但他后来在周围人充满暴力倾向的行为方式的影响下,变成了一个以伤害他人为乐事的人,从而干出了激发萨巴尔马提司令杀人的勾当。他后来损人不利己的行为方式,完全是周围人暴力行为方式长期潜移默化的结果。

第四节 种族主义和失忆

强烈的民族意识是印度次大陆文化的另一突出特征。印度大地上不仅有数不清的族群，而且各族群都孤立封闭，自成一体。正是浓烈的民族意识，引发了印度社会尖锐的民族冲突和四分五裂状态。正像鲁西迪在论作《想象的家园》中尖锐指出的："统一的印度存在吗？如果不存在，那么只能用一个词来解释：社群主义。宗教仇恨的政治学。"① 这种强烈的民族意识和尖锐的民族冲突不仅将社会带向无休止的战乱和灾祸，而且使个体完全失去了个人存在，变成民族机器的螺丝钉。此状态在萨里姆和他妹妹身上表现得异常明显。

在印度次大陆各民族中，巴基斯坦人的民族意识尤为强烈。巴基斯坦是一片"圣洁的国土"（午392），民族纯粹境界是人们追求的最高境界。由于生活在这片土地上的人无法忍受不纯粹的东西，所以他们在不断清理门户。如在大印度范围内，他们首先将不信伊斯兰教的印度人清理出去，成立了纯穆斯林的巴基斯坦国；接着又发动了试图征服黑皮肤的东巴穆斯林的战争。在国家内部，他们也不断清理那些不纯粹的人，甚至上演了"两年之间连换了四任总理的闹剧"（午362）。

在这块"圣洁"的国土上，萨里姆的妹妹很快就被净化了。"铜猴儿以前是那样桀骜不驯，充满了反叛精神"（午368），堪称是"烈女"。如幼童时代经常借焚烧别人的鞋子、搞破坏取乐。少年时代与不可一世的美国女孩伊夫琳打架斗殴，一举征服了后者。可14岁到巴基斯坦后完全变了样："如今却摆出一副端庄娴静的温顺样子，在一开始她自己也一定会觉得不自然。"（午368）15岁时变成了民族歌手、圣女："她变成公众人物，'巴基斯坦的天使'、'国家的声音'、'巴尔巴尔——艾——迪恩'——意为'信仰的夜莺'"（午396）。

萨里姆从小对怪异的事物和怪异的气味十分着迷，刚到巴基斯坦时依旧保持着此习性。"渐渐地，我意识到了一个丑恶的真相，那就是神圣的、善的东西引不起我多大的兴趣，即使我妹妹歌唱时身上环绕着这种香气也

---

① Salman Rushdie, "The Riddle of Midnight: India, August 1987", in Salman Rushdie, Imaginary Homelands: Essays and Criticism 1981—1991, London: Granta Books, 1991, p. 27.

是无用，而阴沟里那种刺鼻的臭气却对我有着无法抗拒的吸引力。此外，我十六岁了，我皮带底下白帆布短裤里面那东西也蠢蠢欲动，凡是把女人锁在家里的城市里面有的是妓女。正当贾米拉唱着圣洁的爱国歌曲时，我去探寻的却是污秽和肉欲。"（午402）他凭肉体物欲行事，追求卡拉奇城最美妙的声音，结果情不自禁地爱上了自己的妹妹；追求卡拉奇城最迷人的气味，结果迷上了一位五百一十二岁的老妓女塔伊，因她能模仿任何人身上的味道。按他的要求，塔伊女士模仿出了他妹妹身上的味道。他为之所吸引，与之度过了极刺激的一夜。他最早的言行完全出自欲望冲动，与这块蔑视身体的"圣洁的国土"上人们的圣洁行为恰好相反。所以他称自己是"一个不合时宜的人"（午392）。

不过在周围全民崇尚纯洁的"圣洁"气氛的感染和熏陶下，他逐渐意识到了自己行为上的污秽，开始悔过自新。萨里姆热恋上妹妹贾米拉后，坦诚向她表白，并解释说他们之间没有血缘关系，他们的爱不违背人伦。而作为巴基斯坦民族性之代表的圣女贾米拉对哥哥的思想言行颇为震怒。她不仅严厉拒斥他，而且刻意与他拉开距离，故意躲避他。后来为了摆脱他，还特意将他送上了战场。

贾米拉的激烈拒斥态度使萨里姆意识到了自己的罪过。"我罪孽深重，我闻到自己身上像茅坑那样臭。我来到这个圣洁的国土，结果却去找婊子——我本应好好做人，过上一种正直的新生活，但却产生了一种无法启齿（同时也是单方面）的相思之情。"（午415）他开始自我反省，开始进行净化。他"经常陷入到沉思之中，很久都不出一声，只是突然间猛然一喊，喊的都是些毫无意义的字眼如'不！'或者'可是！'甚至还会有些神秘莫测的叫声，如'砰！'或者'嗡！'阴沉沉的沉默之中爆发出几个没有意义的声音"（午417）。就这样他慢慢"得到了净化，与种种的不端行为一刀两断"（午392）。

1965年，印巴战争爆发。战争中，萨里姆的家人如外祖母、母亲、父亲、大姨、舅母等都被空袭卡拉奇的印度飞机炸死，萨里姆的脑袋也被炸弹气浪掀起的银痰盂砸中，受到严重伤害，失去意识。从此他身上又添加了一大创伤：失忆症。至此，他的净化彻底完成了："一片从天而降的月亮使我恢复了圣洁无瑕的状态，就像木头写字箱一样擦得一干二净。"（午431）他失去了记忆，失去了意识，变成了一个没有感觉、没有欲望、没有思想、没有意志的木偶。1971年年初，西巴和东巴之间的内战爆发，他以"军犬"身份参加了战争，成为西巴部队中最出色的侦察"犬"。他没有名字，只有一连串绰号如"人狗""佛陀"，它们是他无感觉、无记忆、无意识的木偶机械状态的代号。

萨里姆到巴基斯坦后，在巴基斯坦人追求"圣洁"的民族性，特别是妹妹贾米杰所代表的"纯洁"思想言行的规训下，逐步消除个人欲望、情感、思想以至记忆，从而变成了一具无个性、无情感欲望的僵尸。很明显，他的精神个性完全是由巴基斯坦以至印度次大陆追求纯粹"圣洁"民族性的文化倾向塑造成的。

第五节 暴政和"月亮瓣儿"

激烈的阶级党派斗争是当代印度次大陆政治生活的本质特征。从巴基斯坦到印度都党派林立、矛盾斗争接连不断。如在巴基斯坦，萨里姆见证了阿尤布汗将军推翻米扎尔总统，叶海亚将军取代阿尤布汗，穆吉布领导的人民联盟挑战叶海亚和布托的统治等一系列政治斗争场景。在印度，他目睹了纳拉扬和德赛组织的人民阵线、甘地领导的国大党、"画儿辛格"领导的共产党等之间你死我活的斗争。作为印度次大陆的一分子，萨里姆不可避免被卷入此一系列无休无止的矛盾斗争漩涡中。

小时候萨里姆极力主张用协商对话方式解决政治纷争。1962年10月，他主持召开过一次午夜孩子大会，集中讨论如何处理政治纷争的问题。面对午夜孩子内部派别纷争的状况，萨里姆旗帜鲜明地提出了化干戈为玉帛的"第三条原则"："'兄弟姐妹们！'我广播说，心灵上的声音和肉体的声音一样无法控制，'不要再这样下去了！不要让无穷无尽的二元对立论，例如：群众和阶级、资本和劳动力、他们和我们这些东西掺和到我们中间来！我们，'我激动地嚷道，'必须有第三条原则，我们必须成为矛盾对立双方之间的驱动力。因为只有坚持不同的原则，成为新的力量，我们才有可能实现我们出生的使命。'"（午 321）。在大会上，当湿婆极力反对第三条原则、倡导斗争法则时，他十分失望："他在我心目中渐渐代表了世上与复仇、暴力以及爱恨交织有关的一切。"（午 376—377）"他注定要使我们陷入到无穷无尽的谋杀、强奸、贪婪和战争之中——简而言之，那个湿婆使我们成为今天这个样子。"（午 377）

长大后，在周围政治环境的影响下，萨里姆走上了自己曾经极力反对过的矛盾斗争道路，变成一个激进的革命斗争者。1971 年秋，在印巴战争中失去记忆、作为"狗人"参加西巴征服东巴战争的萨里姆在桑德班斯丛林被毒蛇咬伤后，奇迹般地恢复了记忆，年底辗转返回德里。之后他与自己平生的劲敌湿婆的地位正好颠倒过来：他沦落为无家可归的流浪汉，与下层卖艺者为伍，而湿婆在印巴战争中立了大功，升为上校，步入上流社会。

站在下层流浪汉的立场上，萨里姆看到现实社会中许多不公平和令人无法容忍的现象：贫富悬殊，民不聊生。英迪拉·甘地政府专横、反动、腐败、残暴。他完全接受了共产主义者"画儿辛格"的思想观点和政治路线，拜辛格为师，走上了湿婆以前极力主张的阶级斗争道路，参与到反对英迪拉政府及印度上层统治者的革命运动中。

"'画儿辛格'在他伞底下讨论一种不受外国影响的社会主义"（午 502）。萨里姆完全赞同辛格的看法，"满脑子革命的反抗"（午 503）。辛格走街串巷，借用魔术宣传革命学说，萨里姆跟着师父四处奔波，到处发表演讲："他（辛格）的表演一天天变得越来越有政治色彩。他的出色的技艺吸引了一大群快乐的观众，他摇头晃脑地吹笛子，使蛇按照他的需要进行宣传。蛇使我的演讲有声有色。我说到了财产分配上严重不均，两条蛇演起哑剧来，它们模仿一个富人拒不施舍乞丐的样子。我还说到了警察骚扰、饥饿、疾病、文盲等问题，蛇也一一进行表演。随后，'画儿辛格'表演压轴戏，他谈起了红色革命的性质，天花乱坠地许下各种各样的愿。"

(午518)

有反叛必有镇压,"画儿辛格"领导的革命运动遭到了甘地政府的残暴摧折。1975年,甘地政府发布紧急状态令,镇压持不同政见的党派和人士。在旧德里,甘地政府以消除贫穷、美化市容为由,用推土机推平了卖艺人的茅屋,逮捕和阉割了大批艺人。萨里姆也未能幸免。他被甘地的爪牙湿婆逮捕。1977年元旦,他与四百一十九个午夜之子一起被甘地寡妇阉割。她阉割他们的原因是她想成为印度人民唯一的神,自由奇异的午夜之子是她的最大挑战者和威胁。阉割事件之后,萨里姆身上又添了一大创伤:"月亮瓣儿"。

对萨里姆而言,甘地政府的镇压带给他的精神创伤远比身体创伤严重。革命失败后,他明确意识到矛盾斗争方式不仅无法实现他力图拯救国家的宏愿,相反却只能将国家引向无休的冲突和混乱。最明显的例子是:他们的斗争引起了甘地政府的残酷镇压,而后者则引起了反对党的激烈抗争,1977年1月,英迪拉在大选中落败,被人民党推翻。而新政府却由"喝尿的人掌了权"(午553),比旧政府更黑暗。足见,政治斗争只是政治家们的权力游戏方式,根本不是将人民从水深火热中拯救出来的救赎之途。于此,萨里姆的救国梦彻底破碎,他从过去对政治的极度热衷转向了对它的极端厌恶:"我如今——早在三月份的那一天——对政治已经厌烦透了,讨厌透了。"(午553)

萨里姆孩童时是一个理想主义者,倡导"第三条原则",反对革命斗争,主张用协商对话方式解决社会问题。青年时代住进贫民区,认识了共产党人"画儿辛格"后,接受了共产主义思想,变成一个现实主义者,一改初衷,抛弃了用协商对话方式解决社会问题的主张,坚持用革命斗争方式解决社会问题,并积极投入到革命斗争中去。不言而喻,他的政治身份是由共产主义思想话语刻写成的。值得称道的是,他从个人实际经验出发认识到了政治斗争方式的欺骗性和危害性,最后彻底否定了该方式。

第六节 萨里姆的身份特点

从萨里姆的生活经历看,他从原初的自由无羁和纯真坦率,变成后来的谨言慎行和表里不一,是现成的教条主义宗教规则规训的结果;从助人为乐变成以伤害他人为乐事,是周围人们的暴力行为方式影响的结果;从充满情感欲望变为纯净无欲,是弥漫于印度次大陆的沸腾的民族意识作用的结果;从极力倡导友爱和平到热衷于阶级党派斗争,是共产主义思想话语熏陶的结果。由此而言,他的身份是在各种外在僵死的文化观念规则对内在生动鲜活的生命经验进行粗暴规训刻写的基础上形成的,根本上是刻画损坏性的。

而由于主导当代印度社会的各种文化观念规则,诸如教条化的宗教规则,以伤害他人为乐事的暴力倾向,纯化民族共同体的极端民族意识,阶级党派斗争方式等,根本上与人的自然生命和生命经验相背离,是对后者的扭曲和打压,因而萨里姆的精神最终受到严重打击,内在充满了洞窟和裂隙,是破裂的。正如萨里姆反复声称的:"我就像一把旧水壶一样浑身上下都是裂隙——我这可怜的身体,受到历史太多的打击,我确确实实是在分崩离析。"(午40)"我内部的一切向外快要流尽——我能够听见并且感觉到身上撕裂时嘎吱嘎吱直响——我越来越瘦,几乎成了半透明状。我剩下得不多了,很快就会完全化为乌有。"(午482)

第七节 萨里姆:印度族群身份的隐喻

《午夜之子》是如此开篇的:

> 话说有一天……我出生在孟买市。不,那不行,日期是省不了的——我于1947年8月15日出生在纳里卡尔大夫的产科医院。是哪个时辰呢?时辰也很要紧。嗯,那么,是在晚上。不,要紧的是得更加……事实上,是在午夜十二点钟声敲响时。在我

呱呱坠地的时候，钟的长针短针都重叠在一起，像是祝贺我的降生。噢，把这事说说清楚，说说清楚——也就是印度取得独立的那个时刻，我来到了人世。那些和蔼可亲地向你表示欢迎的时钟具有说一不二的神秘力量，这一来我莫名其妙地给铐到了历史上，我的命运和我的祖国的命运牢不可破地拴到了一起。在随后的三十年中，我根本摆脱不了这种命运。（午3）

作者鲁西迪借叙述者和核心人物萨里姆的这段表白开宗明义指出：萨里姆与新印度同时诞生，跟新印度同步进入世界，他的经历即是新印度经历的写照，他的命运即是新印度的命运，他是不折不扣的当代印度民族的代表。接下来作者借引述新印度总理尼赫鲁的祝贺信进一步强调了萨里姆是新印度人的代表的观点："亲爱的萨里姆娃娃，请接受我对你诞生这一大喜事的迟到的祝贺！你是印度那个既古老又永远年轻的面貌的最新体现。我们会最为关切你的成长，你的生活在某种意义上就是我们自己生活的镜子。"（午153）

除了出生时辰外，萨里姆的面相也与印度次大陆的景观有显著同构性。地理老师扎加罗明确指出他的"面孔就是全印度的地图"：大鼻子是德干半岛印度，右面耳朵上的胎记是东巴，左边面颊上丑得要死的斑痕是西巴，鼻涕是锡兰（午292）。很明显，在鲁西迪笔下，萨里姆不是一个实指性形象，而是一个喻指性形象，他与当代印度民族的历史铐在一起，他的身份是印度民族身份的寓言。

萨里姆最后自问自答说："那么我是谁是干什么的呢？我的回答是：我是在我之前发生的所有一切事件的总和，是我所见所为的一切的总和，是别人对我所做的一切的总和。我是所有一切影响我也受我影响的人和事。正因为世界上有我这个人，有些事情才会发生，我便是这些事情。在这些事情上我也没有特别之处，每一个'我'，如今六亿多人口中每一个人，都具有这种多重性。我最后再说一遍，要理解我，你必须吞下整个世界。"（午482）

鲁西迪借萨里姆的此段自白明确告诉我们：萨里姆不是一个孤立的个

人，而是无限广大的社会存在体中的一员，他的身份是过去和当下所有人物事件共同作用的结果，用福柯的话说，是由环绕着他的所有权力关系、知识、话语、规则规训刻写成的；因而，他的身份具有极广泛的代表性，是塑造它的整个新印度社会文化的结晶，代表的是六亿多印度当代人的文化存在状态。

在鲁西迪笔下，萨里姆身份的构成过程和特征具有深刻寓言性。如上所述，他的身份完全是由宗教教条、暴力倾向、民族主义思想、政治斗争方式等权力话语刻写成的，后者根本上是背离人的自然要求和人生经验的。这说明了两个问题：第一，族群身份不是自然的产物，而是文化建构物，是人们用现成的文化成规组织规导生命经验的结果；第二，由于印度现成的文化成规如宗教教条、暴力倾向、民族主义、政治斗争都是反生命的，因此由它们所建构的印度族群文化身份根本上是开裂的、是畸形的。人们的灵与肉、心与身、理性与感性二元矛盾，分裂乖戾，亟需改造变更。《午夜之子》通过描绘作为印度民族之寓言的萨里姆的身份构成，为印度次大陆人的族群身份绘制了一幅生动明晰的示意图，启发人们深刻认识到族群性得以构成的规律法则和印度族群性的本质特征，具有巨大社会认识价值。

第二部分

文化洗牌——拆除和重置文化图式

第六章 论斯威夫特《水之乡》对现代宏大叙事的解构

第一节 质疑进步解放论

20世纪80年代以来,"无数英国小说家再一次将目光转向了历史"①,英国文坛上涌现出了一大批杰出的历史小说家,最著名的有 A. S. 拜厄特、彼得·阿克罗依德、朱利安·巴恩斯、石黑一雄(Kazuo Ishiguro),特别是格雷厄姆·斯威夫特。②《水之乡》是斯威夫特的代表作,于1983年发表后获得了国际英语小说最高奖项布克奖提名,产生了巨大反响。由于它不仅写的是历史题材,而且用大量篇幅讨论了历史问题,所以其中的历史课题便变成了学术界关注的焦点。正像西方学者达蒙·马塞尔·戴考斯特(Damon Marcel Decoste)所言,受早期批评家哈琴和艾莉森·李(Alison Lee)等人的影响,批评家们将注意力主要集中在有关历史叙事的问题上,具体如作品对史实与叙事、真实与虚构、历史编纂与小说形式关系的思考和表现等③,忽略了权力话语层面上的问题,具体如西方现代社会的核心观念,即人类历史进步解放论是否正确和切实有效等。而后者才是《水之乡》关注的焦点。

---

① [英]马尔科姆·布拉德伯里:《现代英国小说》,外语教学与研究出版社2004年版,第451页。
② Del Ivan Janik, "No End of History: Evidence from the Contemporary English Novel", *Twentieth Century Literature*, No. 41 (1995), pp. 160—161.
③ Damon Marcel Decoste, "Question and Apocalypse: The Endlessness: 'Historia' in Graham Swift's 'Waterland'", *Contemporary Literature*, No. 43 (2002), p. 378.

法国当代杰出的后现代理论家利奥塔尔在其影响巨大的著作《后现代状态》中指出，现代主义的突出标志是宏大叙事，即将追求真理的科学挂靠到追求正义的叙事上，再将叙事归结到人类进步与解放的元话语上："科学在起源时便与叙事发生冲突。用科学自身的标准衡量，大部分叙事其实便是寓言。然而，只要科学不想沦落到仅仅陈述实用规律的地步，只要它还寻找真理，它就必须使自己的游戏规则合法化。于是它制造出关于自身的合法化话语，这种话语就被叫作哲学。当这种元话语明确地求诸于诸如精神辩证法、意义阐释学、理性主体或劳动主体的解放、财富的增长等大叙事时，我们使用'现代'一词指称这种依靠元话语使自身合法化的科学。这就是启蒙叙事，在这一叙事中，知识英雄为了高尚的伦理政治目的而奋斗，即为了宇宙的安宁而奋斗。我们可以通过此例看出，用一个包含历史哲学的元叙事来使知识合法化，这将使我们对支配关系的体制是否具备有效性产生疑问：这些体制也需要使自身合法化。因此正义同真理一样，也在依靠大叙事。"① 英国著名后现代批评家巴特勒把利奥塔尔所说的现代宏大叙事概括为下面两个方面："一是人类进步解放论——从基督教的救赎到乌托邦；二是科学胜利论。"② 前者是人类的奋斗目标和过程，后者是实现目标的方法。西方现代文化根本上是一种追求人类进步解放的文化。

利奥塔尔称，后现代主义是对上述宏大叙事的怀疑："简化到极点，我们可以把对元叙事的怀疑看作是'后现代'"③，"大叙事失去了可信性，不论它采用什么统一方式：思辨的叙事或解放的叙事"④。利奥塔尔认为，后现代主义不再相信人类进步解放之元话语，不再相信科学的真理

---

① ［法］让-弗朗索瓦·利奥塔尔：《后现代状态：关于知识的报告》，车槿山译，生活·读书·新知三联书店1997年版，第2页。
② ［英］巴特勒：《解读后现代主义：英汉对照》，朱刚、秦海花译，外语教学与研究出版社2010年版，第13页。
③ ［法］让-弗朗索瓦·利奥塔尔：《后现代状态：关于知识的报告》，车槿山译，生活·读书·新知三联书店1997年版，第2页。
④ ［法］让-弗朗索瓦·利奥塔尔：《后现代状态：关于知识的报告》，车槿山译，生活·读书·新知三联书店1997年版，第80页。

性和叙事的正义性。它否定一元统一性,强调多元差异性;否定真理和正义,强调语言游戏;否定宏大叙事,强调细小叙事。"正在到来的社会基本上不属于牛顿的人类学(如结构主义或系统理论),它更属于语言粒子的语用学。语言游戏有许多不同的种类,这便是元素异质性。语言游戏只以片断的方式建立体制,这便是局部决定论。后现代知识并不仅仅是政权的工具。它可以提高我们对差异的敏感性,增强我们对不可通约的承受力。"①

从思想倾向看,斯威夫特的《水之乡》怀疑理性科学真理论、社会发展进步论以及理性王国理想,怀疑利奥塔尔所说的现代宏大叙事,完全是后现代主义的。而且,它不像利奥塔尔所说的后现代主义是从语言符号的层面上解构现代宏大叙事的,而是从实践活动的层面上解构它的,因而是一部独具一格的后现代主义作品。

《水之乡》讲述了十七八世纪到20世纪后期欧洲和英国现代史上各式各类的历史事件。从类型看,有介绍芬斯自然生态系统的自然史,介绍法国革命的社会史,介绍阿特金森人和克里克人的家族史,介绍汤姆的生活经历的个人传记等。从题材看,有关于致力于更新社会制度的革命者的故事,关于致力于改造生存环境的征服者的故事,关于致力于解释和陈述世界奥秘的解释者和陈述者的故事,关于致力于改变人的资质的启蒙者的故事等。下面我们就从作品对西方现代各类社会主体的故事的陈述出发,看看斯威夫特是如何具体解构现代宏大叙事的。

第二节 革命者的故事

革命者是西方现代社会的领路先锋和生力军,也是《水之乡》的主要描述对象之一。作品写到了各个时代的革命者,如18世纪的法国革命家

---

① [法]让-弗朗索瓦·利奥塔尔:《后现代状态:关于知识的报告》,车槿山译,生活·读书·新知三联书店1997年版,第2—4页。

罗伯斯庇尔、马拉等，20世纪初的社会主义者欧内斯特·阿特金森，当代的历史虚无主义者刘易斯和普赖斯。他们的共同特征是抱负远大，行为激进，以建立自由幸福的理想境界为奋斗目标，坚信借彻底清除旧思想文化、全盘重建新思想文化的方式，可以去旧迎新，实现宏伟目标。结局是事与愿违，结果与初衷正好相反。根由在于他们在力图彻底斩断过去、完全走向未来之际，忽略了一个最基本的现实，即过去作为历史存在是无法摒弃的，它是现在和未来不可分割的一个部分，深刻积淀在现在和未来中。"事实是这样的：生命包含了太多空白。我们身体里十分之一是有机的生理组织，十分之九是水；生活是十分之一的'此时此地'，十分之九的历史课（历史经验教训——引者注）。"（水 54）换句话说，在人类精神灵魂中，过去的成分所占的比例远远大于现在和未来的成分。历史是无法擦抹的，它永远在起作用。所有的革命者身上都积淀着深厚的古老观念，所有的革命行为都无法避免复辟倾向。革命者试图重建全新的理想境界的愿望，是一种脱离实际的幻想，注定无法实现。

以现代革命者的先锋罗伯斯庇尔、马拉为例，他们的精神深处淤积着大量古旧观念。表面看来，他们极力倡导自由平等观念，显得很先锋进步，孰不知此观念出自卢梭的"返回自然"学说，推崇的是人类原初田园式的人生境界，充满强烈的"怀旧的情绪"（水 119），是最古老的观念。他们一面坚持反神权反迷信的思想法则，一面却将自己的信念神圣化，创建新"神权"新迷信；一面倡导自由和平，一面却空前残酷地镇压敌对阶级、敌对力量，将世界变成了暴君制造厂兼人类屠宰场；他们与古代的专治霸王、暴君没有什么区别。为此作品的叙述者兼主人公汤姆说："即使革命本身宣称要建立一个新秩序，但其实也受制于最根深蒂固的历史信念，即，历史是对衰退的记录。我们对未来的希望通常建立在某种失落的、想象中的过去的影像。"（水 122）

这样，法国革命者的革命活动的结果，便与他们的初衷无不南辕北辙、背道而驰。

为什么这个以自由平等之名发起的革命，其结果却催生了一个皇帝？为什么这个要永远废止古代王朝的运动，最终却让古代太阳重生呢？为什么这个的确达成持久改革的革命，只能靠恐怖手段来维持？为什么必须让巴黎街头堆满六千具尸体（保守估计），更不用说整个法国以及意大利、奥地利、普鲁士、俄国、西班牙、葡萄牙、英吉利各国不可胜数的尸体遍布欧洲战场？（水 122—123）

答案不言自明：这些企求建立平等、自由、博爱、和平之理想王国的革命者的精神深处，深深积淀着古老的等级、压迫、帝国、暴力意识，"他们的楷模是理想化了的古罗马。月桂花冠以及其他种种。他们的原型是屠夫恺撒"（水 120），他们无法克服自己身上的传统观念和历史因素，所以无论其愿望多美好，行为多激进，结果必然会适得其反。

既然连人类历史上最想割断历史、最革命、最激进的法国革命者都无法克服自身的矛盾因素，无法摆脱古老的思想观念和行为方式，无法轻装上阵、勇往直前，那么其他的人怎么可能完全克服历史存在，领导世界直线前进、走向纯粹美满的理想未来呢？因此启蒙主义者关于人类可以借理性改造世界，促进它直线前进、走向理想境界的思想观念只是一个美好的梦想。历史的真实状况是，它永远充满矛盾，它的步伐永远是双向的："它一次向两个方向前进。它在前进的同时，也在后退。它是一个循环。它迂回曲折。"（水 117）它永远在原地踏步："无论我们如何修正它，它仍然不断重复，不断回归，不断盘旋，不断打转。它总是转一个圈，把我们带回原点。"（水 123）

第三节 征服者的故事

除了锐意革新的革命者外，西方现代社会的另一类主体是那些改造生存环境、改善生活状态的自然征服者。《水之乡》讲述了欧洲现代各时期的征服者的故事，如 17 世纪荷兰人在芬斯地区排水造田的故事，十八九世纪阿特金森人征服芬斯洼地、垦土创业的故事，等等。

这些征服者坚信凭自己的智慧和才能，借助科学手段，一定能够彻底征服自然，不断改善生存状态，开辟美好的生活境界。但他们在对自己的能力充满信心之余，却完全忽略了自然的巨大反抗力量，结果他们越努力改造自然，则越受到自然的反击，最后无功而返。这种状况在汤姆的母系家族阿特金森人身上表现得异常明显。

阿特金森人原来住在芬斯沼泽地东部的诺福克山区，最早牧羊。17世纪时有一个祖先产生了当官的念头，将后代带上了为官和经商之道。18世纪后期，阿特金森家族中有一位叫威廉·阿特金森的麦芽制造商产生了一个梦想，将自己的企业扩展到诺福克山下的芬斯地区。"威廉从他的诺福克山顶上，以先知般的神态往下眺望，搂着儿子的肩膀，也许会说些如下的话：'我们必须帮助这些可怜的芬斯人。他们那悲惨的沼泽地需要些好酒。他们光靠水是活不下去的。'"（水60）1785年威廉去世后，托马斯肩负着父亲的重托，以救世主的姿态走进了芬斯洼地。

英格兰东部的芬斯洼地总面积大约一千二百多平方英里，西、南、东三面为群山环绕，向北延伸到沃什湾，与北海相接。最早属于北海区，是一片水域。后来由北海、大乌斯河、利姆河、韦兰河等水流带来的淤泥慢慢堆积成一片沼泽地。由于芬斯洼地是由淤泥积结成的，而淤泥既是土质的又是水质的，既是固体又是液体，本身不牢固，因而"直到今天仍然并不坚实"（水8）。

托马斯进入芬斯地区后，开始购买利姆河沿岸的湿地。在他看来，"只需将水排干，这些土地五六年之后就能够以十倍的利润出售"（水61）。所以，他下了很大的气力钻研人工排水的原理、方式和技术，并"雇佣了一大批测量员、工程师和工人"（水61），艰苦挖水道排水，一点一点垦荒，开发出了大片干地。"到'特拉法尔加之战'那年，托马斯已经将利姆河沿岸一万两千英亩的水排尽，建造了二十多座堤坝，使用了大约六十台风力水泵，佃户支付和土地一样有利可图的高额租金和渠道税。如今凯林斯几乎所有的村民都在给阿特金森打工。"（水62）1813年他五十九岁时，变成了工商业巨头，成为"一个不会与虚荣的法国皇帝（拿波仑）攀亲的人"（水63）。

"不过有得必有失，一切成就必然伴随着某种损失；拿波仑要瓜分欧洲版图，必然会有报应。"（水64）托马斯疯狂地排除水流，最后却遭到了水流的严酷报复。托马斯排水造田的结果是，芬斯沼泽地中的注水被排尽，地势大幅度下沉，水位陡然上升，河水水位远远高出干地。因而一旦河水暴涨，必然洪水漫地。"1815年和1816年的冬季，雨水让利姆河暴涨，冲垮了艾普顿到霍克威尔的堤岸，淹没了六千多亩新近开垦的耕地"（水65）。

托马斯的企业受到了重创，精神状态大为改变。此后他的心情和性格变得十分多疑、冷漠和粗暴，由此导致了人生悲剧。他六十五岁时，"被痛风缠身"（水67），加上有很多事务要处理，所以"只能深居简出"（水67），而他的妻子莎拉只有三十七岁，风华正茂，又闲暇无事，社交活动频繁，这使他"横生嫉妒"（水67）。"1820年1月的晚上"（水67），莎拉参加完一个聚会回来后，他妒性大发，暴怒之下重重打了她一个耳光。她的头部撞到写字台的一个角上，受到严重损伤。之后"她尽管恢复了意识，却再也没有恢复智力"（水67）。他"无限悔恨"（水67），生活在无尽的自责和痛苦中，完全丧失了生活热情。"历史对他而言已经停止"（水70）。四年后，他悲伤而死。托马斯从狂妄地征服自然开始，最后却被自然彻底打败。他的经历说明自然是不以人的意志为转移的："大自然教育我们有得必有失。以水为例，无论人如何引导它往这里那里走，但只要有一丁点机会，它就会回到以往的平衡状态。"（水64）

托马斯丧志失落后，两个儿子乔治和阿尔弗雷德接管了他的业务。他们还清了父亲的债务，"挥别过去，向着未来闪光的路标前进"（水72）。他们一方面全面壮大麦酒酿造业，一方面挖渠引河、改造水道，大力发展水路运输业。到19世纪中期，他们的麦酒"豪华51""击败了众多强有力的对手"（水78），垄断了芬斯地区的酒业，他们的水路运输业规模空前，成为东部地区举足轻重的水道运输公司。"除此之外，兄弟俩在铁路公司拥有数目可观的股票"（水77）。19世纪40年代，兄弟俩都相继担任过市议员和镇长。70年代,他们的事业由后继者亚瑟·阿特金森接手后发展到巅峰。阿特金森酒销往全英以及远东,亚瑟本人也因为商业成就卓越,"被选为吉尔德赛议会议员"(水80)。阿特金森人着力推动工商业发展和社会进步、造福芬斯人民的伟大蓝图,在乔治、阿尔弗雷德和亚瑟那里得到了最充分的展露和实现。

1874年秋天,在托马斯的妻子、那位虽丧失意识但却十分高寿的传奇人物莎拉下葬的日子,芬斯地区开始下雨,雨下得又大又久,结果导致利姆河和乌斯河河水泛滥,"一万一千英亩的土地有一年无法耕种。二十九人淹死,八人失踪,八百头牛和一千二百只羊淹死。大水冲进托马斯·阿特金森曾经的住宅的前门,一条条空空的驳船挣脱了束缚,在凯斯林周围几英里的水面上四处漂浮"(水85—86),阿特金森人的运输业完全被毁。"1874年之后,五十年来一直是吉尔德赛骄傲的阿特金森麦酒,成了次等品。"(水89)阿特金森的酿酒业遭受重创,日益衰落。

19世纪中期以来,托马斯的子裔们以比他们的祖先更大的干劲改造自然,征服世界,力图以比他们的祖先更快的速度推动社会前进,但事与愿违,他们被残酷的大自然毫不留情地拽回到原点,他们推进社会发展进步的梦想被彻底粉碎。关于他们的厄运,芬斯人说得很玄乎:是因为那位奇异女人莎拉使魔法的结果。而在叙述者汤姆眼里,莎拉实际上是人类无法驾驭的冥顽的大自然的隐喻,阿特金森的厄运源自大自然对他们的狂妄征服行为的报复,是自然法则的生动体现。

面对芬斯洼地的征服者一次又一次志高气扬的进军和一次又一次被无情击溃的情景,汤姆深沉地感叹到:"这世界上没有什么是永久的。而所有向前进的事物总有一天会倒退。这是自然世界的法则,也是人心的法则。"(水65)很明显,无论人类有多么宏大的抱负、多么饱满的信心、多么高超的技能,也永远无法完全征服自然、控制自然,因为后者无限广大深邃,远非人类的能力所能及。启蒙主义者关于人类可以通过科学完全控制自然,使其按人的意愿得到不断改善、变成幸福天地的思想观念明显不切实际,是虚假叙事。

第四节 解释者和陈述者的故事

解释者和陈述者是西方现代社会改造世界之集团军中的另一个重要方阵。他们坚信人类凭借自己的理性智慧一定能够解释世界,把握世界的运动规律,控制世界,促使它不断朝有利于人类的方向前进,使之最后变成人类的安居乐业之所。可事实上,世界无限广袤深厚,而"我们进行解释的能力是极其有限的"(水 92)。人类用有限的认知能力根本无法穿透无限的世界。

"当现实是一片空白时,你会做些什么?"(水 50)"有些人塑造历史,有些人思考历史;有些人制造事端,也有些人追根溯源。"(水 180)在斯威夫特看来,人类改造世界的方式不外两类:一类是创造世界的实践活动,另一类是把握世界的认知活动。

解释是人类认知活动的第一种重要形式。"人类,就是寻求解答的动物,是会问为什么的动物。"(水 90)"这种寻求原因的行为本身不就是一种不可避免的历史进程吗?因为它必须追根究底,探因溯源。"(水 90)不过根本而言,人们寻求原因、进行解释,只是为了克服自己的不安和恐惧感,而不是为了捕捉到事物的本质,所以解释不仅不能帮助人类进入事物内部、把握其实质,相反却在无形中将人们引向逃避事物、背离真理之道。"人们只有在事情出错的时候才作解释,而不是在正确的时候,难道不是吗?"(水 148)"解释是你逃避事实的方法。"(水 148)"我不介意你怎么称呼它——解释也好,逃避事实也好,制造意义也好,小题大做也好,观察也好,躲避'此时此地'也好,教育也好,历史也好,童话故事也好——无论哪一个,它都能帮助你消除恐惧。"(水 220)

1874 年 10 月,芬斯地区下大雨、发大水,将芬斯的万亩良田变为汪洋,将阿特金森家族的产业完全摧毁。芬斯人的解释是,阿特金森家族巨大产业的创建者托马斯曾一度对妻子施暴,将之打伤致傻,之后两个儿子将她关押起来,莎拉死后,阴魂不散,掀起大雨洪水,将家族产业全部淹没。言下之意是,这场灾难是由托马斯的暴力行为和儿子的不孝举动引起的,是对托马斯及后人的罪过的惩罚,与他人无关,人们只要不犯同类错误,就不会有类似的报应,因而没必要恐惧害怕。1911年6月,一场大火将阿特金森家族的最后一代传人欧内斯托的酿酒厂烧为灰烬,彻底摧毁了阿特金森家族的事业。芬斯人依然相信是由莎拉的鬼魂引发的:"那场大火中不止一个人记得曾经遇见一个女人……一位名叫珍·肖的女仆……她看见了——莎拉·阿特金森……莎拉当时就站在窗口,从那里可以看见火舌舔噬着即将消失的烟囱顶部,而她面露笑容,说了一句很久以前她的丈夫和两名爱子一直无法理解的话:'火!烟!烧!'"(水159)显然,芬斯人解释对阿特金森人的产业给予致命打击的两个可怕事件,不是为了追究事件的真实缘由,不是为了揭示真理,而是为了消除他们内心的恐惧感,其解释压根是主观幻想性的,是虚构的。

人类认知活动的第二种重要形式是陈述、故事讲述。"当现实是一片空白时,你会做些什么?你可以让事件发生……或者,你们可以讲故事。"(水50)"现实是平安无事,是空空如也,是平淡无奇。现实就是无事发生。"(水35)"为了让自己确信事件在发生,很难说什么样的风险是我们不敢冒的……为了说服自己现实不是一只空瓶,很难说我们会调制什么样的猛药,什么样的解释、神话和疯狂我们不会接受。"(水35—36)讲故事是人类赋予空洞无形的现实以意义形态的方式,是人们把握世界的基本手段。跟解释一样,人类对世界的陈述或故事讲述,也无不充满主观想象色彩,因而它也无不与事实本身相去甚远。

汤姆父系家族的人一个个都是讲故事的好手。"克里克家族是如何智取现实的?靠的是讲故事。直至家族最后一代,他们不仅冷漠迟钝,而且迷信轻信。喜好故事的人。"(水15)汤姆的父亲亨利·克里克就是典型的例子:"父亲是个迷信的人,喜欢把事情弄得神秘莫测……父亲不仅迷信,还善讲故事。"(水2)他对世界的陈述的确妙趣横生。如对夜空中的繁星他是这么描述的:"你们知道它们是什么吗?它们是上帝恩赐的银尘,是天堂的小碎片,上帝将它们撒落在我们身上,但当他发现我们有多么邪恶的时候，他改变了主意，令星星停下来，不再降落，这就是为什么它们虽然高悬天际，却看起来随时会坠落……"（水 2）当然在有趣之余，他的陈述与事实差之千里。

不仅芬斯人对自然灾难的解释充满了幻想色彩，而且亨利·克里克对自然现象的陈述亦与事物的真实状态大相径庭，足见人们想通过理性认识世界的本质规律、完全把握和控制它的想法也不现实，启蒙主义者关于人类可以借理性知识完全征服世界、使之变成乐园的观念亦是乌托邦式的梦幻。

第五节 启蒙者的故事

在西方，大力推动现代化进程的另一生力军是现代启蒙者、教育家。他们认为人是世界的中心、社会的根本，人的现代化是社会现代化的前提。坚信通过理性方式可以改造人的资质，提高人的素养，使之日益完善，达到完美境界。孰不知人身上除了社会性因素外，还有自然性成分。常言道："本性难移。"人身上的生理机能和自然天性是无法改变的，这也正是人类虽延衍了数千年之久，但资质和品性没有得到实质性改变的原因。由此而言，启蒙主义者试图通过启蒙教育方式改造人、使之逐步达到完善境界的观念，也是向壁虚造，不切实际。

人类天性的不可改造性和现代启蒙教育的无效性，在玛丽对迪克的改造过程中表现得很明显。迪克是汤姆同母异父的兄弟。他是汤姆的母亲海伦和外祖父欧内斯托·阿特金森乱伦同居所生，是一个先天性的"智障者"（水 187）。他"不会读书，不会写字。只会说婴儿一样的呓语……十四岁了，他仍然坐在霍克威尔乡村学校的初级班课堂里，张着嘴，空洞的眼神茫然望着"（水 221），从老师到家长最终都不得不放弃对他的教育。而汤姆，迪克同母异父的弟弟，不愿意眼睁睁看着哥哥永远处于愚钝无知状态，所以私下偷偷地教育他，后来受到父亲严厉斥责后，便放弃了改造弱智哥哥的计划。

汤姆的女朋友玛丽是一个好奇心极强的女孩子，汤姆放弃对迪克的教育后，她决定扛起汤姆撂下的重担，全力改造迪克，将他培育成一个正常人。她"在汤姆的协助和支持下，开始承担起迪克过去一直受到严厉阻挠的教育事业"（水 226）。每个星期，腾出周三、五、六三个晚上，给他传授基本知识技能。虽然花了很大力气，但收效甚微。她教他数数，结果是"他可以很快地数到十，而如果运气好，勉强可以结结巴巴数到二十"（水 228），之后就无法再继续了。她教他辨识事物，愈想让他明白某种东西是怎么回事，他愈糊涂，脸上的表情愈加"困惑为难"（水 233）。

玛丽在对迪克的教育中用力最多的是性启蒙。她竭尽全力教导他有关性和生育的概念。为了让他明白性是怎么回事，她甚至尝试与他性交（尽管没有成功）。她的教育虽然激发了迪克的性冲动和朦胧的爱情意识，但却始终未能使他形成明晰的性和生育的概念。他对性和生育的理解到达如下水平后就无法再提高了：小孩是爱制造的，而爱"是一种美好的感觉"（水 235）。迪克认定他对玛丽有美好的感觉，因而他与玛丽之间产生了爱，爱制造了小孩，玛丽肚子里的孩子是他的。

可实际上，他和玛丽的性交没有成功，玛丽怀的不是他的孩子，而是汤姆的孩子。为了消除迪克的误解，玛丽直言不讳地告诉他她肚子里的孩子不是他的。为了保护汤姆，她谎称她怀的是弗雷迪·帕尔的孩子。迪克听到玛丽的话后，怒不可遏，随后杀死了弗雷迪。

玛丽不得不承认，她对迪克的启蒙教育不仅没有使迪克变成正常人，相反却使他变得更为不正常，使他走上了杀人之道，并导致了弗雷迪的死亡。她追悔莫及，失望之余，偷偷找女巫玛莎·克莱做流产手术，拿掉了自己肚子里那个给她周围的人带来灭顶之灾的孩子。玛莎原本是个江湖医师，她的手术损伤了玛丽的子宫，致使她终身不育。年老后，玛丽想要孩子的愿望越来越强烈，以至最后发展到精神失常、偷窃别人婴儿的程度。

玛丽试图改造白痴迪克，不仅未能使后者向好的方向发展，相反却使他向坏的方向滑落下去。足见人的物质机体和天性是坚硬的、顽固的，是无法改变的，启蒙主义者想通过启蒙教育改变人的自然质地和天性，使之达到完善境界的观念和做法亦不切实际，行不通。

第六节 回到现实

斯威夫特借叙述者汤姆的讲述明确告诉我们，过去三四百年，西方现代人，从革命者、征服者、解释者和陈述者到启蒙者，不仅都坚信现代宏大叙事，坚信人类借助理性科学可以把握世界的本质规律，促进社会不断发展进步，走向理想完善的理性王国，而且身体力行，竭尽全力实现上述伟大蓝图。但事与愿违，历史不仅未按他们的意志直线前进，相反却永远在原地踏步："别以为历史是个纪律严明、不屈不挠的方阵，会始终不渝地向未来迈进。你们记得吗——我曾问过你们的——一个谜——人如何行走？向前进一步，向后退一步（有时是侧移一步）。"（水 117）社会不仅未按他们的期望日益向理想境界推进，相反却一直往复循环、在原处转圈："这句荒谬吗？不。我们相信我们在前进，向着乌托邦的绿洲前进。但我们怎么知道——只有某些自天上俯瞰我们的想象中的人物（让我们称他为上帝）才知道——我们不是在转圈？这伟大的所谓文明进步，无论在道德上还是在科技上，总是偕退化同行。"（水 117）"现在，还有谁能说历史不曾轮回？"（水 163）

欧洲和英国自十七八世纪以来的历史进程无可争辩地证明，历史不是直线进步的，而是往复循环的，社会不是越变越好、日益逼近理性王国，而是似变非变、未有实质性的提升。启蒙主义者关于人类不断发展进步的观念显然是一种不符合实际的观念，他们的宏大叙事是一种虚假的叙事。至此，《水之乡》对现代启蒙叙事的解构可谓达到了至深至透的地步。

惨绝人寰的两次世界大战，彻底粉碎了启蒙主义者关于人是理性的，人类凭借理性科学可以改造世界、使之不断发展进步、走向理性王国的神话。他们的宏大叙事是一种大而无当的虚假叙事，这已是一个不争的事实。正像利奥塔尔所说，后工业时代人们普遍对此宏大叙事产生了深刻怀疑，不再相信它了。那么现代宏大叙事为什么是错误的？问题出在哪里呢？利奥塔尔认为是启蒙主义者的逻格斯中心主义形而上学叙事方式造成的：他们一开始就是从一个中心或元话语出发理解和陈述世界的，从而忽略或遮蔽了世界的差异性、偶然性和无限丰富多样性，结果将人们带上了脱离现实存在的偏狭空幻之道。解救之道是彻底拆除现代启蒙主义的宏大叙事话语，采用与之相反的细小叙事话语重新理解和陈述世界，开发和揭示现实世界中被现代话语忽略或遮蔽的一面，探寻新的文化道路。很明显，利奥塔尔是从语言叙事的角度诊断现代文化的症结并为之开药方的。

与之不同，斯威夫特则认为现代宏大叙事的问题出在启蒙主义者的思想态度和行为方式上：他们过于理想自信，仅注意到了人类改造世界的巨大的主观能量，未充分意识到世界本身的顽固性和不可抗拒的客观阻力，因而最后不可避免地陷入了堂吉诃德式的空想虚幻境界。解救之道是抛开不切实际的主观理想和浪漫情怀，回到广袤深邃、神秘莫测的现实本身。"任何一个新世界的建构者，任何一个革命者都想要垄断：现实。现实让一切清楚明白。现实不说废话。现实让人有自知之明。"（水 186）以后人们应从客观现实本身出发，实事求是，不懈探寻、求索，不断质疑各种现成解释、陈述、知识体系或意识形态，开发新的知识形态和观念，增强人的认识和实践能力，一步一步地接近真理，一点一点地改造世界和改善人类的生存状态。

斯威夫特借叙述者汤姆之口语重心长地说："现实主义。宿命论。黏液。住在芬斯就得接受强烈的现实。"（水 15）人们应当牢牢记住："即使革命本身宣称要建立一个新秩序，但其实也受制于最根深蒂固的历史信念"（水 122）；"不管你如何抗拒，水终将回来"（水 15）；"自然历史，人类天性。那些古怪又神奇的东西，那些未解的谜中之谜"（水 185），它们永远在那里，永远无法被完全穿透和征服。

为了时时刻刻与现实贯通，时时刻刻接地气，人们必须永远保持强烈的好奇心："假设是革命转移并阻碍了我们天生的好奇心的进程。假设好奇——是它激发了我们对性的探索，用讲故事和听故事来满足我们的欲望——才是我们最自然、最基本的状态。假设我们对了解事物、了解彼此、永远追根究底的狂热而贪婪的欲望才是真正且正义的颠覆者，甚至打败了我们对历史进程的推动。我们有没有想过那么多的历史运动（不只是革命运动）之所以失败，在内心失败，是因为这些运动没有考虑到好奇心那种错综复杂和无法预测的形式？这种好奇心并不想往前推进，而总是说，嘿，这真有趣，让我们先停一停，让我们观察一下，让我们折回去——让我们改变一下方向如何？干吗那么急？急什么？让我们来探索吧。想想历史每一个时代的这种好奇心，不管其外部议程是如何惊天动地，总是会有那些好奇的人们——天文学家，考古学家和极地探险家，更不用说卑微的历史学家——对于他们固执和任性的探索精神，我们应该感激。"（水 175）"孩子们，要有好奇心啊。没有什么比好奇心的终止更为糟糕的了（我深知这一点）。没有什么比好奇心受到压抑更令人压抑了。好奇心产生爱。它让我们与世界联姻。我们居住在这个匪夷所思的星球，而它正是我们对星球变态而又狂烈的热爱的一部分。丧失了好奇心，人们随即死亡。人必须追根究底，人必须了解真相。在我们了解我们是什么之前，哪会有任何真正意义上的革命？"（水 186）

人们只有保持强烈而持久的好奇心，不断寻问追究，不断探索，才能走进事物和现实内部，才能一点一点逼近真理，从而最终深切地把握和改造世界。这在欧洲科学家对欧洲鳗之生命发生状态的研究史中表现得异常明显。

欧洲鳗是"欧洲唯一最丰富的淡水鱼的代表"（水 177），是欧洲人最重要的生活资源之一。它们是怎么生成的？强烈的好奇心使人们对之进行了艰辛而不懈的追究和探索，一点一点揭开了它的真相。早在公元前 4 世纪，亚里士多德就对它的生命形成产生了浓厚的兴趣，提出了它是"无性繁殖、其后代是从泥土里自然产生的"观点（水 177）。之后很多人沿承了他的说法，坚持鳗鱼是从其自身的皮屑或其他类似的物质中产生出来的观点。

18 世纪，瑞典的伟大博物学家林奈对之进行了进一步考察，提出了它是胎生的观点："鳗鱼在体内孵化受精卵，小鳗鱼直接生出体外"（水

178)。此观点一度受到了人们的质疑和反驳。1777年,一位叫卡洛·蒙蒂尼的意大利人经过细致研究,找到了鳗鱼卵巢的微小器官,确认了胎生说。不过蒙蒂尼的学说也受到了很多人的质疑。"经过无数的驳斥和对驳斥的驳斥"(水178),直到1850年波兰人马丁·拉克斯发表文章,明确解释了鳗鱼的雌性生殖器官,蒙蒂尼的发现才被正式确证。

1874年,波兰人苏尔斯基发现了鳗鱼的睾丸,"这一突破使他获得了比蒙蒂尼更响亮的名声"(水179)。"然而,就算有这两种重要且互补的器官——卵巢和睾丸——它们究竟是在何时,何地,通过何种方式结合来繁殖后代的呢?"(水179)一个不可否认的事实是:"大量的小鳗鱼在每年春天孵化,涌入它们最喜爱的河流的河口——尼罗河,多瑙河、波河、易北河、莱茵河——并且逆流而上"(水178—179),无穷的成年鳗鱼每年秋季顺流而下,"返回大海"(水179)。20世纪初丹麦海洋学家和鱼类学家约翰内斯·施密特经过长达20多年的环大西洋和地中海考察,对比研究了大西洋流域和地中海流域的鳗鱼,终于揭开了鳗鱼诞生的奥秘和运动的规律:鳗鱼在大西洋西部的藻海产卵、孵化、出生,然后向东洄游,成年后再游回大西洋西部,产卵死去。"好奇招致反好奇"(水182),施密特的结论亦疑团重重。不过它明确解释了鳗鱼是怎么出生的、生于何地、成长于何地、是怎么死去的等问题,在人类历史上首次解开鳗鱼生成的谜团,可以说非常了不起。

而斯威夫特在这里详细介绍欧洲鳗鱼研究史的目的,很明显在于要告诉我们如下的道理:客观世界无比深邃神秘,人类只有永远保持好奇心,一代接一代进行坚持不懈、实事求是的探索,才能逐步接近它、认识它、理解它、把握它,达到最终有效改造它的目的。所以,满怀虔敬的态度尊重现实,脚踏实地地走进现实,坚持不懈地探索现实,最终真正理解它把握它,才是人类与现实打交道的唯一正确途径和方式。

在《水之乡》中斯威夫特不仅尖锐质疑了西方现代宏大叙事,而且明确提出了解构它的具体途径和方式:深深扎根于现实,无休地追问它,不懈地探究它,慢慢地认知它的本质,有效地改造它。这与利奥塔尔所倡导的用细小话语解构宏大话语的后现代主义救赎之道明显大相径庭。

英国著名理论批评家帕特里夏·沃在《后现代小说和批评理论的兴起》中精辟指出:"在很大程度上,英国及爱尔兰小说一直抵制它的美国同伴的充盈于篇章中的文本游戏或启示论和妄想狂,同时也轻蔑法国新小说的十分艰涩的词语实验。……作家们与小说中的现实主义传统和哲学上扎根于道德和文化批判的英国本土传统保持着永久联系。"[①] 英国后现代小说家从来未像法国或美国的后现代主义者那样将客观世界(或者说现实)消解到语言话语中,认为"世界和它的表现形式之间没有间隙,因为世界完全是文本性或表现性的"[②],而认为"语言和世界之间永远存在着反讽性间隙"[③],后者是前者顽固的抵制力量和矫正器。换言之,如果说法国和美国的后现代主义者对现代宏大叙事的怀疑和解构是在语言符号的层面上进行的,是用具体的小叙事来拆解一般的大叙事的话,那么英国的后现代主义者对现代宏大叙事的怀疑和解构,则是在理论与实践悖论关系的层面上进行的,是用经验事实来解构启蒙主义的主观叙事的。《水之乡》用西方现代历史上大量的历史事实来证伪现代宏大叙事,对后者的解构完全是经验实证性的,是英国式的,堪称是后现代主义之英国形态的典范之作。它为人们昭示了别一种进行历史活动的路线方针,具有重大的思想文化启示意义。

[①] Patricia Waugh, "Postmodern Fiction and the Rise of Critical Theory", in Brian W. Shaffer (ed.), *A Companion to the British and Irish Novel 1945—2000*, Malden: Blackwell Publishing Ltd., 2005, pp. 68−69.

[②] Patricia Waugh, "Postmodern Fiction and the Rise of Critical Theory", in Brian W. Shaffer (ed.), *A Companion to the British and Irish Novel 1945—2000*, Malden: Blackwell Publishing Ltd., 2005, p. 74.

[③] Patricia Waugh, "Postmodern Fiction and the Rise of Critical Theory", in Brian W. Shaffer (ed.), *A Companion to the British and Irish Novel 1945—2000*, Malden: Blackwell Publishing Ltd., 2005, p. 74.

第七章 论巴恩斯《10½章世界史》的解界域化书写

朱利安·巴恩斯被公认为是英国"当代最杰出的作家中的一位"①，他的《10½章世界史》（以下简称《世界史》）1989年出版后引起巨大反响，成为英国当代新历史小说领域最负盛名的杰作之一。跟其他的新历史小说一样，作品的核心话题是历史问题。受怀特和哈琴等理论批评家的影响，学界普遍将批评焦点集中在作品中与历史话语有关的问题上。如有的讨论了其中的历史撰写和文学修辞的关系问题②，有的讨论了历史话语与宗教话语的关系问题③，有的讨论了历史话语与科学话语的关系问题④，有的讨论了后现代生态历史书写问题⑤，等等。而对其中的一个关键问题即历史模式问题未给予充分关注。事实上，后者才是巴恩斯所关注的焦点。他在作品纲领性的篇章"插曲"中明确指出，历史研究和写作的目的是把握历史模式，总结经验教训、寻找前进道路："我们是历史的解读者，历史的受害者，我们审视历史程式，为的是发现给人以希望的结论，找到前进的路径。"（世界史224）他在作品中借追踪描述西方历史上有关危

---

① Vanessa Guignery and Ryan Gobert (ed.), *Conversations with Julian Barnes*, Jackson: University Press of Mississippi, 2009, p. ix.

② Gregory J Rubinson, "History's Genres: Julian Barnes's A History of the World in 10 ½ Chapters", *Modern Language Studies*, Vol. 30, No. 2 (2000), pp. 159–179; Jackie Buxton, "Julian Barnes's Theses on History (In 10½ Chapters)", *Contemporary Literature*, Vol. 41, No. 1 (2000), pp. 56–86.

③ K. Saunders, "From Flaubert's Parrot to Noah's Woodworm", *Sunday Times*, 1989, 18 June, G9.

④ Daniel Candel, "Jiulan Barnes' s A History of Science in 10 ½ Chapters", *English Studies*, No. 3 (2001), pp. 253–261.

⑤ Daniel Candel, "Nature Feminised in Julian Barnes's 'A History of the World in 10 ½ Chapters'", *Atlantis*, Vol. 21, No. 1/2 (1999), pp. 27–41.

机、苦旅、得救主题的各种历史事件，探究揭示了西方的历史模式，总结了历史经验教训，构想出了未来的历史方向路线。

第一节 后结构思潮和《世界史》的解界域化表征

二战给西方人带来巨大震撼，使他们对自己的文化系统产生了深刻怀疑。而身处二战重灾区的法国人对西方传统文化的怀疑和解构尤为深刻彻底。从20世纪60年代开始，法国一大批直接或间接经受过战争苦难的知识分子，从不同的角度对西方文化体系展开全面深入的反思批判，着力探究它的症结所在，寻找新的发展方向和途径，从而促成了强大的后结构主义思潮。代表性的思想家有罗兰·巴特、拉康、德里达、福柯、利奥塔尔、吉尔·德勒兹（Gilles Deleuze）等。在这些享誉世界的后结构主义思想家中，德勒兹的思想可谓最尖锐敏捷。1970年福柯在一次访谈中称："有一天，也许，这个世纪被称作'德勒兹世纪'。"[①]

出版于1968年的《差异与重复》，奠定了德勒兹杰出哲学家的地位，而1972年和1980年与皮埃尔-菲利克斯·加塔利（Pierre-Felix Guattari）合作完成的《反俄底浦斯》和《千重高原》，为他赢得了世界一流思想家的地位。《千重高原》是集大成式的论作。在此作中他沿承福柯、德里达等人的建构论观念，认为世界本身是无形的，正是人类赋予了它以形式。同时他进一步指出，最早生活于不同环境中的西方人和东方人的认识和实践方式（可简称为"文化形式"）完全不同，前者是树形的，后者是块茎形的："西方与森林有一种特殊关系，采伐森林；在从森林开发出的土地中种植种子植物，后者是人们借培育树形植物品种生产出来的；开辟休耕地，饲养动物，选择不同的动物种类，构成动物树形系统。东方呈现出一种完全不同的构形：与没有树木的大草原和花园（或某些状态中的荒漠和绿洲）关联在一起，而不是与森林和田野关联在一起；借个别植物的碎片

[①] Foucault, "Theatrum Philosophicum", *Critique*, No. 282 (1970), p. 885.

培育块茎形植物；抛开或排除将动物圈限在一个封闭空间中的动物饲养，将动物赶到游牧性大草原上。难道不是东方提供了某种块茎形模型以与树形的西方模型对抗？"①

树形是一种中心化构形，在那里事物内在发自一元直根，外在是树木状的，一个事物围绕着一个中心展开，是二元对立的、等级性的："在根本上，根是带有很多毛根的直根；是有很多分枝的圆环系统。树或根作为意象，发展成无尽的一元法则，一变成二，然后二变成四……二元对立逻辑是根－树形式的精神现实。"② 所谓树形文化形式，是人们理解和建构世界的一种特殊形式，其本质特征是中心主义、二元对立、等级化。西方人用树形文化形式理解和建构世界，所创造的世界图式自然是树形的、金字塔式的。如就宇宙图式而言，像但丁·阿利盖利（Dante Alighieri）《神曲》所描绘的，顶端是至善的上帝的世界、天堂，中部是善恶参半的人类的世界、炼狱，底部是罪恶的魔鬼的世界、地狱。

块茎形是一种非中心化的构形，在它那里事物内在本自多元毛根，外在是草茎状的，从里到外都由多元因素组成，无中心，无二元区分，无等级："块茎作为地下隐蔽之茎干绝对有别于本根或胚根。鳞茎和块茎就是块茎形的。块茎形呈现为极度多样形态，从多元重叠的表皮到由鳞茎和块茎集结成的根基，所有方面都是多样的。"③ "在块茎形中没有像在一个结构、树或直根中的中心点或核心位置，只有无数线条。"④ "这些线条相互

---

① Gilles Deleuze and Felix Guattari, *A Thousand Plateaus*: *Capitalism and Schizophrenia*, translation and foreword by Brian Massumi, Minneapolis and London: University of Minnesota Press, 1987, p. 18.

② Gilles Deleuze and Felix Guattari, *A Thousand Plateaus*: *Capitalism and Schizophrenia*, translation and foreword by Brian Massumi, Minneapolis and London: University of Minnesota Press, 1987, p. 5.

③ Gilles Deleuze and Felix Guattari, *A Thousand Plateaus*: *Capitalism and Schizophrenia*, translation and foreword by Brian Massumi, Minneapolis and London: University of Minnesota Press, 1987, pp. 6—7.

④ Gilles Deleuze and Felix Guattari, *A Thousand Plateaus*: *Capitalism and Schizophrenia*, translation and foreword by Brian Massumi, Minneapolis and London: University of Minnesota Press, 1987, p. 8.

永远纠结在一起,这就是为什么人们永远无法在其中安置二元主义或二分法的原因。"① 东方人用此块茎形文化形式创造世界,所建构的世界自然是多元的、平面的、变化无穷的,德勒兹将之称作"千重高原"(A thousand plateaus)。

德勒兹一贯认为,事物本身不是同一的而是差异的:"如果哲学与事物有积极的和直接的关系的话,那么只是在哲学根据事物本身的状态把握事物的状态下——事物本身的状态是:事物与它所不是的东西的差异、换言之是事物内在的差异。"② 正是从其关于世界不是基于同一性而是基于差异性、不是一元统一的而是多元异质的差异论观念出发,德勒兹认为西方人的树形文化形式是一种严重阉割和歪曲事物的机械形式,由之所创建的文化体系是一种有严重缺陷的文化,亟需彻底改造。

如何改造?德勒兹认为首先需拆除人们用树形文化形式强加于无限丰富多样的世界的一元统一的树形形态,或用地理学的术语说,拆除人们为大千宇宙所标划的各种界限、图式。德勒兹将此环节称作"解界域化"(Deterritorialization)。解界域化是一个与"界域化"(Territorialization)相对的概念。德勒兹认为事物本来是无任何界标和形式的,他将之比作无器官的身体(Body without organs)或平滑的空间(Smooth space),西方人用树形文化形式在上面划界、书写,或者说对之进行界域化处理,赋予了它们各种人为形式,将之塑造成有机体(Organism)或有条纹的空间(Striated space)等。解界域化就是拆除或擦抹西方人加在世界或事物上面的一切界标或形式,使之恢复本来的样子。

德勒兹提出,解界域化主要有两种方式。一是"再界域化",否定性的,"D 也许为补偿性的再界域化所覆盖,当然再界域化会妨碍穿越之线条;因而 D 被称作否定的;换句话说,任何可以用来进行再界域化的东西

---

① Gilles Deleuze and Felix Guattari, *A Thousand Plateaus: Capitalism and Schizophrenia*, translation and foreword by Brian Massumi, Minneapolis and London: University of Minnesota Press, 1987, p. 9.

② Gilles Deleuze, *Desert Islands and Other Texts: 1953—1974*, Los Angeles: Semiotext(e), 2004, p. 32.

都'代表'过去遗失的界域"①。简而言之,否定性解界域化,或者说"再界域化"是一种借开发过去受压制或被遗弃的东西来打破既有界标和形式的方式;二是"跨域",是肯定性的,"另一种情形是,当D变成肯定性的,然而由于它所勾画的跨越之线被节节分割因而是相对的时——换句话说当D超越只扮演次要角色的再界域化时,那么它就会分化成一连串'行动',落入各种黑洞中,或甚至以总体性黑洞(灾难)方式终结。"②换言之,肯定性解界域化,或者说"跨域",不仅可以拆除既有的事物界标和形式,而且还可以开发新异的界标和形式,将世界引向一种从未有过的、无法预测的"黑洞"界域。

德勒兹所说的西方树形文化形式,实质上就是福柯所说的理性主义话语方式和德里达所说的逻格斯中心主义二元对立思想方式,他所说的解界域化实质上就是福柯所说的知识考古学和德里达所说的解构。显然,他关于西方文化的实质和解救之道的看法与福柯和德里达没有二致,区别仅仅在于前二者是从知识构成和思想方式的角度谈论的,他是从文化创造的角度谈论的,更为现实、形而下。正因此,他在西方文化界的影响更广泛,被誉为是后结构主义者的杰出代表。

朱利恩·巴恩斯从小是在法国思想文化的深刻熏陶下成长起来的。他1946年生于英国莱斯特,父母都是法语老师。他很早就开始学法语,十四五岁时可以阅读法语作品,21岁左右可以用法语流利交流。大学读的是法语专业,多次到法国旅行和短期居住,对法国很熟悉。他在一次访谈中明确指出:"在地理上,我对法国比对英国了解。"③ "在一定程度上你会被周围的人所影响,但我认为你所掌握的语言文化对你的影响更为根

---

① Gilles Deleuze and Felix Guattari, *A Thousand Plateaus*: *Capitalism and Schizophrenia*, translation and foreword by Brian Massumi, Minneapolis and London: University of Minnesota Press, 1987, p. 508.

② Gilles Deleuze and Felix Guattari, *A Thousand Plateaus*: *Capitalism and Schizophrenia*, translation and foreword by Brian Massumi, Minneapolis and London: University of Minnesota Press, 1987, p. 508.

③ Vanessa Guignery and Ryan Gobert (ed.), *Conversations with Julian Barnes*, Jackson: University Press of Mississippi, 2009, p. 24.

本。正像你发现你的肢体语言已是法国式的一样,你的大脑表述也法国化了。"①

　　受法国当代思想文化特别是20世纪七八十年代盛极一时的后结构主义思想的深刻影响,巴恩斯对西方传统的求同式文化形式和一元统一型文化形态持激烈批判解构态度。他的新历史小说《世界史》无论在写作样式的层面上还是在文化话语的层面上,都采用了解同一性和中心化的方法。从叙事视角看,与以往的历史著作或历史小说从历史主导者或强者的角度进行叙事的方式相反,《世界史》是从历史从属者或弱者的角度叙事的。如第一章不是从世界的主宰者上帝和人类先祖挪亚的角度叙述远古大洪水事件的,而是从受上帝和挪亚排斥和压迫的木蠹虫的角度叙述它的;第二章在讲述西方人和阿拉伯人之间的矛盾冲突时,不是站在两种敌对势力之某一方的立场上叙事的,而是站在介于两种力量之间的第三方的立场上叙事的;第三章在讲述马米罗勒村村民驱逐村教堂中的木蠹虫的故事时,不是从压迫者村民的角度叙事的,而是从受迫害者木蠹虫的角度叙事的……不一而足。作品由此发掘出了为过去正统的历史叙事所遮蔽的层面或被歪曲的历史情景,彻底突破了传统的历史图式,展示了新景象。

　　从结构线索看,作品中的历史事件不是按时间顺序刻意安排的,而是随意罗列的,如第一章中是远古时代洪水漫地和挪亚造方舟逃难的事件,第二章中是当代阿拉伯人劫持西方游客的事件,第三章中是中世纪法国农民驱逐木蠹虫的事件,等等。作品中的历史事件之间没有任何关联,完全是断裂的、碎片化的。作品所绘制的历史图景不是有头有尾、循序渐进、井然有序的,而是无头无尾、断裂无序、杂乱无章的。

　　从文化话语看,作品从不同角度全面而深刻地揭示了西方人过去几千年根深蒂固的中心主义、二元对立、等级化、排他性思想行为方式,以及与之深刻关联在一起的一元统一历史文化景观,彻底解构了西方传统树形文化形式的一种重要形态,即树形历史模式。此后一个方面是作品中最重

---

① Vanessa Guignery and Ryan Gobert (ed.), *Conversations with Julian Barnes*, Jackson: University Press of Mississippi, 2009, p. 15.

要根本的方面。下面我们集中对此后一个方面做些具体分析说明。

第二节 拆解树形历史模式

作品的前九章用否定的方式着力揭露和拆解了西方根深蒂固的树形历史模式。第一章"偷渡客"是以《圣经》中挪亚方舟故事为蓝本创作出来的。不过它没有简单重复《圣经》的叙事，而是对之进行了全方位解构：第一，不再是从上帝和他的使者挪亚的角度叙述的，而是从被上帝和挪亚所忽略的木蠹虫的角度叙述的，由此揭示了挪亚方舟故事中鲜为人知的一面；第二，主要不是描述上帝和挪亚惩恶扬善的崇高举动，而是揭示他们的逻格斯中心主义二元对立思想行为方式及后果，从而揭露了西方文化体系的本源、实质和特征。

在深受上帝和挪亚压迫的木蠹虫看来，无论是上帝还是他的忠诚奴仆挪亚，都是偏执狂和残暴分子。他们都热衷于给事物划界、分类，将大千世界中千差万别的存在物，根据他们的个人好恶，划分为不同的种类和级别，捧扬他们所喜欢的，贬斥他们所厌恶的。如面对各种不相同的生命，上帝不是毫无区别地平等对待它们，而是：第一，首先将它们分为人和动类两类，褒扬能用甜言蜜语赞美他的人类，而贬低木讷笨拙的动物；第二，接着进一步将人类分为顺从他的意志的善人和背逆他的意志的恶人两类。

除了从个人好恶出发，用二元对立方式给存在物贴标签、划等级外，镇压、残害和清除异端也是上帝对待存在物的基本方式。如他除了对顺从他意志的"好人"挪亚另眼相看外，对那些不盲从他的芸芸大众颇为恼火。愤怒之余掀起漫天海水将他们全部淹死，而且连同成千上万的无辜动物也一并予以毁灭。"上帝对自己的造物发怒在我们听来是件新鲜事，我们糊里糊涂卷入其中。我们没有任何过错（你该不会真的相信那蛇的故事吧？那只是亚当的黑色宣传），可后果对我们一样严重：每种物种都被灭绝，只留一对续种，而且发配到公海，受一个活了七百多年的贪酒老无赖

管制。"(世界史6)

当上帝准备毁灭世界，令挪亚从各类飞禽走兽中选择一对带入方舟时，挪亚仅选了他看着比较顺眼的，其余的全被排除了。结果很多种动物落选了。"挪亚的栅栏围圈外一片落选动物的哀号声，彻夜可闻。"(世界史7) 挪亚选定了他准备带入方舟的动物种类后，对入选的动物又进行区分。"挪亚——或者说是挪亚的上帝——宣布将动物分为两个等级：洁净的和不洁净的。洁净的动物允许七个上方舟，不洁净的上两个。"(世界史9) 这种区分政策在动物圈里引起了忿忿不平。"猪天性没有抱负，不会争社会地位，觉得无所谓；但其他动物则把不洁净这种说法看成是人身攻击。"(世界史10)"你只要听听贝壳类动物的抽泣，龙虾低沉而茫然的抱怨，你只要看看鹳所受的令人痛心的羞辱，你就会懂得我们的一切都不会再是从前那样了。"(世界史10)

而挪亚对动物做如此的等级划分没有任何道理。"爪趾类反刍动物有什么特别的？大家会问。为什么给骆驼和兔子二等地位？带鳞的鱼和不带鳞的鱼为什么要区别对待？天鹅、鹈鹕、苍鹭、戴胜鸟不算最优秀的物种吗？可它们没有被授予洁净奖章。干嘛要和老鼠、蜥蜴（你或许觉得它们已经问题成堆）过不去，进一步打击它们的自信心呢？我们就是看不出其中的逻辑性。"(世界史10)

除了胡乱给动物贴标签、划等级外，镇压、残害和清除异己分子，也是挪亚对待他周围的动物的一贯方式。他对那些他看不惯的动物经常施以棍棒，一旦发现患病的动物，便不容分说地将它们"扔下船去"(世界史11)。对那些可以食用的动物任意屠宰，世界上不计其数的物种"都叫挪亚一伙吃了"(世界史12)，如北极鸽、河马象、蝾螈、宝石兽都被他们吃掉了。对那些古怪的动物全部予以清除，蛇怪、狮身鹰头兽、狮身人面兽、鹰头马身有翅兽、独角兽都被他扔下了船。

"偷渡客"整章是由小动物木蠹虫叙述的，由于它站在动物的立场上尖锐揭露和鞭挞了上帝和挪亚对动物的无端压迫和残暴行径，所以有学者认为，"第一章借挪亚的性格谴责了人类借助于像科学和宗教一类的知识体系对自然的掠夺摧毁",宣扬了巴恩斯的环境保护主义自然伦理学[①]。事实上,巴恩斯在此章中不是在简单揭露批判西方传统的人类中心主义自然伦理学,而是在借木蠹虫的解构性叙述,揭示西方人的偶像上帝和挪亚看待和处理存在物的方式:上帝和挪亚从一开始就是用中心主义、二元对立、等级化、排他性方式给世界划界、分类、贴标签,赋予世界以形式的,他们由此创建了一种以上帝为中心、以人类为灵长、善人为统治者的一元统一的、等级化的、压迫性的树形宇宙秩序。

西方人的偶像上帝与新人类先祖挪亚的这种中心主义、二元对立、等级化、排他性历史模式,影响十分巨大深远。受偶像和先祖影响,后代西方人都自觉不自觉地采用这种以人类为中心、压迫排斥动物的树形历史模式处理人与动物的关系。作品第三章"宗教战争"展示法国中世纪贝藏松马米罗勒村的村民以人类为中心,轻视、责斥、控告栖居于圣米歇尔教堂中的木蠹虫,最后将之赶出马米罗勒村。第四章"幸存者"揭露现代挪威及欧洲人从人类利益和好恶出发,毒害、杀戮驯鹿,残害猫咪。作者巴恩斯对西方人的这种先人类后动物、压制迫害动物的恶劣习性极为不满,他借作品人物凯思尖锐质疑道:"我们为什么老是折磨动物?"(世界史 76)他热切希望建立一种人与动物平等共处、多元互补的无中心、无等级的境界:"丛林中的部落是怎么度量一天的?现在向他们学也不算太迟。那种人有与自然和谐生活的诀窍。他们不会阉割猫。他们可能崇拜它们,他们甚至可能吃它们,但他们不会收拾它们。"(世界史 82)

这种中心主义、二元对立、等级化、排他性历史模式,不仅反映在人类对待动物的举动中,而且也表现在人类对待其他族群或集体的举动中。作品第二章"不速之客"记述了一起阿拉伯人与西方人相互劫持人质的事件:"两年前,一架载有黑色雷电组织三名成员的民用飞机被美国空军迫降在西西里岛,意大利当局违反国际法,纵容这一海盗行为,逮捕了这三

---

① Daniel Candel, "Nature Feminized in Julian Barnes's 'A History of Science in 10½ Chapters'", *Atlantis*, Vol. 21, No. 1/2 (1999), p. 29.

个战士;英国在联合国替美国的行为辩护;这三个人现在还囚禁在法国和德国的监狱里"(世界史 50—51);两年后,有三个阿拉伯人在爱琴海领域劫持了一批赴希腊观光旅游的游客,将之作为人质,与西方政府谈判,试图换回他们的战友。谈判失败,他们将游客划分为以下几个级别:先是美国人,接着是英国人,之后是法国人、意大利人、西班牙人、加拿大人,最后是日本人、瑞典人、爱尔兰人。有一位美国哲学教授戏称这种做法为"把洁净的和不洁净的分开"(世界史 40)。他们按级别次序枪决游客,每小时两人。顺序是:"美国犹太人最先。然后是其他美国人。然后是英国人。然后是法国人、意大利人和加拿大人。"(世界史 51)共有 16 个人被枪决。

在这起血腥恐怖的种族冲突中,无论是西方人还是阿拉伯人,都用二元对立方式处理族群关系:从自己的族群出发,将异己族群视作野蛮残暴的种类,极力加以排斥、镇压、杀戮。在巴恩斯看来,现代西方人以至阿拉伯人给人群划界分类和排斥异己的文化形式,与原初上帝和挪亚给存在物划界分类、党同伐异的方式没什么二致。所以他对人类的境况持极度悲观的看法:"比起动物来,人的进化非常落后。"(世界史 24)"这世界乐观不起来。"(世界史 46)

作品第七章"三个简单的故事"中讲述了这样一个历史事件:1939 年 5 月 13 日,被纳粹德国赶出来,到其他国家寻求政治避难的九百多名犹太人,搭乘圣路易斯号班轮跑遍古巴、美国、委内瑞拉、厄瓜多尔、智利、哥伦比亚、巴拉圭、阿根廷等很多国家,没有一个国家愿意接受他们;后来虽因迫于舆论,比利时、荷兰、法国、英国勉强接受了他们,但依然将他们当作另类或劣等人看待,用对待犯人或难民的方式对待他们。

西方人的树形历史模式也反映在他们对同胞内部人际关系的处理上。作品第五章"海难"表现的是法国远征队炮舰梅杜萨号在非洲布朗科角触礁沉没后人们自相残害的情景。其中有两个场景令人触目惊心:

第一,1816 年 6 月 17 日,梅杜萨号沉没。由于舰上的救生船装载不下全部人员,舰员们临时造了一条木筏。炮舰上的长官将舰上的人分为两组：地位较高的官员乘救生船，地位较低的官兵、水手和乘客乘木筏。此情景跟方舟故事中上帝将存在物一分为二，保护一小撮，让绝大部分自生自灭的情景完全一样。

第二，木筏承载了 150 人，由四条救生船用船尾绳索拖着。木筏被拖着走了一段时间后，四条救生船上的人解开船尾的拖绳，自己逃命去了。木筏被抛在茫茫大海上，"既没有桨，也没有舵"（世界史 107），完全失去了动力和方向，只能听凭风浪摆布。两天之后，弹尽粮绝。到第七天，很多人或跳入大海，或被饿死。筏子上仅剩二十七人，其中只有十五人身体健康，其余的伤病缠身。为了节省给养，维持他们自己的生命，十五个健康的人最后做出了如下的决定：将其余十二个有伤病的战友毫不留情地扔进大海。巴恩斯称，这里把"健康的和不健康的分开，就像把洁净和不洁净的分开一样"（世界史 110）。"等他们熬到第十三天"，有一条双桅船路过，筏子上的人才被救出。在此章中巴恩斯细致描绘了梅杜萨号上人们在生死存亡关头表现出来的思想行为方式和品格：划分等级、抛弃同胞、牺牲他人、保护自己。揭示了如下真理：西方人，无论是上等人还是中下等人，都自然地、不自觉地用以我为中心、二元区分、排他性方式处理人际关系，从而不可避免地造成自相残杀的后果。

树形历史模式不仅是西方人处理存在物之间、种族之间、人与人之间关系的最基本的方式，而且也是处理人的精神世界中物质追求与精神追求关系的最基本的方式。第六章"山岳"集中讲述了 19 世纪三四十年代爱尔兰的一个圣女阿曼达与其父亲弗格斯的故事。阿曼达是一个虔诚的宗教徒，从小坚信世界是上帝创造的，是有序的、严明的。她以上帝之道和真善美境界为人生追求目标，以上帝的法则为评判人的标准。将人分为两类：一类是信仰上帝、遵循上帝教诲的人，她视他们为圣洁崇高之人，十分崇拜他们；另一类是不信上帝、违背上帝旨意的人，她视他们为污秽邪恶之人，十分厌恶他们。她虽然很喜爱自己的父亲，但因父亲不信上帝、违背上帝的旨意，所以一贯将之视为罪大恶极之人，平生跟他"故意作对"（世界史 129），直至他去世。

阿达曼的父亲弗格斯正相反，坚信世界是自然的产物，是"混乱、危险和邪恶"的（世界史133）。不相信上帝和《圣经》，认为都是虚构的、谎言，责怪女儿"不该对挪亚方舟信以为真"（世界史134）。不喜欢静态高雅的东西，喜欢动态世俗的东西。他一直与女儿对着干，嘲笑、斥责、排斥她。他与她争吵了许多年，直到他咽气方才罢休。

在西方历史上，这种或用宗教精神价值排斥世俗物质享受，或反过来用物质主义排斥精神主义的偏执狂，可谓比比皆是。19世纪中期的爱尔兰圣女阿曼达和其父弗格斯是此类人，20世纪后期的美国宇航员斯派克亦然。他们之间的不同仅在于前二者比较简单，一生只追求过一种生活法则，而后者比较复杂，一生追求过两种生活法则。

巴恩斯在第九章"阿勒计划"中集中讲述了斯派克的故事。1943年父亲带着13岁的斯派克到北卡罗莱纳州的基蒂霍克小镇落脚。小斯派克看着富有的杰西·韦德开着一辆漂亮时髦的轿车驰过小镇时，十分羡慕，认定驾驶时髦的车子、过刺激时尚的生活是人生最美妙的事。于是他毫不犹豫地踏上了追求物质享受和刺激的道路。追女孩、飙车、打架斗殴，成为镇上有名的"惹是生非"之人。他15岁参军赴朝鲜战场，驾着F-86战斗机在鸭绿江上空飙飞，"前后飞了二十八次击落两架米格15"。朝鲜战争之后，他加入了宇航员行列，乘火箭奔赴月球。1974年夏天，他"站在月球表面，抛出一个橄榄球，一传就是四百五十码"（世界史237）。在月亮上玩球给他带来的刺激和快感，可谓达到了登峰造极的地步。

就在他抛掷橄榄球、玩得最带劲的时候，耳边突然响起了一个声音："去找挪亚方舟。"（世界史238）此声音彻底改变了他的生活路线：他认定那是上帝的声音，自此不再认为追求物质快感是人生最有意义的事情，而认为追求精神理想才是人生最有价值的事情。回到地球上以后，他辞去航天局的工作，放弃探索宇宙奥秘的阿波罗计划，转向传扬上帝的真理的宣传工作，开启了遵照上帝的谕示到阿勒山寻找方舟的阿勒计划。他办讲座、筹建机构、举办活动，将全部精力投入到阿勒计划上。经过一年的准备，1975年7月，斯派克终于与吉米·富尔古德组成了一个二人远征队，赴阿勒山寻找挪亚方舟。虽然他们曾三度登山，而且每一次都搜遍了山上的角角落落，但最后还是一无所获。直到第三次的最后一段时间，他们在山顶下面几千英尺处的一个山洞里发现了"一具人的骨架"（世界史255）。斯派克见后欣喜若狂，认定那是挪亚的骨架，上帝的谕示终于得到验证。可不无讽刺意味的是，经科学检验，那遗骨仅有150年左右的历史，而且"是属于一个女人的"（世界史260）。它正是爱尔兰圣女阿曼达的尸体。斯派克的幻想完全破灭。尽管如此，斯派克对月亮上听到的声音依然深信不疑。之后他又"发起第二个阿勒计划"（世界史260）。而作者巴恩斯却不只对斯派克在月亮上听到的"去寻找挪亚方舟"的话是否出自上帝深表怀疑，更对他从一个极端跳到另一个极端的逻格斯中心主义二元对立思想行为方式深表怀疑。他在第九章"阿勒计划"中通过富于幽默讽刺意味的叙述一再暗示：斯派克身上的这种一以贯之的二元对立极端方式，是一种一叶障目式的方式，是极危险的方式。

第三节 建构块茎形文化活动方式

《世界史》的第十章和二分之一章用肯定性方式，或者说"跨越"方式，建构了一种与西方传统的中心主义、二元对立、等级化、排他性历史模式不同的新方式，即块茎形文化活动方式，启示人们穿越旧文化界域，走向新人生境界。第十章"梦"的第一段话是："我梦见我醒了。这是最古老的梦，而刚刚做了这个梦。"（世界史263）言下之意是，本章将记述"我"的梦幻，此梦幻是无数代人的梦幻，"我"在此只是重温它。

在梦境中，"我"的生活分为两个阶段。第一个阶段是由像"空姐"一样美丽的布丽吉塔侍奉的。她随意、性感，给"我"提供了一切我想要的服务，使"我"能够最大限度地满足物质欲求：享用美食，购物，打高尔夫球，做爱，会见名人等。所以，"在大部分时间里，'我'感觉很好"（世界史275）。"我"让布丽吉塔陪着到一个"有点像我爸爸"的"老先生"那里，审阅"我的生平，所有我做过的、想过的、说过的、感觉过的"（世界史 273）。审阅后，"他说我没问题"（世界史 274）。

第二阶段是由"看上去比布丽吉塔更加严肃"的玛格丽特来侍奉的。她"一丝不苟"，很矜持。"我有点怕她——我肯定没法想像自己会提议与她做爱，就像我对布丽吉塔曾经提议过的那样——我料想她不赞成我的这种生活方式。"（世界史 275）由她陪伴之后，"我"的生活重心发生大转向，由物质享受转向了精神探索。"我"不断跟玛格丽特探讨人生问题，讨论"上帝在哪里？"（世界史 280）人生终极价值何在。玛格丽特引导"我"领略了新天国的美景：那里没有上帝，没有统一的法则，也没有地狱，地狱只是一个展览以往人们的罪恶和错误的"主题公园"（世界史 282）；那里只有天堂，"天堂的原则就是那样，你想要什么就得到什么"（世界史 283），那里人们可以选择自己想要的任何东西，如生命、快乐、死亡以至痛苦等；那里人们完全"脱离肉体"，进入了纯精神的世界。看到新天国的情景后，"我"流连忘返，渴望能够生活于其中："'如果可以的话，我会再回来的。'我说。"（世界史 287）

第十章中，"梦"的寓意很明显：指的不是现实，而是理想，不是已有的生活方式，而是未曾有过的生活方式。"我"梦中的前后两个境界，即是人类的两种基本生活层面即物质生活和精神生活的隐喻。而无论在第一个境界还是第二个境界中，"我"都能做到抛开一切规范、程式、法则，做自己想做的事，要自己想要的东西。这喻指作者心目中的人类理想境界：无论在物质的层面上还是精神的层面上，人们不受任何外在界限、标签、规程的限制，按自己的意愿行事，随心所欲地拥有、享受世界。

十章之外，巴恩斯还多写了二分之一章，插在第八和第九章之间，命名为"插曲"。与其他十章比，此二分之一章显得很特别：第一，叙述者不再是作品人物，而是作者自己；第二，表现方式不再是记叙性的，而是议论性的，是一篇关于爱的规整的学术短论。

在"插曲"中，巴恩斯一开始就明确指出，爱是包括散文家和诗人在内的所有书写者密切关注和精心表现的基本主题，它的含义凝集在下面几个词语中："I love you"。他解释说："再听听这几个词：I love you。主语、动词、宾语:朴实无华,蕴意无穷。主语是一个短小的词,喻示爱者的自谦。动词较长些,但不带歧义,在传递心声的瞬间,舌尖急速从腭部弹开以发出元音。宾语和主语一样,没有辅音,发音时嘴唇向前突出,好像要接吻。"(世界史 211) 巴恩斯在这里用语词分析方式重新阐释了 "I love you" 的含义:它不是一个表达一个人对待自己所热恋的人的态度方式的句子,而是表达一个人对待所有人的态度方式的句子,如果你是发话者,就应将自己全心全意交给受话者,如果你是受话者,也应完全倾心于发话者,人与人之间应以对方为重、相互尊重、相互依存、合二为一。

"世界上各种语言在发音方面有某种巧合。"(世界史 211) 人类各种语言都有表达爱的词语,它们的结构和发音方式与英语的完全一致。很明显,爱是人类最普遍的要求,它的本质特征是:人类主体以他人为重,舍弃自我,与他人融合,心心相印,二而为一。在人类历史上,爱遭到了权力、金钱、历史、死亡的歪曲、玷污、篡改、威胁,它的本义完全被遮蔽了。如权力将爱变成了满足权力欲的方式,金钱将爱变成了获得自我利益的工具,历史将爱变成了侵犯他人的借口,死亡使爱者止步于恐惧感,变成苟且偷生之辈。所以,"爱和类似权力、金钱、历史和死亡这些狡诈的、强硬的概念"是"对立的"(世界史 215)。

人类要改变自己的错误行径和悲剧命运,除了坚持爱的法则外没有其他途径。"因为,世界历史若没有爱就变得自高自大,野蛮残忍。爱不会改变世界,但可以做一些重要得多的事情:教我们勇敢地面对历史,不理会它神气活现的趾高气扬。"(世界史 222) 在巴恩斯看来,爱至少有以下一些功能:第一,可以帮助人们养成尊重他人的习惯,克服自我中心主义,"我们爱并不是为了帮助解决这个世界的自我中心问题;但这却是爱比较靠得住的效用之一"(世界史 222);第二,可以培养人们从他人的角度看问题、以他人为重的思想习性,克服各种二元对立和排斥异己的思想习性,"爱还能做什么?如果我们推销它,我们最好点明它是公民美德的出发点。你要爱某个人就不能没有富于想象力的同情心,就不能不学着从另一个角度来看世界。没有这种能力,你就不能成为一个好恋人,好艺术家,或政治家。举出几个很懂得爱的暴君给我看看"(世界史 225);第三,可以帮助人们丰富人生经验,提高精神境界,超越理性僵化的自我,"爱是反机械、反物质论的:这就是为什么痛苦的爱仍不失为良好的爱。它可能使我们不幸福,但它坚持不需要机械类的和物质类的来掌管。爱赋予我们以人性,还赋予我们以玄想。爱给予我们许多超出我们自身的东西"(世界史 226—227)。

　　换一种方式说,如果一个人有了真爱,他就不会用势利的眼光和方式去看待和处理事物,不会唯我独尊,不会"自高自大,野蛮残忍",做出排斥和迫害他人的事。如果所有的人有了真爱,那么世界上就不会有划分种类等级和党同伐异的行为,不会有各种存在体之间相互挤兑厮杀的悲惨事件,世界历史的面貌会彻底改观。不言而喻,只有爱才能彻底改变人类过去错误的树形历史模式,才能促进人类历史不断向光明正确的方向迈进。为此,巴恩斯宣称:"爱是我们的唯一希望。"(世界史 227)"我们必须信奉它,否则我们就完了。我们可能得不到它,或者我们可能得到它而发现它使我们不幸福;我们还是必须信奉它。否则我们就只好向世界历史缴械投降,向别的什么人的真相缴械投降。"(世界史 228)

　　在第十章和外加的二分之一章中,巴恩斯借梦幻和论证方式提出了一种与西方传统的中心主义、二元对立、等级化、排他性历史模式相反的方式,即抛开一切规范、程式、法则、中心、等级,万物一齐,以他者为重、尊重他者、相敬相爱的方式,此方式用德勒兹的话说,即是多元集合、平等共存的块茎形文化形式。在这一章半中,巴恩斯极力召唤人们用新型的块茎形文化活动方式,取代西方几千年根深蒂固的树形历史模式,力图将人类世界引向多元共存、绝对自由平等的境界。

　　总之,巴恩斯在《世界史》中站到彻底解构西方传统文化的立场上,搜集和罗列了西方历史上从古到今的一连串著名历史故事和轶闻传说,深刻揭示了西方文化的实质,用否定性解界域化方式彻底揭露、批判、解构了传统的树形历史模式,用肯定性解界域化方式建构了一种新异的块茎形文化活动方式,彻底穿越了西方既有的历史文化体系,启示了一种全新的历史文化境界。

第八章 论《靛蓝色，或海域绘图》对《暴风雨》的后殖民重写

莎翁的同代人本·琼生（Ben Jonson）称莎士比亚"不属于一个时代而属于所有的世纪"①。诚如琼生所言，自17世纪以降的三百多年间，莎士比亚变成了普遍人性的代言人，文学界的"大神"。而令人始料不及的是，从20世纪中期开始，这位受崇拜达三百年之久的大神不仅突然被人们从神坛上扯了下来，而且还受到百般质疑、调侃。那么，莎士比亚为什么会突然遭此厄运？

20世纪后期莎士比亚遭受普遍质疑、挑战的突出标志，是他的戏剧悉数被戏拟、重写、解构。1966年汤姆·斯托帕德（Tom Stoppard）戏谑性重写《哈姆莱特》的作品《罗森格兰兹和吉尔登斯呑之死》在爱丁堡上演并取得巨大成功后，文学界掀起了重写莎士比亚的热潮，此类作品层出不穷。单就莎士比亚的《暴风雨》而言，就有数十种之多。著名的如艾梅·塞萨尔（Aime Cesaire）的《一场暴风雨》（戏剧，1969）、皮埃尔·塞甘（Pierre Seguin）的《凯列班》（小说，1977）、保罗·马祖斯基（Paul Mazursky）的《暴风雨》（电影，1982）、葛罗利娅·奈勒（Gloria Naylor）的《妈妈·戴》（小说，1988）、彼得·格林纳威（Peter Greenaway）的《普洛斯彼罗的书本》（电影，1991）、玛丽娜·沃纳的《靛蓝色，或海域绘图》（小说，1992），等等。下面我们就以沃纳的《靛蓝色，或海域绘图》（以下简称为《靛蓝色》）为例具体考察20世纪后期莎士比亚为什么和如何被重写解构的问题。

---

① 见杨周翰编选：《莎士比亚评论汇编》上，中国社会科学出版社1979年版，第13页。

第一节 沃纳和《暴风雨》的重写

如前所论,第二次世界大战后西方人对现代文化体系产生了深刻怀疑,对支撑该体系的支柱性产品展开全面拆解重构。莎士比亚的剧作作为现代文化范型的最早、最重要的打造者和标杆,便自然成为人们解构的重要靶子。

20世纪40—60年代,全球范围内爆发了轰轰烈烈的反殖民运动,很多民族和地区摆脱了欧洲白人的控制,获得独立。与之相应,思想文化界兴起了激烈清理、拆除、反对、重构传统的殖民主义思想的后殖民主义思潮。萨伊德、霍米·巴巴、佳亚特里·斯皮瓦克(Gayatri Spivak)等理论批评家站在被殖民者的立场上,尖锐揭露批判了传统的本质主义民族观和种族主义思想,提出了与之相反的建构主义民族观和反种族主义思想。跟理论批评界一样,文学创作领域里彻底解构殖民主义思想的作家也络绎不绝,如里斯、约翰·马克斯韦尔·库切(John Maxwell Coetzee)、沃纳等。其中玛丽娜·沃纳是英国20世纪90年代之后最重要的后殖民主义作家之一。

沃纳1946年出生于伦敦。父亲是英国人,母亲是意大利人,沃纳从小生活在一个多元文化混杂的环境中,身份矛盾开裂。她是这样总结自己的:"我想我内部有不统一感,从构成看既是天主教的又是基督教的,既是英国人又是非英国人。"① 出生后不久,她随父亲离开英国,到埃及、比利时等地居住。九岁时沃纳被送回国,到一家修道院寄宿学校读书。在学校,因为外来者的身份,她常常被同学嘲笑,心灵受到很大伤害。她说:"那段时间我相当痛苦。"② 20世纪60年代,她进入牛津大学现代语

---

① Marina Warner, "Marina Warner and Ninolas Tredell (interview date 19 March 1992)", in Roger Matuz (ed.), *Contemporary literature Criticism*, Vol. 59, Detroit: Gale Research Inc., 1990, p. 300.

② Anonymous, "Alienated Intelligence-Interview with Marina Warner", *Sunday Business Post*, 22 February, 2002.

言系学习,在那里接触到许多新理论。她如饥似渴地吸收它们:"我欣赏一切……充满了好奇心……我对各种新思潮很感兴趣。"① 之后她接触到了西方文坛上最前沿的思想观念,如解构主义、女性主义、后殖民主义等。

既是又不是英国人的民族身份,童年受歧视的痛苦经历和后来接受的后殖民主义思想,使沃纳对种族主义观念极度反感,对欧洲人征服其他地区和民族的帝国主义活动抱有强烈抵制态度。这在她对自己父系家族的羞耻感中表现得非常明显。自托马斯·沃纳(Thomas Warner)1622年抢占加勒比的圣基茨岛后,沃纳家族一直控制该岛,对之进行了长达三百多年的殖民统治。对沃纳家族的殖民史,沃纳的父亲感到很自豪,而她正相反,感到很耻辱。她自白说:"作为60年代的叛逆的一代,当父亲夸耀他的血统,说'我们来自一个有悠久殖民历史的家族'时,我非常愤怒。一个人的童年建立起其对现实的观点,家族史使我和妹妹劳拉感到耻辱,我们想了解更多的东西。我开始研究该故事,《靛蓝色》是此研究的产物。"②

她发表过不少有关民族关系的论文和作品,从不同的角度尖锐揭露批判了西方传统的白人优等论观念和殖民主义思想。如在论文《异地的地图》中,她通过分析凯列班形象,尖锐揭露了英国人的种族主义意识:"英国人建立了主人与奴隶之间的等级关系,幻想不同民族不可混杂"③,凯列班的形象反映了"英国人深厚的种族隔离意识"④。在《靛蓝色》中,通过重写《暴风雨》中的文学形象,沃纳彻底清算了莎士比亚所代表的殖民主义思想理念和文化图式。

---

① Anonymous, "Alienated Intelligence-Interview with Marina Warner", *Sunday Business Post*, 22 February, 2002.
② Marina Warner, "The Silence of Sycorax", in Marina Warner, *Signs & Wonders: Essays on Literature & Culture*, London: Vintage, 2003, p. 265.
③ Marina Warner, "Maps of Elsewhere", in Marina Warner, *Signs & Wonders: Essays on Literature & Culture*, London: Vintage, 2003, p. 259.
④ Marina Warner, "Maps of Elsewhere", in Marina Warner, *Signs & Wonders: Essays on Literature & Culture*, London: Vintage, 2003, p. 258.

第二节 还原印第安人的本色

《暴风雨》是莎士比亚告别戏剧舞台前写的最后一部戏剧作品,自第一对开本之后,一直被置于莎士比亚全集首位,在莎士比亚戏剧中占有举足轻重的位置。1609 年夏,一个载有 400 名英国移民的船队在驶向弗吉尼亚的途中遇到暴风雨,旗舰被激流冲到百慕大海域,触礁沉没。所幸舰上无人丧生,大家逃亡到一个荒岛上,在那里呆了十个月,之后乘船抵达弗吉尼亚。此事传到英国后引起了轰动。1610 年,先后出现了五个陈述此事件的文本。据英国莎士比亚研究专家埃德蒙德·钱伯斯(Edmund Chambers)考证,《暴风雨》是莎士比亚以百大慕沉船事件为素材创作出来的。这部作品的独到之处在于莎士比亚将关注点转移到人们不熟悉的异域世界,写了三个异域人。学者们根据作品的创作题材和剧中人物凯列班(Caliban)的名字等迹象,推断此荒岛坐落在加勒比海域,其中的人物是非洲黑人。[①]

在《暴风雨》中,这些生活在异域世界的黑人不仅处于边缘位置,而且完全是负面的。作品中的第一位土著人是西考拉克斯,她是在普洛斯彼罗与爱丽尔的对话中亮相的:

> 那个恶女西考拉克斯——她因为年老和心肠恶毒,全身伛偻得都像一个环了。
>
> 这个万恶的西考拉克斯,因为作恶多端,她的妖法没人听见了不害怕,所以被逐出阿尔及尔。
>
> 这个眼圈发青的妖女被押到这儿来的时候,正怀着孕;水手们把她丢弃在这座岛上。你,我的奴隶,据你自己说那时是她的仆人,因为你是个太柔善的精灵,不能奉行她的粗暴的、邪恶的

---

① Patrick Parrinder, "Sea Changes", in Roger Matuz (ed.), *Contemporary literary Criticism*, Vol. 59, Detroit: Gale Research Inc., 1990, p. 298.

命令，因此违拗了她的意志，她在一阵暴怒中借她的强有力的妖法的帮助，把你幽禁在一株坼裂的松树中。在那松树的裂缝里你挨过了十二年痛苦的岁月；后来她死了，你便一直留在那儿，像水车轮拍水那样急速地、不断地发出你的呻吟来。（莎 17）

在这段描述中，西考拉克斯没有历史，没有思想情感，没有个性，没有生命，只有欧洲殖民者普洛斯彼罗给她贴上的一连串抽象的性格标签："全身伛偻得都像一个环"，身体畸形丑陋；懂"妖法"，用旁门邪术骗人；"心肠恶毒""作恶多端"；是"粗暴的、邪恶的"巫婆；因爱丽尔违抗她的命令，将后者幽禁到圻树中达十二年，十分残忍。在莎士比亚笔下，西考拉克斯外形怪异、生性野蛮、低贱残暴、没有人性。

《暴风雨》中另一个有色人种形象是西考拉克斯的儿子凯列班。他外貌丑陋怪异，介于人与兽之间，似人非人，普洛斯彼罗称他是"一个浑身斑痣的怪物"（莎18），特林鸠罗说他"是一只一半鱼、一半妖怪的荒唐的东西"（莎53）。他无知愚蠢，普洛斯彼罗说他没有语言，"只会像一只野东西一样咕噜咕噜"（莎20），特林鸠罗说："这是个蠢得很的怪物"（莎45）。他天性邪恶，对教他识字和说话的普洛斯彼罗非但不感激，相反却丧心病狂地进行诅咒，普洛斯彼罗骂他恶性难改："我教你怎样用说话来表达你的意思，但是像你这种下流胚，即使受了教化，天性中的顽劣仍是改不过来。"（莎20）他低级下流，见到米兰达的美色后兽性大发，企图占有她，普洛斯彼罗骂他："可恶的贱奴，不学一点好，坏的事情样样都来得！"（莎20）他用心险恶，伙同下等白人企图谋杀普洛斯彼罗，抢夺岛屿统治权。

爱丽尔也是一个不知好歹、不受管治的野人。它曾被女巫西考拉克斯用魔法钉在松树中，受尽折磨，是普洛斯彼罗将它解救了出来。但它脱身后毫无感恩之心，相反却怨恨普洛斯彼罗对它进行管治，经常嚷嚷着要普洛斯彼罗给它自由，因而普洛斯彼罗很恼火，严正警告它："假如你再要叽哩咕噜的话，我要辟开一株橡树，把你钉在它多节的内心，让你再呻吟十二个冬天。"（莎18）

很明显，在莎士比亚眼里，那些生活在欧洲之外的异域人外形怪异、不伦不类、无知低贱、邪恶阴险、野性难移，是文明理性的白人的最危险的敌人。我们知道，莎士比亚从来没有到过海外，他关于异域人的看法显然不是出自他本人的生活经验，而是源自人们的传言，出自那些到海外去征战、探险、淘金、发财的各类欧洲掠夺者、殖民者的叙述。这些掠夺者、殖民者为了给自己的行为正名或辩护，则不惜违背事实，极力诬蔑异域人。如意大利探险家亚美利哥·韦斯普奇（Americus Vespucius）在游记中是如此描述印第安人的："他们不用婚姻法则，每一个男人有很多女人，而且随其高兴，任何时候都可以离开她们……除人的肉体外他们不吃其他肉体。他们会吃掉所有在战争中杀死的肉体，或其他偶尔死去的人。"[①] 克里斯托弗·哥伦布（Christopher Columbus）称伊斯帕尼奥拉岛上的土著人野心勃勃、好斗残暴："这些赤身裸体之人，也饱受其想极度扩大自己统治权的野心折磨；他们不断发动战争，相互残杀。"[②] 莎士比亚的《暴风雨》中关于异域黑人的叙事，说到底是文艺复兴时期欧洲的那些早期冒险家、殖民者关于异域人的叙事的转述，是西方早期的帝国主义叙事的结晶。

沃纳一开始就敏锐注意到了《暴风雨》的文学叙事的帝国主义倾向。她明确指出，《暴风雨》中只有西方人的生活，而没有"异域人的生活和文明"，她写《靛蓝色》就是为了矫正莎剧的谬误（Indigo5—7）。《靛蓝色》对《暴风雨》的改写主要表现在以下两个方面。第一，言说立场上，《暴风雨》中的台词绝大部分出自普洛斯彼罗等西方人，只有很少一部分出自土著人爱丽尔和凯列班，而他们的言语都是自我暴露性的，作者始终是站在西方人的立场上发言的；《靛蓝色》中的人物事件是由塞拉芬妮讲述出来的，后者是地地道道的印第安人，作者完全是从印第安人的立场观

---

① R. Eden, *Decades of the new world*, by Pietro Martirio, 1555. Modern edn: E. Arber, *First Three English Books on America*, Birmingham, 1895, p. 37.

② R. Eden, *Decades of the new world*, by Pietro Martirio, 1555. Modern edn: E. Arber, *First Three English Books on America*, Birmingham, 1895, p. 71.

点出发进行叙事的。第二，言说内容上，《暴风雨》将叙写重心完全放在普洛斯彼罗、米兰达等西方人身上，对印第安人西考拉克斯、凯列班、爱丽尔则轻描淡写，仅抽象地陈说了他们的一些性格特征；与之不同，《靛蓝色》详细描绘了印第安人西考拉克斯、凯列班、爱丽尔等人的身世、经历和生活，弥补了《暴风雨》对他们仅贴性格标签、不做历史陈述的不足。

据塞拉芬尼追溯，西考拉克斯原是加勒比拉姆加岛的第一个居民。她曾是附近一个小村村长的妻子，生过三个孩子。会巫术，懂医术，驯服野兽，治病救人，是村里最博学的人。不断试验粮种，为岛民提供食品。发明了靛蓝染色术，创办了手工业。1600年，村边的海滩上漂来一批黑奴的尸体，村民们视其为不祥之物，将它们埋葬了。通晓巫术的西考拉克斯感知到其中有一具死尸体内的胎儿还有生命。她不忍心任其死去，于是冒着犯众怒的风险，挖出尸体，剖腹救出了那个小生命，结果被村民们赶了出来。她给那小孩取了个名字"杜尔"。她抱着他，行走数日，漂流到西南角安家落户。她在一个水塘边落脚，把房屋建在巨大的雨树树节上。主要从事衣物染色业，同时打猎、捕鱼、种植农作物。由于她有学识、能干，周围的岛民们都带着"水果和鱼、干肉、大量布匹、熟花生米"（Indigo93），求她解梦或治病。她有求必应，竭力为岛民们排忧解难。

有一次，西考拉克斯的哥哥带来一个被父母抛弃的阿尔瓦克族女孩要她收留，她明知抚养她会耗费掉她全部的青春岁月，但还是毫不犹豫地收留了她，给她取名为爱丽尔，将之当成亲生女儿精心养育。杜尔长大后，想要跟黑人朋友们一起到毗邻的夸利岛居住，尽管西考拉克斯舍不得，但依然尊重他的选择，让他去过自己想过的生活。

与《暴风雨》中的那个无知、恶毒、残暴的西考拉克斯相反，《靛蓝色》中的西考拉克斯从形而下的染色术、医术到形而上的巫术无所不通，从畜牧业、农业到手工业无所不能，不是无知愚昧的，而是博学智慧的；曾冒天下之大不韪拯救杜尔的生命，牺牲自己的青春岁月抚养弃儿爱丽尔，不仅不是残忍冷酷的，相反十分慈善仁爱；尊重子女的自由意愿，不仅不是专横强暴的，相反极为随和亲善。

杜尔（凯列班），"意思是悲伤"（Indigo85）。他是"一个强壮、矮胖的孩子"（Indigo94）。他十分好学，"走遍岛屿的各个角落和探索拉姆岛以及夸利岛之间的各个海湾海峡，了解所有河流的季节性的潮起潮落变化状况，每一种动物饮水的地方，每一种鸟儿的窝巢；学会了鸟鸣，结果引来很多种鸟与他对话"（Indigo94）。他富于智慧，"刚刚能拿动划水桨，杜尔就开始摆弄独木船。后来看到外国船后顿生灵感：把宽大结实的香蕉树叶与荆棘捆扎到一起，别开生面地制作出了风帆。不久，他便可以穿越海峡，前往其他海岛，经常前往夸利岛"（Indigo92）。他性格开朗，交友甚广，"与住在夸利岛上的年轻人建立起了深厚友谊"（Indigo92）。他目光敏锐，1618年，当他第一眼看到英国人的船只，就知道这些人居心叵测，后来这些人果然抢占他们的地盘、掠夺他们的财富，是一群强盗。在沃纳的笔下，杜尔（凯列班）不再是半人半鱼、怪异、无知、低能、下贱、邪恶的，而是正常健全、好学、聪慧、善良、豪迈、多识深邃的。

在沃纳的笔下，爱丽尔不再是一个似人非人的精灵，而是一个漂亮的女孩。她一出生就被父母抛弃，西考拉克斯收留了她。西考拉克斯十分疼爱她，对她的爱甚至超过了"对自己亲生的孩子的爱"（Indigo105）。爱丽尔小时候在岛上游逛，捕捉各类飞鸟和小动物，学小鸟唱歌。后来跟母亲学习制作靛蓝染料的技术，"帮助母亲打理染色业"（Indigo113），"捕获和驯养动物，收集可以用作药材的草木和浆果"（Indigo114），与母亲一起干活、散步、洗澡，是后者最亲密的伙伴。有一次杜尔（凯列班）鼓动爱丽尔离开西考拉克斯，过独立自由的生活，她断然拒绝了。长大后她在母亲的居所旁边建造了一个小屋，从母亲的住所搬出来独居。后来英国人埃弗拉德带着同伴偷袭西考拉克斯，爱丽尔奋不顾身袭击英国人，力图解救自己的养母。与英国人和解之后，她又出于同情心，为中剧毒的英国人解毒，挽救他们的生命。并教导埃弗拉德识别各种动植物，传授染色技术。在沃纳笔下，爱丽尔不再是一个非人非物的怪物，而是一个自由、热情、善良、富于同情心的美丽女孩。

《靛蓝色》借对《暴风雨》关于异域人的叙事的再叙事，给我们展现了一幅与《暴风雨》所呈示的图像完全不同的图像：加勒比海域的印第安人和黑人不仅不是怪异、无知、野蛮、低贱、粗暴、狠毒、险恶的，相反却生气勃勃、活泼可爱、自然自由、博学多才、自尊高尚、温和、诚恳、善良。作品借这种解构式重写，全面恢复了有色人种的精神原貌，彻底颠覆了《暴风雨》关于有色人种的帝国主义叙事，有力驳斥了莎士比亚对有色人种充满种族偏见的诬蔑之词。

第三节 揭露欧洲人的面目

在重塑印第安人西考拉克斯、杜尔（凯列班）、爱丽尔形象的同时，《靛蓝色》也对《暴风雨》中欧洲人普洛斯彼罗的形象进行了全面改写。《暴风雨》中的普洛斯彼罗是莎士比亚根据文艺复兴时期欧洲探险家和征服者的思想行为塑造出来的，是殖民叙事的产物。众所周知，西方文化是一种征服性文化，从古希腊开始，西方人一直在不断向外扩张。古希腊人公元前12世纪发动了侵略小亚细亚的特洛亚战争，"希腊化"时代向地中海流域的欧、非、亚各地扩张；罗马人公元前3—1世纪征服地中海地区，建立了罗马帝国；日耳曼人公元3—5世纪大规模侵犯罗马，摧毁了西罗马帝国；欧洲各王国于公元11—13世纪发动了九次十字军东征，向阿拉伯地区扩张；等等。从公元15世纪开始，欧洲人开始了新一轮侵略扩张活动，他们将注意力从地中海地区转向美洲，全面开发和殖民"新世界"。如公元15—16世纪，葡萄牙和西班牙航海探险家哥伦布、斐迪兰德·麦哲伦（Ferdinand Magellan）等发现了新大陆，他们的政府和商人将南美变成淘金发财之地。随后，英国、法国人继续向新大陆挺进，将北美很多地区变为殖民地。

莎士比亚在普洛斯彼罗身上凝集了西方人自古以来的这种不断探索、侵犯、抢夺、占据新地盘的民族文化特性，将之打造成一个征服者形象。普洛斯彼罗原来是米兰的公爵，因迷恋学问，"遗弃了俗务"（莎11），把国家政务交给弟弟安东尼处理。安东尼乘机篡夺了他的王位，将他赶出米兰。他漂流到一个小岛上后，借魔法征服了岛屿的主人凯列班，夺得他的统治权，按照西方传统的主仆模式，将后者变为奴隶，自己由寄居者变为主人。为此，凯列班一直忿忿不平："这岛是我老娘西考拉克斯传给我而被你夺去的……本来我可以自称为王，现在却要做你唯一的奴仆；你把我禁锢在这堆岩石的中间，而把整个岛给你自己受用。"（莎20）

　　文艺复兴时代，欧洲人对新大陆的征服主要不是靠棍棒武力，而是靠书本智慧，如从个体性的探险家、征服者哥伦布、麦哲伦，到集体性的征服者东印度公司、弗吉尼亚公司等，对新世界的征服都依靠的是知识和科技。莎士比亚在塑造普洛斯彼罗形象时，着力强调了他如饥似渴地吸收钻研知识的特征。普洛斯彼罗被弟弟安东尼赶下台、逐出米兰时，他带着女儿、生活必需品，特别是那些在他眼里比江山更重要的书籍，来到小岛上。继续学习钻研，终于掌握了魔法。此处的书本和魔法，即是当时的知识和科技的别称。正是借助知识和技艺，文艺复兴时代的新人们探索开发了一个个新空间，开辟了一个个新领域。身处此知识爆炸、突飞猛进的时代，莎翁深刻意识到了书本、知识和科技的重要性，在作品中借人物之口反复强调这一点。普洛斯彼罗称："一个那不勒斯的贵人贡柴罗……知道我爱好书籍，特意从我的书斋里把那些我看得比一个公国更宝贵的书给我带了来。"（莎13）凯列班告诉斯丹法诺，要击败普洛斯彼罗，首先需抢夺后者的书："记住，先要把他的书拿到手；因为他一失去了他的书，就是一个跟我差不多的大傻瓜，也没有一个精灵会听他指挥。"（莎55）普洛斯彼罗借助魔法，驱使精灵爱丽尔控制和征服了各种异己力量，将世界置于自己的掌握之中。如借爱丽尔之手掀起暴风雨，将以前那些陷害过他的恶人都赶到小岛上，使他们悔过自新，归还了他的王位，借魔法折磨、打击、镇压、惩罚不可理喻的土著人凯列班，使后者服服帖帖为他服务等。

　　文艺复兴时代，欧洲征服者的另一显著特色是在武力征服的同时，进行精神教化，征服土著人的心灵。正像新历史主义批评方法的创始人斯蒂芬·格林布拉特（Stephen Greenblatt）在名作《看不见的子弹》（1981）中精辟指出的，文艺复兴时代欧洲人是用征服印第安人精神心灵的方式征服异域人的。譬如，1504年哥伦布第四次旅美，此时当地人已意识到西班牙人想长期居留，于是他们拒绝给后者提供食物，试图赶走入侵者。从历书中哥伦布知道，近期将会发生月全食，于是他骗印第安人说，上帝对他们的行为很不满意，将会借天昏地暗状态表达他的愤怒。月全食发生后，印第安人对哥伦布的话深信不疑，开始自愿给西班牙人提供食物。[1] 莎士比亚笔下的普洛斯彼罗也首先采用改造土著人精神心智的方式征服后者。他在控制小岛后，首先教本土人学习欧洲人的语言，灌输西方的思想文化，借以控制他们的大脑。如凯列班不会说话，无知低能，他教他语言词语，指导他识别各种事物，试图教化他，使他变成文明人。爱丽尔没有思想，他将自己的思想传达给它。他的这种精神教化法在爱丽尔身上取得显著效果。后者完全被驯服，变成他的精神替身，成为言听计从的奴仆。

文艺复兴时期的欧洲白人征服土著人的另一基本手段是武力镇压。阿瑟·沃纳（Auther Warner）在《托马斯·沃纳爵士：西印度洋的拓荒者》中记述了这样一个事件：沃纳家族的先祖圣托马斯·沃纳1622年抢占圣基茨岛后，土著人进行反抗。托马斯将英国人武装起来，血腥镇压了土著人，将之置于自己的统治之下；并且，"为了安全起见，决定彻底摆脱加勒比人，将他们分离出去，安排到专门的印第安人区"[2]。莎士比亚在塑造普洛斯彼罗时，极力凸显了欧洲白人征服者强力和残酷镇压美洲印第安人的举动。如普洛斯彼罗教凯列班说话，指导他识别各种事物，全心全意培养他。但后者恩将仇报，反过来用从普洛斯彼罗那里学来的语言诅咒他，于是普洛斯彼罗用鞭子抽他，进行处罚。凯列班见到普洛斯彼罗美丽的女儿米兰达后，心生淫念，企图强奸她，普洛斯彼罗发现后将他囚禁于

---

[1] Michael Payne (ed.), *The Greenblatt Reader*, Malden: Blackwell Publishing Ltd., 2005, pp. 125—152.

[2] Auther Warner, *Sir Thomas Warner: Pioneer of the West Indies*, London: West Indie Committe, 1933, p. 38.

岩石中，加以惩治。自普洛斯彼罗抢占小岛后，凯列班一直忿忿不平，伺机复辟。后来他遇到新近上岛的下等白人特林鸠罗和斯丹法诺后，与他们串通起来，准备谋杀普洛斯彼罗，夺回小岛的统治权。普洛斯彼罗借助魔法粉碎了他的阴谋。普洛斯彼罗对冥顽不化的凯列班进行严厉惩罚和强力镇压，最后彻底制服了这个野人。在莎翁笔下，普洛斯彼罗闯荡世界、博识多才、文明人道、公正威严、马到成功，是异域世界的成功征服者，是欧洲殖民者的理想范型，是人性的典型范例。

沃纳在《靛蓝色》中从反殖民主义的思想观点出发，对普洛斯彼罗的形象进行了彻底解构。在《靛蓝色》中，沃纳给普洛斯彼罗取了一个新名字叫基特·埃弗拉德。基特（Kit）一名，出自沃纳家族的第一代征服者托马斯·沃纳所抢占的加勒比小岛圣基茨（St. Kitts）。基特的名字使读者自然而然联想到最早占有基茨岛的英国人托马斯。显然，基特的形象是作者根据其先祖托马斯的殖民经历创作出来的。在作品中基特·埃弗拉德的所作所为完全是由来自被殖民地的异域人塞拉芬妮讲述出来的。

在莎翁笔下，欧洲白人普洛斯彼罗是训导加勒比土著人从动物状态进入人类状态的文明人，是土著人的拯救者。在沃纳笔下，英国绅士埃弗拉德却是贪得无厌、唯利是图、摧毁印第安人的家园、戕害印第安人生命的恶魔。埃弗拉德很早就产生了到海外淘金，捞取大量财宝，发家致富的想法。1615年，他跟一位合伙人去南美创业，虽未取得重大业绩，不过长了不少见识。经验告诉他，要想在海外发财，必须要占据地盘。三年后他在英国商家公司的创建者克洛夫利爵士的支持下，决心占领加勒比海域的拉姆加-夸利岛。1618年春的一个早晨，他与六个伙伴从拉姆加的西南部悄悄进岛。乘西考拉克斯不在家之际，闯入她的住所，掠走鸡和小猪，打翻储藏物品的葫芦，并爬上大树，准备进入西考拉克斯建在树上的屋子。正在这时，西考拉克斯赶到，她爬上树将这些入侵者都推下树。埃弗拉德下令点火焚烧她的屋子。屋子在烈火中坍塌，西考拉克斯被烧得遍体鳞伤，并从大树上掉下来，摔裂了骨盆和后脊骨。她女儿爱丽尔也被入侵者打伤抓获。埃弗拉德将她们关押起来。

《暴风雨》中普洛斯彼罗厚道真诚，《靛蓝色》中埃弗拉德阴险狡诈。经过一两个月的休息和治疗，爱丽尔的枪伤完全痊愈，西考拉克斯也死里逃生，捡回了一条命。周围的岛民们听到英国人关押了西考拉克斯母女后，派代表来跟埃弗拉德谈判，要求他放人。埃弗拉德以自身的安全为由，拒绝了岛民们的要求。不过他许诺六个月以后他们将撤离小岛，并释放西考拉克斯母女。其实这是他的缓兵之计。在接下来的六个月里，他一面开辟田园，种植甘蔗，发展靛蓝染色业，大捞金钱资本，一面请求克洛夫利爵士派更多的人过来，加强实力，防范本地人的攻击。六个月之后，英国人原形毕露，他们撕毁协约，明确表示要永远留在小岛上。岛民们此时看清了他们的真面目。西考拉克斯的哥哥提瓜里村长愤怒地说："此甲壳类民族，他们有两个面孔和两个舌头，从来不遵守约定。"（Indigo99—100）

《暴风雨》中的普洛斯彼罗渴求知识，博学全能；《靛蓝色》中的埃弗拉德除赚钱之道和骗人之术外，对其他的事物一无所知。倒是土著人西考拉克斯和爱丽尔等土著人却无所不知。如埃弗拉德的同伴在攻击西考拉克斯、焚烧她建筑在巨树上的屋子时，被躲在树后的爱丽尔用毒箭射中，生命垂危。埃弗拉德根本不知道同伴中了什么毒、应该怎么解毒。最后是爱丽尔帮他的同伴解了毒。埃弗拉德对岛上的草木和自然物毫无概念，是爱丽尔教他识别各种动植物。他对染色术等手工业技术一无所知，也是爱丽尔教他学会了染色术。

《暴风雨》中普洛斯彼罗仁爱严正，对待土著人凯列班像对待自己冥顽不化的孩子一样，恩威并重；《靛蓝色》中埃弗拉德恶毒残暴，将印第安人视作宿敌，进行残暴打击镇压。协约到期后，英国人赖着不走，岛民们无法忍受，他们从四面八方集合起来，准备夜袭埃弗拉德的住所和船队，赶走英国人。结果他们的举动被英国人察觉，后者早有防备，用火枪打死打伤很多岛民，击溃了他们的进攻。等到第二天战争结束时，"死亡者在棕榈树和香蕉叶子下面排成了行。死伤者的血从岸上滴下来，就像每天滋润土壤的雨水一样渗出来，向下流，注入大海"（Indigo203）。"贝尔蒙之战是一场失败的战争,自此拉姆加人民再未从失败的阴影中走出来:有四百以上的勇士被杀害。在这些人中,他们的领导人提瓜里被射穿了内脏。他是在巨大疼痛的折磨下慢慢死去的。"(Indigo204)岛民反抗活动的另一个领袖杜尔被埃弗拉德抓获,沦为奴隶,被英国人称为凯列班,意思是"吃人的人"、野人。

简而言之,在莎翁眼里,欧洲白人积极进取、智慧、诚实、仁爱、严明,是野蛮无知的加勒比土著人的拯救者。在沃纳眼里正好相反,西方人利欲熏心、野蛮、阴险、无知、残暴,是自然淳朴的非西方人的毁灭者,是真正的野蛮残暴之民族。正是文明的西方人给前文明的土著人带来深重灾难。沃纳在《靛蓝色》中站在被压迫、被奴役的印第安人立场上,对《暴风雨》中的帝国主义书写进行了针锋相对的反书写,借之还原了历史真相,揭露了欧洲人在异域世界烧杀掠抢的丑恶嘴脸,彻底拆穿了莎士比亚关于欧洲人是人性的化身、文明的标志、人类的救世主的弥天大谎。

据英国当代学者约翰·霍布森考察,"哥伦布最早到达美洲的地点是今天的加勒比海地区,他建立的第一个殖民点是今天的海地。当时海地大约有一百万印第安人。西班牙人来到这里50年后,岛上的印第安人只剩下500人。其中大部分被杀,一部分被奴役致死,还有一部分逃离了该岛"[①]。铁证如山,欧洲冒险家压根就不是以救助者的姿态进入加勒比地区的,而是以掠夺者的姿态进入的,他们本质上是强盗、野蛮、邪恶、残暴,而莎士比亚所做的,是帮这些掠夺者立言,颠倒黑白。

第四节 绘制后现代生活蓝图

在《暴风雨》中,莎士比亚用不少篇幅描绘了欧洲人普洛斯彼罗的后代米兰达的人生。她出生在意大利米兰,三岁时由被放逐的父亲带到了加

[①] From http://military.china.com/critical3/27/20160405/22371183_all.html#page_2.

勒比海域，虽然从小一直生活在蛮荒的异域，但所受的教育完全是欧洲式的。普洛斯彼罗对女儿说："后来我们到达了这个岛上，就在这里，我亲自作你的教师，使你得到比别的公主小姐们更丰富的知识。"（莎14）她美丽绝伦，贞洁无瑕。那不勒斯王子腓迪南看见她的第一句话是："这一定是这些乐曲所奏奉的女神了！请告诉我你是不是一位处女？"（莎23）他得到肯定答案后更赞不绝口："为了各种不同的美点，我曾经喜欢过各种不同的女子；但是从不曾全心全意地爱上一个，总有一些缺点损害了她那崇高的优美。但是你啊，这样完美而无双，是把每一个人的最好的美点集合起来而造成的！"（莎50）她爱憎分明，对印第安人凯列班有一种天然的排斥厌恶心理。她对父亲说："那是一个恶人，父亲，我不高兴看见他。"（莎19）对白人腓迪南一见倾心，充满羡慕爱恋之情："那是什么？一个精灵吗？相信我的话，父亲，它生得这样美！"（莎22）"我简直要说他是个神；因为我从来不曾见过宇宙中有这样出色的人物。"（莎23）她对腓迪南说："要是你肯娶我，我愿意做你的妻子；不然的话，我将到死都是你的婢女。"（莎51）最后在父亲的帮助下，她如愿以偿，与腓迪南结为夫妻。

《暴风雨》是莎士比亚的封笔之作，米兰达是莎翁塑造的最后一位理想女性。在她身上，作者不仅贯注了其一贯的价值诉求，如文明、高贵、美丽、贞洁，而且还投注了新精神理想：与异域人泾渭分明，无任何瓜葛，因为后者粗鲁野蛮，算不上人。

莎士比亚一贯强调文明、等级、有序、和谐，他心目中的理想世界是立体的。《特洛依罗斯和克瑞西达》（1603）中的俄底普斯说："诸天的星辰在运行的时候，谁都恪守着自身的地位，遵守着各自不变的轨道，依照着一定的范围、季候和方式，履行它们经常的职责；所以灿烂的太阳才能高拱出天，炯察寰宇，纠正星辰的过失，揭恶扬善，发挥它的天上威权。"①《亨利五世》(1600)中的坎特伯雷大主教用蜜蜂世界的秩序法则喻指人类世界的秩序法则:"蜜蜂就是这样发挥它们的效能;这种昆虫,凭着自己天性中的规律把秩序的法则教给了万民之邦。它们有一个王,有各司其职的官员;有些象地方官,在国内惩戒过失;也有些象闯码头、走外洋去办货的商人;还有些象兵丁,用尾刺做武器,在那夏季的丝绒似的花蕊中间大肆劫掠,然后欢欣鼓舞,把战利品往回搬运——运到大王升座的宝帐中。"②莎士比亚作品中的世界都是从等级、秩序的毁坏开始,到等级、秩序的恢复结束。《暴风雨》亦然。正像作品中的人物贡柴罗最后总结的:"普洛斯彼罗在一座荒岛上收回了他的公国;而我们大家呢,在每个人迷失了本性的时候,重新找着了各人自己。"(莎80)在这个等次分明的世界中,人们是按如下顺序依次排列的:首先是最纯粹、高贵,像一对神明一样的那不勒斯新王腓迪南和王后米兰达,接着是仁爱的公爵普洛斯彼罗,然后是那不勒斯王,接下来是贵族、侍臣、弄臣、船长、水手长、水手,最后是冥顽不化的野人凯列班。在这个金字塔式的人类世界秩序图式中,白人公主米兰达处于塔顶,凯列班处于塔底,两者有天壤之别。凯列班想娶米兰达,自然无异于癞蛤蟆想吃天鹅肉,在做白日梦。《暴风雨》的米兰达形象中深深灌注了莎士比亚的文化文明至上和白人优胜的西方种族主义观念,而这些观念正像萨伊德等批评家深刻揭示的,"是现代西方文化决定性的政治视野"③,是文艺复兴以来西方现代人最基本的生活理念。

在《靛蓝色》中,沃纳亦用大量篇幅描述了米兰达的生活。不过沃纳笔下的米兰达与莎士比亚笔下的米兰达有巨大差别:第一,她不是欧洲殖民者埃弗拉德(普洛斯彼罗)的第一代子嗣,而是末代子嗣,两者相距350年;第二,她选择的人生道路与她的原型的正相反。沃纳笔下的米兰

---

① [英]莎士比亚:《莎士比亚全集》七,朱生豪译,人民文学出版社1978年版,第140—141页。

② [英]莎士比亚:《莎士比亚全集》五,朱生豪译,人民文学出版社1978年版,第252页。

③ Edward Said, *Culture and Imperialism*, New York: Knopf, 1993, p. 60.

达1942年出生于伦敦,祖父安东尼·埃弗拉德从加勒比海域的昂弗-贝阿特(拉姆加-夸利岛的法国称号)衣锦还乡时,带回了一个名叫塞拉芬妮的印第安女佣,米兰达是由她抚养大的。

她是在一个贫困艰苦的环境中成长起来的,毫无等级观念。在巴黎修艺术学科时,住在自由放纵的艺术区蒙帕纳斯,边读书边在酒吧打工。她的艺术气质很浓,朴素、自然,向往自由浪漫生活。学成归来,在伦敦一家报社工作,为报纸做漫画插图。有一次她作为《布洛特》报的记者和漫画专栏作者去采访一位著名的法国先锋电影导演,无意中拍摄了几位正在演出的黑人演员的照片,结果引起了其中一位叫乔治·费里克的演员的愤怒抗议。后者吼叫着对她说:"你他妈的在干什么?谁允许你拍照的?我要你知道这里如果谁要拍照,最好先问问乔治·费里克答应不答应……有些狗娘养的剥削利用我,参与他妈的帝国主义投机活动,卖我的肖像……"(Indigo263),"你们这些中产阶级自由主义者——你们这些阴谋家"(Indigo265)。

面对费里克的大声责骂,米兰达非但不觉着粗暴、无理,相反却感到十分率真、在理。米兰达的祖父安东尼的第一个妻子是印第安人,父亲身上有一半印第安血脉,母亲是加勒比地区的克里奥耳人,米兰达自己身上有四分之三的印第安血统。父亲、母亲和自己受伦敦上流社会歧视、压迫的经历,使她深切体察到费里克的感受。所以她非但没有针锋相对地攻击费里克,相反却感到对不起后者,真诚地向他道歉。她的诚意打动了费里克,后者事后专门打电话道歉。他们一度心心相印,变成最亲密的朋友,过了一段情侣生活。后来,因种族观念作怪,米兰达离开了费里克。

20年后,米兰达作为伦敦一家插图画家中介公司的工作人员去拜访一位电影明星,后者正是费里克。她去见他时,他正为一个慈善活动进行义演,扮演的是莎剧中凯列班的角色,表演的是后者反抗和诅咒普洛斯彼罗父女的场景。观看着戏中米兰达既诱惑凯列班又嘲弄他的情景,她深深为自己以前背弃费里克的行为羞愧和后悔:"米兰达一面观看、聆听、颤抖,一面擦去因回想起自己辜负他的爱而忍不住流下的悲痛的泪水。"

(Indigo387)她这才发现自己因种族偏见错过了一种真挚热烈的爱情生活。现在她热切期望能够重新得到他的爱："期望以后与他一起散步……附着在他平滑的、强壮的身体上，摇他的头，用手指头梳理他厚密的卷发……"(Indigo388)所幸费里克二十年来无时无刻不思念她。于是，她毫不犹豫地投入了他的怀抱。

米兰达返璞归真，心目中无上等人与下等人、白人与黑人之分，只有无任何文化印迹的纯自然的人。她真心追求自己所喜欢的人，即使是黑人也没有关系。很明显，沃纳所向往的是自然淳朴、自由平等、多样丰富的生活，她心目中的理想世界是平面化的，是欧洲人和异域人二元混合、不分你我、二而为一的自由和谐生活。这也正是近半个世纪以来西方后现代主义者所反复倡导和描绘的生活蓝图。沃纳在《靛蓝色》中借重写米兰达形象，彻底否定了莎士比亚所倡导和代表的等差式的、以白人为中心的现代生活蓝图，宣扬了她自己所憧憬的平面化的、多民族平等共存的后现代生活蓝图。

莎士比亚是西方剧坛上的神，他的戏剧被看成真理的宣言。《暴风雨》中关于欧洲人和异域人属性品质的叙事非常明确：欧洲人文明进步，是人性的化身，异域人野蛮落后，没有人性。一直以来，不仅欧洲白人完全赞同莎士比亚的这种白人优胜论观念，世界各地的有色人群也耳濡目染，逐渐接受了这种白人优胜论观念。莎士比亚的帝国主义叙事从而变成了颠扑不破的真理。几百年来，由于人们在自觉不自觉中都是用这种方式来看待和处理白人与有色人种之间的关系的，因而欧洲对世界其他地区的侵略和殖民才畅行无阻，取得巨大成功。不言而喻，莎士比亚无形中起到了为欧洲白人的殖民活动鸣锣开道的作用。

受各种反传统的文化思潮的影响，沃纳深刻意识到了莎士比亚文学叙事中深重的种族主义偏见。她在《靛蓝色》中通过重写《暴风雨》中的形象，对之进行了彻底解构，明确指出：莎士比亚不是什么超历史跨时空的圣人，而是文艺复兴时代欧洲白人殖民者的代言人；《暴风雨》不是普遍人性的启示录，而是西方种族主义意识形态的传声筒；其中传达的不是什么永恒的真理，而是西方白人优胜论思想观念和征服有色人种有理的殖民主义思想。《靛蓝色》从后殖民主义的角度，有力揭露和批判了莎士比亚充满浓重种族偏见的人性论观念，颠覆了莎士比亚的神话，彻底解构了莎士比亚所代表的现代文化理念，堪称是西方当代文坛上反向重写莎剧、瓦解西方现代意识形态的最激烈最有力的作品。

而从根本上说，沃纳之所以会重写莎士比亚，对西方文坛上的这位人们顶礼膜拜的"大神"进行"全面攻击"，则与二战之后人们对文艺复兴以来的西方现代文化观念、理想、道路的深刻怀疑分不开，是西方当代文坛上彻底拆解和重建西方现代文化系统之解构大潮影响的结果。《暴风雨》的被解构，标志着西方现代神话的彻底幻灭和人性论观念的彻底破产，表明西方社会步入了一个新时代，即全面重估和重构西方现代文化系统的后现代。

文学重建

在西方当代先锋知识分子看来,世界不仅是由语言话语建构的,而且建构人类世界的各种语言话语形式之间没有严格界限,是多元混杂的。如法国结构主义理论批评家罗兰·巴特说,"人的所有的文化领域都是一种语言",各领域之间不仅是平等的,而且没有严格分界线。① 解构主义的创立者德里达称"一切都是书写"②,各种书写方式间相互补充、交织,很难区分。以文学与哲学为例,德里达说:"我从未将哲学文本融合到文学文本中。但你必须得承认两者之间的界限比人们所说或所想的要复杂得多,尤其是,这些界限一点不像人们所说或所想的那样,是所谓的自然的超历史的。"③"哲学论者会常常致力于将自己从修辞性的语言和自然的语言中摆脱出来,无论他那深受哲学家的影响的作品多么复杂,无论那哲学家是直接运用语言,或敌视语言,或者变更语言,思想活动却是一种语言行为。认为哲学活动可以撇开语言,那是不可思议的。基于这一点,很明显有时要区别哲学文本和诗歌的或文学的文本是非常困难的。"④ 美国新历史主义哲学家怀特在《元史学:19世纪欧洲的历史想像》中说:"人们常说,历史学是科学和艺术的一种混合体"⑤,"我将历史作品视为叙事性

---

① Roland Barthes, "To write: an intransitive verb", in Richard Macksey and Eugenio Donato (eds.), *The Structuralist Controversy*, Boltimore: The Johns Hopkins University Press, 1972, pp. 134-156.

② Jacques Derrida, *Of Grammatology*, trans. G. C. Spivak, Boltimore: The Johns Hopkins University Press, 1997, p. 44.

③ Jacques Derrida, *POINTS…: INTERVIEWS 1974—1994*, Peggy Kamuf (ed.), trans. Peggy Kamuf & others, Palo Alto: Stanford University Press, 1995, p. 217.

④ Jacques Derrida, *POINTS…: INTERVIEWS 1974—1994*, Peggy Kamuf (ed.), trans. Peggy Kamuf & others, Palo Alto: Stanford University Press, 1995, pp. 373-374.

⑤ [美]海登·怀特:《元史学:19世纪欧洲的历史想像》,陈新译,译林出版社2013年版,第3页。

散文话语形式中的一种言辞结构。"①

　　正是基于这种人类各种不同的语言话语多元交织、浑然不可分的观念，西方当代先锋作家们关于写作的观念发生了巨大变化，即不再将文学表达方式和历史哲学表达方式截然分开，不再将形象思维和抽象思维看成风马牛不相及的东西，而是将写实和虚构、创作和评论、历时方式和共时方式融为一体，从而创建了一套全新的文学书写方式方法，引发了文学形式的巨大变革。这在英国当代先锋小说写作中表现得最为明显。下面我们就从里斯的《茫茫藻海》、莱辛的《金色笔记》、拜厄特的《占有》、福尔斯的《法国中尉的女人》、鲁西迪的《午夜之子》等五部作品入手，对西方先锋文学形式的本质特征做些具体的分析说明。

---

① ［美］海登·怀特：《元史学：19世纪欧洲的历史想像》，陈新译，译林出版社2013年版，第1页。

第三部分

文学重建——解构和重构创作理路方法

第九章 论里斯《茫茫藻海》的重写性①

第一节 从改写经典文本入手

一翻开《茫茫藻海》我们就看到，它与以往的现实主义和现代主义小说大为相异：不是以现实中的人物事件，而是以已有作品中的人物事件为关注焦点和描述对象。作品中的人物大部分出自夏洛蒂·勃朗特的《简·爱》，情节事件也不是琼·里斯新创的，而是从《简·爱》中照搬过来的。结局与《简·爱》完全一致：《简·爱》的结局是罗切斯特的妻子、那位被关在阁楼里的疯女人伯莎纵火烧毁桑菲尔德庄园，烧伤罗切斯特，自己跳楼身亡；《茫茫藻海》第三章展现了同样的情景，即罗切斯特精神失常的妻子安托瓦内特（伯莎）产生幻觉，放火焚烧桑菲尔德庄园，并从楼顶上跳了下去。

我们知道，英国小说自18世纪形成后，一贯都以现实生活为关注焦点，以生活中的人物事件为言说对象，里斯在这里一反传统，转而以前人的文本为关注焦点，以前人作品中的文学书写为言说对象，这不能不令人耳目一新。这也正是它为什么一面世就引起作家和评论家的密切关注的缘由之一。

事实上，里斯采用这种以过去的话语文本为关注焦点，借改写旧文本来建构新文本的方式，并非有意为之，而是偶发性的。里斯从19世纪20

---

① 本章曾以"重写、问题意识、历史见证法——论琼·里斯《茫茫藻海》的种族书写方式"为题，发表于《学术月刊》2014年第8期，第144—152页。

年代中期步入文坛,到 30 年代末完成《早上好,午夜》为止,一直处于创作兴奋期,连续完成了四部长篇小说和多篇短篇小说。二战爆发后,她隐居起来,一直未在文坛露面,以至有人认为她可能在战争中死去。直到 50 年代中后期,她重现文坛,焕发出前所未有的创作活力,完成了一系列短篇小说、一本自传和一部震撼英国文坛的长篇小说《茫茫藻海》。

她文学创造力的再爆发是由一位女演员塞尔玛·瓦斯·迪亚斯(Selma Vaz Dias)引起的。据西方学者凯瑟琳·霍利斯(Catherine Hollis)考证①,19 世纪 40 年代后期,在英国广播公司定期朗读作品的迪亚斯对琼·里斯《早上好,午夜》中的核心人物萨莎·詹森很着迷。1949 年她将里斯的小说改编成了广播剧。为获得改编作品的表演权,迪亚斯四处打听里斯的下落,没有结果,最后在报纸上登广告寻找。1949 年 11 月,迪亚斯终于找到了这位在英国文坛上消失了 10 多年的女作家。在迪亚斯的激发下,里斯产生了强烈的创作欲望。她写信给迪亚斯:"你让我产生了重新写作的要求。"②之后她写了不少小说和诗歌作品,供迪亚斯改编和表演。

迪亚斯根据里斯的小说《早上好,午夜》改编的广播剧几经周折,1957 年 3 月被英国广播公司接受。在播出前,里斯专程拜访迪亚斯,观看迪亚斯的预演。听完迪亚斯的朗诵后,里斯深受感染,高兴得留下了泪水。她深切意识到,在改编旧文本的基础上写出来的作品,同样可以取得跟原创性作品一样的巨大审美效果,于是便产生了一个念头:用改编的方式来写东西。

早在 1949 年,她就有过写一本反映加勒比人生活的作品的念头,听完迪亚斯的广播剧后,她顿时产生了改编《简·爱》的想法。她将自己的想法告诉迪亚斯后,得到了后者的充分肯定,于是便在迪亚斯家的厨房里

---

① Catherine Hollis, "The Third Mrs. Rochester: Jean Rhys and the Selma Vaz Dias Affair", *Women's Studies*, Vol. 29, No. 5 (2000), pp. 651—679.
② Jean Rhys, *The letters of Jean Rhys*, Francis Wyndham and Diana Melly (eds.), New York: Viking, 1984, p. 66.

与迪亚斯商定了一个新合作计划：由她改编《简·爱》中罗切斯特的第一个妻子伯莎形象，取名为《第一罗切斯特夫人》，完成小说作品，然后由迪亚斯将之改编成剧本。

与迪亚斯签订"厨房合同"后，里斯再次捧起《简·爱》细读，结果正像霍利斯所说，"即刻发现要将她的小说'厝置'于《简·爱》之上，则需要解决一连串重要问题"①。

首先，《简·爱》的结构很不合理。《简·爱》主要写的是简·爱的个人成长史，其中描述简·爱的文字占整部作品篇幅的90%以上。作品虽提到了克里奥耳女人伯莎和她的母亲，但未做具体描述，她们完全"在背景中"②，是不在场的、边缘性的。作品对伯莎的母亲仅简单地提了几句，对伯莎也写得很简略，陈述她的文字只有四五处，而且都很短，是印象式的。"在《简·爱》中她差不多是一个鬼影子。"③ 里斯在改编中对《简·爱》的结构进行了颠覆性的处理。《茫茫藻海》对《简·爱》中的核心人物简·爱未做正面描述，仅在第三章中简单提了一句，而对边缘性人物伯莎和她母亲做了详细描绘，陈述她们的文字占整部作品篇幅的90%以上。

其次，《简·爱》的思想极其偏执。《简·爱》对加勒比地区克里奥耳人的描述完全是负面的，称伯莎是一个疯女人，并追根究底，说她的疯狂是先天性的，是家族遗传病，她的祖上、她的母亲都患有疯狂病。里斯对丑化克里奥耳人的《简·爱》很反感。她在改编过程中全面重构了两个克里奥耳妇女的形象，一反勃朗特的描述，将她们塑造成两位善良、美丽、率真、深情、饱受他人伤害、令人深切同情和爱怜的女性形象，她借之彻底清理了勃朗特对克里奥耳妇女的民族主义偏见。

里斯创作《茫茫藻海》，原本是从模仿广播剧朗诵者迪亚斯对其《早

---

① Catherine Hollis, "The Third Mrs. Rochester: Jean Rhys and the Selma Vaz Dias Affair", *Women's Studies*, Vol. 29, No. 5 (2000), p. 662.
② Jean Rhys, *The letters of Jean Rhys*, Francis Wyndham and Diana Melly (eds.), New York: Viking, 1984, p. 156.
③ Elizabeth Vreeland, "Jean Rhys, The Art of Fiction No. 64", *Paris Review*, Issue 76 (1979), p. 235.

上好，午夜》的改编开始的，但后来却完全超越了后者简单改造的理路，创建了一种通过全面拆解和重构旧文本、建构新文本的方式。法国批评家朱莉娅·克里斯蒂娃（Julia Kristeva）曾给这种由"对其他文本的吸收和变异"而制作出来的文本起了一个名字，叫"互文性文本"[①]。里斯所创建的这种借重写旧文本创造新文本的书写方式与20世纪60年代新兴的后现代主义思潮相遇后，一拍即合，得到了后者强有力的支撑。

二战后西方人对自己的文化系统产生了深刻怀疑，于是各个领域里的先锋理论思想家便不约而同地将思想重心放在对过去的文化思想系统和支持它们的经典话语文本的全面拆解和重构上。在这股彻底拆除传统的旧文化思想系统、全面重建反传统的新文化思想系统的后现代主义思想大潮刚刚兴起之际，英国小说家里斯率先实践，最早创建了这种彻底拆解和重构旧文学话语文本的新小说书写方式，无疑具有开径辟道、引领文学新风潮的意义。

正因为里斯开发的这种借重写旧文本创作新文本的新书写理路与当时思想文化界的先锋人文社会科学家们的思想文化书写理路殊途同归、不谋而合，具有显著的先锋品格，代表了当时文学创作的新方向，所以她的力作《茫茫藻海》一出笼就受到了人们的密切关注和追捧。此后它差不多变成了后现代文学书写特别是后殖民主义文学书写的典型范本，模仿它的作品层出不穷。著名的如沃纳的《靛蓝色》，卡里尔·菲里普斯（Caryl Phillips）的《血源的本质》，阿克罗依德的《伦敦大火》，戴维·洛奇（David Lodge）的《好工作》，珍妮特·温特森（Jeanette Winterson）的《为新手划船》，鲁西迪的《午夜之子》，等等。现在《茫茫藻海》的这种通过重写旧文本来建构新文本的书写方式，已变成英国以至西方小说戏剧最重要的书写方式之一。

---

① Julia Kristeva, *Desire in language*: *A Semiotic Approach to Literature and Art*, New York: Columbia University Press, 1980, p. 66.

第二节 质疑民族主义话语

除了重写经典文本外,《茫茫藻海》的另一个显著特点是其中从始至终贯穿着强烈的问题意识。它不仅对人们一贯视作人道主义圣典的《简·爱》敢于提出挑战,而且还从种族书写的角度一针见血地指出了它的非人道性。此种勇敢挑战权威、尖锐质疑正统话语的精神和胆识,后来变成了后现代主义种族书写的基本姿态和方式。

熟悉《简·爱》的人知道,它是一部典型的成长小说,主要写了简·爱从童年、少年到青年的精神个性成长史。简·爱青年时期的爱情生活经历是作品的重点描述对象。作品对加勒比地区的克里奥耳女人伯莎的描绘不仅非常简短,而且完全是否定性的。

作品中描述伯莎的文字主要有四段,它们完全出自简·爱的描述。英国人简·爱充满种族偏见。她将伯莎这位来自加勒比的异族女人看成一个神志不清的疯子,神态怪异,外形奇特,生性野蛮凶残,品质低劣放荡,难通人性,不可理喻。

表面看来,简·爱对伯莎的这种诬蔑性描述似乎是伯莎的情敌简·爱的个人偏见,实质上她对异域人伯莎的看法代表了英国以至欧洲白种人对加勒比人以至所有非西方人的看法和说法,是西方白人关于异域人之集体想象的具体显现。

正像后殖民主义的理论奠基人萨伊德在其代表作《东方主义》中精辟地指出的,西方人一贯是用二元对立的方式来理解和描述族群身份的,他们将自己和不同于自己的异域人一分为二,区划为两类完全不同的人:"一方是西方人,另一方是阿拉伯-东方人。"[①] 他们将异域人看作自己的反面镜像,通常借后者来确认自身:"东方人曾一直作为与欧洲人(或西方

---

① Edward W. Said, *Orientalism*, New York: Vintage Books, 1979, p. 49.

人）相对的意象、观念、个性、经验来帮助界定后者。"① 他们始终认为自己的族群优越于其他族群："西方，理性、进步、高贵；东方，怪异、落后、低贱。"② "前者是理性的、和平的、自由的、逻辑的、忠于真理、没有杂念；后者则正好相反。"③。

我们只需翻翻西方的经典作品，便可发现西方人关于异域人的这种否定性理解和书写比比皆是。《简·爱》中英国人简·爱对加勒比克里奥耳人伯莎的否定性描述，显然不是出自她的个人创见，而是出自西方人源远流长的民族主义书写传统，是对后者的继承和发挥。

萨伊德在《东方主义》中深刻指出："在我讨论的所有东西中，[西方的]东方主义语言扮演着主导性角色。它将对立面完全变为'自然物'，它用学术习语和方法呈现人类种类，把现实和实物转换成它自造的客观体（或其他词语）。此神话式语言是话语，完全是系统性的。……后者永远是那类用来处理落后社会的先进社会机制，是一种应对弱势文化的强势文化。此神话式语言的主要特征是将它自己的本来面目和它所描述的东西的本源隐藏起来"④，它完全是以客观真理的面目呈示的。结果它不仅令西方人自己相信它的言说，而且令东方人也不可避免地接受了它的描述，所以"简而言之，现代东方在无形中参与了它本身的东方主义化过程"⑤。换言之，西方人根深蒂固的、强势的民族主义话语不仅产生自西方社会，是西方人的唯一种族话语，而且也不断地腐蚀和同化东方人的思想观念和行为方式，无形中变成了东方人主导性的种族话语形式。正因此，西方人充满种族偏见和殖民罪恶目的的民族主义话语，在历史上一直被人们当作真理看待。西方人"理性""文明""进步"，东方人"疯狂""野蛮""落后"，这是不争的事实，毋庸置辩。这样，《简·爱》关于克里奥耳人伯莎生来野蛮疯狂、不可理喻的说法，无论在西方人和非西方人看来，都是对

---

① Edward W. Said, *Orientalism*, New York: Vintage Books, 1979, pp. 1-2.
② Edward W. Said, *Orientalism*, New York: Vintage Books, 1979, p. 300.
③ Edward W. Said, *Orientalism*, New York: Vintage Books, 1979, p. 49.
④ Edward W. Said, *Orientalism*, New York: Vintage Books, 1979, p. 321.
⑤ Edward W. Said, *Orientalism*, New York: Vintage Books, 1979, p. 325.

克里奥耳人的本性的揭示，是真理之言，无懈可击。所以，在《简·爱》面世之后的一百多年中，从未有人对它的民族主义话语提出过疑问。

琼·里斯的非凡之处就在于，在人们对《简·爱》的民族主义书写一向熟视无睹、听之任之的状态下，她却独具慧眼，敏锐地看到了它的不合理性，对之进行了尖锐质疑。她读完《简·爱》后，立刻意识到了其中描述克里奥耳妇女伯莎的文字的荒谬性。她宣称她写《茫茫藻海》的目的就是为了解释安托瓦内特（伯莎）疯狂的"原因和理由"[①]，从而彻底清除勃朗特对伯莎的可耻诬蔑，还原她的本来面貌。她在《茫茫藻海》中有力驳斥了简·爱对伯莎的诬蔑，充分揭露批判了《简·爱》的民族主义倾向，从而在文学创作领域向西方源远流长的民族主义话语打响了强有力的第一枪。

琼·里斯的这种大胆挑战正统思想的批判精神、敏锐的问题意识和锋利的解构方式，与其同时代的先锋思想家德里达、福柯等的思想和写作风格完全一致，可谓是文学创作领域里的解构主义先驱。她对西方中心主义话语的这种尖锐质疑和彻底解构的风格，后来为英国以至西方的新生代作家广泛效仿，变成了当代表现种族问题主题的作家们的基本风格。如1986年南非新生代作家库切在《福》中对笛福《鲁滨逊漂流记》中的民族主义书写的质疑和解构，1990年英国新生代作家玛丽娜·沃纳在《靛蓝色》中对莎士比亚《暴风雨》中的民族主义书写的质疑和解构等，无不受到里斯的深刻影响。

第三节 让事实说话

《茫茫藻海》不仅对《简·爱》关于克里奥耳女人伯莎是天生的疯女人的说法提出了尖锐质疑，而且用极有效的方式给予了有力回击。如上所

[①] Jean Rhys, *Letters 1931—1966*, Francis Wyandham and Diana Melly (eds.), Harmondsworth: Penguin, 1985, p. 164.

论,《简·爱》对罗切斯特的第一个妻子伯莎的描述充满了种族偏见,完全是诬蔑性的。而《简·爱》关于伯莎的描述,完全出自简·爱印象性的简短陈述,明显是主观臆断性的。在勃朗特的陈述中,伯莎没有历史、没有生活、没有思想情感,只有一连串标签性的性格标记,如疯狂、不可理喻、野蛮、凶恶、危险、半人半兽,等等。这些标记很明显不是对伯莎的精神个性的客观表述,而是对她的主观诋毁,没有丝毫根据,十分空洞。

为了有效反驳《简·爱》对伯莎的无端诋毁,里斯在《茫茫藻海》中彻底摒弃了勃朗特作品中极度武断空洞的讲述方式,采用了与之相反的切实充分的展示方式:她在描述伯莎时一反《简·爱》中由旁观者简·爱间接介绍的方法,采用了由当事人直接吐诉的方法,一反《简·爱》抽象诋毁的方法,采用了具体展现的方法。

里斯在与朋友的通信中,对《茫茫藻海》的创作思路做过明确说明:"在勃朗特的小说中,那克里奥耳人是一个空壳——她令人厌恶,这不要紧,要紧的是她不曾有生命。她虽是作品情节必须的因素,但却总是在尖叫、咆哮、恐怖地笑、攻击周围的人、半人半兽——在背景中。对我来说(你也如此希望),她必须在作品正中心,必须有一个至少能令人信服的过去,至少有罗切斯特先生为什么会那么无情地对待她但一点都不觉得过分的理由,至少有为什么他认为她是疯子和当然会发疯的理由,甚至至少有她为什么试图烧毁一切并且最后取得成功的理由。"① 里斯的言下之意是,在《简·爱》中,克里奥耳人伯莎处于作品的边缘位置,没有历史,没有生命,她在新作中要将她置于中心位置,描绘她的生活历程,赋予她生命;《简·爱》只写到伯莎发了疯,罗切斯特关押她理所当然,而没有给出理由,她在新作品中要对之做出解释。换句话说,她在新作品中要全面弥补《简·爱》的缺陷:将伯莎置于中心位置,陈述伯莎的生活历程,特别是她发疯的过程。

---

① Jean Rhys, *The letters of Jean Rhys*, Francis Wyndham and Diana Melly (eds.), New York: Viking, 1984, p. 157.

那么怎么去陈述呢？里斯对之也有明确的方案："它可以用三种方式完成：直线法，童年、婚姻、结局，由第一人称讲述；或者可以从男人的视角讲述，和与之对位的女人的视角讲述，两者都用第一人称；或者可以让像上帝一样无所不知的全知第三人称即作家讲述，这对我来说有些难度。我更愿意用直接呈现思想和行为的展示方式，我准备采用第二种方式。"① 这即是说她打算采取多元视角第一人称叙述方式，用当事人的现身说法来展现伯莎的生活历程，特别是她走向疯狂的历程。

《茫茫藻海》共分三章。第一章的叙述者是小安托瓦内特。小安托瓦内特主要讲述了她童年和少年时期的生活经历。小安托瓦内特出生后不久，父亲亡故。她是由母亲一手拉扯大的，母亲是她早期生活中最重要的人。她重点描述了母亲的生活经历和精神状态。勃朗特在《简·爱》中借人物罗切斯特的口明确宣称，伯莎的母亲天生精神不正常，伯莎的疯病是从她母亲那里遗传下来的："我一离开大学，就给送到牙买加去娶一个已经为我求过婚的新娘。……我从来没有见过新娘的母亲；我以为她死了。度过蜜月以后，我才知道我猜错了；她只是发了疯，关在病人院里。还有一个弟弟，完全是个哑巴白痴。……伯莎·梅森——一个声名狼藉的母亲的忠实的女儿。"（简 285—287）。里斯在《茫茫藻海》第一章中刻意让小安托瓦内特集中讲述了其母亲安妮特的生活经历和精神状态，用铁的事实证明她母亲的发疯不是由先天性的生理因素引起的，而是由后天性的社会文化因素引起的，具体而言是由英国人梅森的自私和冷酷无情造成的，根子上是由各种各样的种族剥削压迫行为引起的。有力反驳了《简·爱》关于伯莎的母亲生来就有疯病、是一个天生的疯子的说法。

里斯在《茫茫藻海》的第二章中让当事人罗切斯特叙事，见证了安托瓦内特的婚姻悲剧，陈述了她如何走向疯狂的过程。作品虽是从罗切斯特的角度进行叙事的，但由于叙述者罗切斯特的讲述带有明显的自我暴露特

---

① Jean Rhys, *The letters of Jean Rhys*, Francis Wyndham and Diana Melly (eds.), New York: Viking, 1984, p. 162.

点,所以其述说方式基本上是反证性的:罗切斯特越为自己辩护,越让人觉得他的自私虚伪、卑劣无耻。

罗切斯特娶克里奥耳女孩安托瓦内特,完全是为了谋取她的财产。新婚伊始,他兴奋过一阵。等新鲜感消退后,他对她的生活环境和她本人产生了厌恶感。他开始称她为"伯莎",此名字原是安托瓦内特的疯母亲的称号。并在她的卧室隔壁故意与黑人女仆调情、做爱,侮辱她。安托瓦内特无法承受如此巨大的打击,精神日趋狂乱。

之后,罗切斯特不仅没有细心照料和抚慰她,相反却因怕她影响自己的声誉,悄悄将她带离加勒比,带到英国,关押到乡下一个偏僻的庄园里,使之在暗无天日的黑屋子里足足呆了十几年,彻底发了疯。对此,里斯在《茫茫藻海》第三章中借当事人格雷斯和安托瓦内特的陈述做了充分展示。

就这样,里斯通过安托瓦内特(伯莎)、罗切斯特、格雷斯三位当事人的叙述,见证了安妮特和安托瓦内特(伯莎)母女的生活历史和精神变化轨迹。还原了她们的历史真相,斩钉截铁地驳斥了《简·爱》对她们的恶意中伤,彻底清理了其中的民族主义偏见,彻底解构了民族主义思想观念。

在英国,二战之后,特别是20世纪中期席卷全球的反殖民统治浪潮之后,这种表现反民族主义主题的小说作品并不罕见。不过像《茫茫藻海》这样用历史见证法集中有力地反驳过去经典作品中的民族主义话语、控诉民族主义罪恶的作品却不多见。之后很多小说家纷纷仿照里斯的这种站到边缘弱势群体的立场上、让被压迫者自己言说自己的经历的历史见证法进行创作,创造了一系列后殖民主义小说。现在这种从被殖民、被压迫者的角度着力全面恢复弱势民族的历史原貌的解构书写方法,已成为当代后殖民主义小说最基本的方法。

总之,里斯在《茫茫藻海》中解构了传说小说以现实经验为书写对象,致力于叙述人物事件,采用由作者或其代理者出面间接介绍的讲述法等创作方法，采用以已有话语文本为书写对象，致力于讨论人生重大问题，采用由人物自己出面直接述说的展示法等创作方法，创建了一种以反思批判前人的文学书写为目标的解构式小说书写方式，开了英国后殖民主义小说的先河。

第十章 论莱辛《金色笔记》对现实主义和现代主义的反思批判[①]

第一节 尝试新形式

莱辛是20世纪50年代登上英国文坛的。她开始创作生涯之时，正是英国文坛处于新旧交替、百花齐放的阶段。20世纪30年代，由于欧洲经济的日益萧条和法西斯主义的日益猖獗，社会主义意识形态受到了人们的广泛关注。1936年，英国建立了"左翼读书俱乐部"，有很多作家和知识分子参加了左翼组织。受社会主义思想的影响，左翼作家们将现代主义小说视为一种沉湎于个人精神世界中而缺乏社会责任感的不健康的艺术，他们对之持批判和拒斥态度。在左翼小说家们的带领、号召和影响下，20世纪中期的很多英国小说家，包括左翼的和非左翼的，都普遍抛弃了詹姆斯·乔伊斯（James Joyce）、弗吉尼娅·伍尔夫（Virginia Woolf）等人创立的现代主义小说传统，重新走上了维多利亚时代的现实主义小说创作道路，代表性的作家有乔治·奥威尔（George Orwell）、克里斯托弗·伊舍伍德（Christopher Isherwood）、伊夫林·沃（Evelyn Waugh）、科林·威尔逊（Colin Wilson）、艾伦·西利托（Alan Sillitoe）、斯坦·巴斯托（Stan Barstow）、约翰·韦恩（John Wain）、约翰·布雷恩（John Braine）、戴维·斯托雷（David Storey）、金斯利·阿米斯（Kingsley Amis）等。

[①] 本章曾以"从《金色笔记》看莱辛的小说创作理念"为题，发表于《国外文学》2011年第3期，第94—102页。

现实主义小说话语虽然是 20 世纪中期英国小说领域里的主导性话语，但并不是唯一的话语。除了很多转向现实主义的作家外，当时还有一部分人依然坚持用现代主义方式创作。如乔伊斯和伍尔夫等人仍旧活跃在文坛上，乔伊斯创作出了他最后的杰作《芬尼根守灵》，伍尔夫写下了《幕与幕之间》，另外塞缪尔·贝克特（Samuel Beckett）、格雷厄姆·格林（Graham Greene）、马尔科姆·劳里（Malcolm Lowry）、劳伦斯·迪雷尔（Lawrence Durell）等继续沿着乔伊斯和伍尔夫的道路，进行现代主义小说创作。除此之外，福尔斯、约翰逊、布鲁克-罗斯等人在法国结构主义思想观念和新小说派的影响下，全面改革小说形式，尝试用全新的理路和方式方法建构小说文本。还有一部分小说家另辟蹊径，用奇特的故事事件，诡异的情境和寓言、象征、幻想、想象、夸张等手段，表现和探究人的本性、个人自由、美和丑、善和恶等形而上学问题，带有显著的超验、神秘色彩，代表人物有威廉·戈尔丁（William Golding）、爱丽丝·默多克（Iris Murdoch）、安东尼·伯吉斯（Anthony Burgess）等。

莱辛没有受过多少正规教育，是自学成才的。她早年住在偏僻的农场，数英里之内没有其他人家，找不到游乐的小伙伴。加上农场的经营状态不好，父母为生计疲于奔命，顾不上管她，所以唯一的乐趣就是读书。她童年时就读了大量的文学作品，特别是很多经典作品。14 岁因眼疾辍学后，她又从英国邮购大量书籍进行自我教育。她后来一直很为自己的这种特殊的早年经历和非正规教育方式庆幸："因为我有此孤独的童年，我读了很多书。那里没有说话的人，所以只有读书。读的是什么书？最好的书——欧洲和美国文学中的经典作品。我未受正规教育的最大好处之一就是没有把时间浪费在二流的作品上。我细细品味这些经典。这就是我的教育，我想它是最后的教育。我本来可以受到正规的教育，但我对我的父母要将我培养成出色的学者感到神经质性的反叛。我直接走出规范之途而进行自我教育。当然在我的教育上有巨大的裂缝,然而我很庆幸我过去的状态。"①

在西方文学经典中,有两类作品对她影响最深。一类是19世纪的现实主义作品。她明确指出:"对我来说文学的最高点是19世纪的小说,是托尔斯泰、司汤达、陀斯妥耶夫斯基、巴尔扎克、屠格涅夫、契诃夫的作品,是伟大的现实主义者的作品。"②"我正在寻求温暖、深情、人性、对人的爱,这一切正是19世纪文学的亮点。"③正是19世纪的现实主义经典培育了她关注社会人生、关注人的命运和幸福的创作倾向。另一类是20世纪的现代主义作品。她声称:"同时西方文学中最好和最有活力的作品一直是那些关于感情的无序状态的绝望的陈述的作品……如果像加缪、萨特、热奈、贝克特一类的作家,除了对人类的极度怜悯感外还产生过什么感受的话,那么至少在他们的作品中是看不到的。"④ 他们"将人视为是无法沟通的、绝望和独处的孤单个人"⑤。正是在现代主义文学的深刻影响下,她的很多作品对人类个体孤独的心灵世界的表现入木三分。

不过她的创作步履既没有停留在传统的写实主义平台上,也没有裹足于现代的心理分析小说水平线。由于1957年莱辛在她的批评名作《小小的个人的声音》中说过上述称道现实主义小说的话,因而很多人认为,她崇尚现实主义创作方法,是一个现实主义小说家。事实上这是一种误解。因为莱辛所称道的并不是托尔斯泰等现实主义作家的创作方式和话语形式,而是他们关注社会、关注人生、追求全人类的幸福的人道主义情怀:

---

① Doris Lessing, *A Small Personal Voice*: *Essays*, *Reviews Interviews*, edited and introduced by Paul Schlueter, New York: Alfred A. Knopf, 1974, p. 49.

② Doris Lessing, *A Small Personal Voice*: *Essays*, *Reviews Interviews*, edited and introduced by Paul Schlueter, New York: Alfred A. Knopf, 1974, p. 4.

③ Doris Lessing, *A Small Personal Voice*: *Essays*, *Reviews Interviews*, edited and introduced by Paul Schlueter, New York: Alfred A. Knopf, 1974, p. 6.

④ Doris Lessing, *A Small Personal Voice*: *Essays*, *Reviews Interviews*, edited and introduced by Paul Schlueter, New York: Alfred A. Knopf, 1974, p. 11.

⑤ Doris Lessing, *A Small Personal Voice*: *Essays*, *Reviews Interviews*, edited and introduced by Paul Schlueter, New York: Alfred A. Knopf, 1974, p. 12.

"那些 19 世纪的伟大人物既没有共同的宗教，也没有共同的政治学，更没有共同的美学原则。而他们所共有的是道德判断的风尚；他们共享着确定的价值观念；他们都是人道主义者。"① 他们的作品中充满了"温暖、深情、人道和对人民大众的爱"②。

谈到托尔斯泰等现实主义作家的创作方式时，莱辛并不以为然。她明确指出，他们用的是"没有必要的理智-分析界定"方式③，因而无形中割裂了生活，使之变得单一化、片面化。谈到话语形式时，她指出："区别我们的文学的一个标志是其标准的含混和价值的不确定性。对一个作家而言，现在要在无意识的状态下运用巴尔扎克的'崇高品德'或'邪恶的魔鬼'之类的短语是很困难的。词语不再被如此简单、自然地应用。所有的这些伟大词语如爱与恨、生与死、忠诚与背叛等，都包含了相反的意味，包含了半打含糊意味的影子。巴尔扎克式的词语已远远无法充分表达我们的经验的丰富性，其状况就像想用人们在公交车上的窃窃私语产生人们在山崖上的大喊声所发出的回响那样的艰难。我们所有的人所接受的唯一的确定性就是越来越不确定和不稳定的状态。而用以前的好和坏之类的词语是很难表达当下的道德判断的。"④ 这即是说现实主义小说家的善恶分明的二元对立话语形式，已不适宜于当代丰富复杂的生活现实，是陈腐的、简单化的、浮浅的、不足道的。1962 年，她在《金色笔记》中借安娜的口称：以记述和报道现实生活事件为出发点的现实主义小说用"明确的区分"的方法表现生活，所以所反映的生活"支离破碎"、片面抽象，它经常说一些"可怕的老生常谈的东西"，没有任何创意，毫无价值。（金 66—69）

---

① Doris Lessing, *A Small Personal Voice*：*Essays*，*Reviews Interviews*，edited and introduced by Paul Schlueter, New York：Alfred A. Knopf, 1974, p. 4.
② Doris Lessing, *A Small Personal Voice*：*Essays*，*Reviews Interviews*，edited and introduced by Paul Schlueter, New York：Alfred A. Knopf, 1974, p. 5.
③ Doris Lessing, *A Small Personal Voice*：*Essays*，*Reviews Interviews*，edited and introduced by Paul Schlueter, New York：Alfred A. Knopf, 1974, p. 4.
④ Doris Lessing, *A Small Personal Voice*：*Essays*，*Reviews Interviews*，edited and introduced by Paul Schlueter, New York：Alfred A. Knopf, 1974, p. 5.

关于现代主义文学，莱辛认为它跟社会主义文学一样是片面、陈腐的："过去二十年，如果说共产主义文学的典型产品是关于经济进展的快乐的小册子的话，那么西方文学的典型作品则是那类人们带着对人性的极度怜悯心所观看和阅读的小说或剧本。如果像加缪、萨特、热奈、贝克特一类的作家除了对人类的极度怜悯感外还产生过什么感受的话，那么至少在他们的作品中是看不到的。"① 他们"将人视作无法与他人沟通的孤独的个体，是无助的和孤单的"②。他们的作品主要表现的是个人的孤寂和痛苦。"上述两类文学都偏离了中心视线，都避开时代风潮，沉陷于幼稚天真之中。"③ 1962 年，莱辛在《金色笔记》之"蓝色笔记"的第二部分中又一次重申了上述观点：共产党国家的文学"大多数平淡无味，充满乐观主义，叙述的调子总是出奇的欢快，甚至在处理战争和苦难的题材时也是如此。这种风格来自那个神话。但是，这种拙劣的、僵化的、陈腐的写作方法也正是我自己的创作的一面镜子，我为自己在《战争边缘》中流露出的思想倾向而深感惭愧。"（金 369）"这一类作品最要命的总是非个性化。"（金 370）与之相反，西方现代文学"已经变成发自灵魂的痛苦的呻吟"，变成了那些离群索居之辈的毫无价值的自我呻吟。（金 370）

在莱辛看来，现实主义小说和现代主义小说虽然关注的生活面各不相同（如一方关注社会外在活动，一方关注个人内在心理活动），创作方法也大相径庭（如一方多用观察讲述的方式，一方多用透视展示的方式），但思维方式和话语形式完全一致：都用单向一维的方式看待世界和人生，结果各自只注意到了生活的一个方面，而遗漏了另一个方面，从而不可避免地走向了片面化；同时都致力于表现为人们普遍认同的已知的东西或者说所谓的"真理"，而忽略了对新思想、新观念、新境界的深刻发掘，结

---

① Doris Lessing, *A Small Personal Voice*: *Essays*, *Reviews Interviews*, edited and introduced by Paul Schlueter, New York: Alfred A. Knopf, 1974, p. 11.
② Doris Lessing, *A Small Personal Voice*, *Essays*, *Reviews Interviews*, edited and introduced by Paul Schlueter, New York: Alfred A. Knopf, 1974, p. 12.
③ Doris Lessing, *A Small Personal Voice*, *Essays*, *Reviews Interviews*, edited and introduced by Paul Schlueter, New York: Alfred A. Knopf, 1974, p. 12.

果导致了作品思想内涵的平淡乏味。

为了改变西方小说创作的这种片面老套的状态，莱辛认为小说家必须彻底改变思想方式和创作方法，必须开辟新的创作理路。莱辛在《小小的个人的声音》中分析批判了当代共产主义文学和西方现代文学一方用乐观的基调着力反映大众的社会活动、一方用悲观的基调刻意展示个人的自我精神的片面的表现方式之后，明确提出："我相信介于二者之间的某个地方才是支点所在。一种确定的位置，虽然很难达到，对立的两极间虽然很难取得完全的平衡，但我们必须不断地试验和确认这种平衡。"[1] 这即是说未来的小说家首先需要突破旧的单向一维的片面思想方式，要用双向多维的综合性思想方式理解和表现生活。1962年她在《金色笔记》中借安娜之口否定了那种以如实记述某种新奇的生活领域为出发点的"报道性"的小说之后指出：真正的小说不是这类方法老套、"主题并没有多大新意"的小说（金66—67），而是那种"足以营造秩序、提出一种新人生观的作品"（金68），换言之，是那种从形式到内容都有创意的小说。1971年她在批评力作《〈金色笔记〉序言》中宣称：《金色笔记》是"一次突破形式的尝试"[2]，"当我写作之际我正在学习某种东西。也许给自己一个严谨的结构，为自己做一些限制，会挤压出你预料不到的新东西"[3]。她的杰作《金色笔记》就是她尝试用新形式表达新内容的实验性作品。

第二节 解构现实主义

打开《金色笔记》，按它的空间架构往下读，便可以明显看到，其中

---

[1] Doris Lessing, *A Small Personal Voice*: *Essays*, *Reviews Interviews*, edited and introduced by Paul Schlueter, New York: Alfred A. Knopf, 1974, p. 12.

[2] Anni Pratt and L. S. Dembo (eds.), *Doris Lessing - Critical Studies*, Madison: University of Wisconsin Press, 1974, p. 20.

[3] "Preface to *The Golden Notebook*", in Doris Lessing, *A Small Personal Voice*: *Essays*, *Reviews Interviews*, edited and introduced by Paul Schlueter, New York: Alfred A. Knopf, 1974, p. 27.

"自由女性""黑色笔记""红色笔记"等三大板块，明显是在模拟和探讨传统的现实主义和社会主义现实主义等写实型小说形式。其中"黑色笔记"对西方十八九世纪经典现实主义小说形式的模拟和讨论最为细致充分，下面我们就以之为例来看看莱辛是怎么看待现实主义小说形式的。

"黑色笔记"主要记载的是作品主人公安娜的第一部小说《战争边缘》和它的改写本"黑色笔记"（下面简称"改写版"）以及她对它们的反思评判。《战争边缘》是以安娜在非洲的一段生活经历为基础创作出来的，主要写的是一位英国白人青年和一位非洲黑人妇女间的爱情悲剧。安娜原是一位左翼青年，二战期间，参加了一个左派组织，与一些进步青年过往甚密。这些青年的思想言行比较激进，给她留下了深刻的印象。她以之为题材创作了一部小说《战争边缘》。此小说写英国青年彼得·卡莱二战期间中止了大学学业，到非洲的空军驻地受训，他是一个理想主义者，思想激进，自由无羁。到非洲后参加了当地一个左派组织，加入反种族压迫的斗争中。周末他与朋友一起常到郊外的一家名叫"马雪比"的英餐馆游乐。他常常挑逗餐馆老板漂亮的妻子布斯比太太和女儿，结果使她们双双爱上了他。但他喜欢的不是她们，而是餐馆黑人厨师的妻子。他们密恋偷情，不料被布斯比太太发现，后者因他抛开她和她女儿而喜欢下贱的黑人妇女，恼羞成怒，一气之下向驻地军官告发了此事。彼得被调走，厨师的妻子被丈夫休弃后，一怒之下当了妓女。小说讲述了彼得与黑人妇女的真挚爱情被布斯比太太的种族偏见和妒忌心所摧毁的故事，塑造了彼得这样一个追求平等自由人生、反对种族压迫的进步青年的形象，反映了二十世纪中期非洲的社会现实，是一部典型的现实主义作品。

《战争边缘》于1951年出版后取得了巨大成功。称道它的信件络绎不绝，有不少人还想将之改编成电影，搬上屏幕。而安娜自己却对之很失望："每次信来，我就想哈哈大笑——讨厌的哈哈大笑。苦笑，绝望的苦笑，自我惩罚。"（金63）"前来跟我商谈的人看了这个故事梗概后很高兴，随后便开始跟我商讨如何将故事编得更符合有钱人的口味……我回到家里，心中油然升起一种从未有过的厌恶感。我于是坐下，自出版以来第一

次重读这部小说。它好像不是自己写的了。"(金 66)

安娜为什么对自己的作品如此失望？理由很简单，它除了在题材上写的是非洲的生活事件而有些新鲜感以外，主题上毫无新意："这是一本一流的小说，显示了二流的创作才能。故事的创新在于：一个因战争而被人派到殖民地去的英国青年与一个半开化的黑人女人之间的爱情。隐匿其中的一个事实是：主题并没有多大新意，阐述也不够充分。"(金 66)小说塑造了彼得这样一个激烈反对种族和阶级偏见和压迫、自由不羁的理想主义者，宣扬了一种以追求全人类所有的人都过上自由平等的生活为目标的理想主义思想观念，而此类人物性格和此类思想观念被十八世纪以后的浪漫主义和批判现实主义作家们重复过千百次，陈旧到不能再陈旧，所以安娜称它没有一点新见，没有任何价值，只是表达了人们的一种怀旧情结而已："我说过：小说中的一切都是真实的，但它所流露出的情绪却有些可怕，有点不健康，有点狂热。那是战争年代的一种盲目的骚动，一种虚伪的怀旧情绪，一种对放肆、自由、混乱、无序的渴望。"(金 70)为此她对它非常失望："我很清楚地知道，如果今天让我再读一遍，我一定会感到羞愧，好像自己就赤裸着身子站在大街上。"(金 70)

而尤为严重的是，由于受这种深厚的"怀旧情结"制约，她在遴选和组织题材时仅仅注意到了那些与古旧的理想主义有关的东西，而将与之无关的东西全部忽略了，她笔下的现实便在不知不觉中完全偏离了生活中的现实："当我回想起与那班人在马雪比旅馆度周末的情景时，我不得不第一次把某些东西抹去。现在开始写作时，我不得不再次把它抹去，或者让'故事'开始以小说的形式出现，而不是以事实真相出现。非同寻常的是：随着怀旧情结加剧，随着故事开始成形，内心的激动就像显微镜下的细胞一样繁殖起来。这种怀旧情绪太强烈了，我每次只能写上几行就停下来。"(金 71)这即是说作品中的现实是在多次擦抹生活真实的状态下构成的，是被一再砍削过的现实。这样它自然只能是"抽象的"，虚假的，"与原材料毫不相干"。(金 70)

由于安娜深切意识到《战争边缘》思想的陈腐性和内容的片面性、虚假性，意识到它未能将她在马雪比餐馆的那段难忘经历逼真地表现出来，所以她将那段经历重写了一遍，其结果便是它的改写版"黑色笔记"。这次她不是用讲故事的方式而是用记笔记的方式重写那段经历。与《战争边缘》比，"改写版"对马雪比旅馆事件的记述自然要丰富复杂得多。《战争边缘》中的主人公彼得·卡莱在"黑色笔记"中被一分为二：他的激进和反叛性在蔑视种族歧视和一切陈规旧习的保罗身上得到了淋漓尽致的表现，他对自由爱情的追求则在那位打破种族界限、执着追求黑人妇女的乔治身上得到了进一步发挥。《战争边缘》中的情节在"改写版"中也有较大改动：英餐馆老板的妻子布斯比太太不是因为保罗抛开她去喜欢黑人妇女而恼恨他，而是因为保罗无视社会习俗、与黑人厨师杰克逊平等相处而恼恨他；最后布斯比太太赶走了不懂规矩的厨师杰克逊及其妻子儿女，保罗和左派进步青年带着愤懑和怨恨离开马雪比餐馆，保罗在一场事故中死去；乔治和杰克逊妻子的私情未被揭穿，杰克逊未休弃自己的妻子，而是带着家室去了北方，乔治则为他的情妇和私生子的离去而伤感。

与《战争边缘》相比，"改写版"虽在描述方式和格调上与前者有很大不同（如描述方式上不是用讲述故事的方式而是用细节描绘的方式，格调上远比第一个文本丰富饱满），但思想内容与第一个文本没有什么本质区别。它塑造的依然是反对一切社会压迫的理想主义者形象，如反对种族隔离主义的保罗，突破白人和黑人之间的种族界限、追求自由爱情的乔治等，它所传达的依然是启蒙主义者的自由、平等、博爱等理性主义观念，其主题思想依然陈腐俗套。它关注的依然是现实中的理想的超凡脱俗的悲壮的人和事，而忽略了现实的普普通通的琐屑平庸的人和事，因而依然是片面的、不切实的、虚假的。所以安娜对之依然很不满意。"今天我把这篇东西通读了一遍，自写成后还是第一次读它。里面的内容充满了怀旧情结，每个字都含有那种意味，尽管当初我写下它时以为自己很'客观'。"（金164）最后，她不得不承认自己这一写实型的创作彻底"失败了"（金467）。

在安娜看来，她的上述两部以真实反映她的生活经历为出发点的小说，无论是重在讲故事的《战争边缘》，还是重在记述生活细节的"改写版"，"除了在报道社会某个区域的存在时显得有些新意"（金 467）外，其主题思想都陈腐俗套，其内容都片面、抽象、虚假，因而都无可取之处。在《金色笔记》中，安娜作为《金色笔记》的叙述者和主人公，实际上是多丽丝·莱辛的代言人，她的以如实报道生活事件为出发点的两部小说，实际上喻指的是各类传统的现实主义小说。安娜对《战争边缘》和"改写版"的失望，实际上就是莱辛对传统的现实主义小说的不满的写照：此类思想无创意，内容不真实，很难称得上是真正的艺术品。莱辛在《〈金色笔记〉前言》中明确指出："此书的另一个观念是，如果本书以正确的方式被写成，它将对传统小说进行自我评价：关于小说的争论自小说产生后一直存在，而并不像人们从当代学术研究中所得到的印象，它是最近的事。将短短的小说文本'自由女性'作为所有此类实体的概括和凝缩，那么它所说的正是有关传统小说的看法，作者写完它之后的不满态度即是本书关于传统小说的观点的另一种形式的描述：'我未说出真实的状况，我未抓住事件的复杂性；我所经验的东西是如此的粗犷、零乱无形和混沌，而表现出来的东西却是如此精巧，如此整齐划一，它们自然不可能是真实的。'"[①]

现实主义小说是西方小说中历史最悠久、影响最大的一类小说，它以如实反映社会现实为出发点，密切关注现实、逼真描述现实，在真实表现人们的社会活动和思想风貌方面达到了前所未有的高度，取得了无与伦比的成就。与此同时，由于它把注意力主要集中在充分描绘人们的社会活动以及特定社会环境中的人们的思想言行上，而忽略了对独特奇异的个体生命及其神秘的内在精神世界的深刻开发，因而仅仅表现了复杂人生的某一个方面，明显是片面的。另外，它主要以声张某种人们普遍认同的思想理念或者"真理"（如自由、平等、博爱思想等）为目标，因而其主题思想

[①] Doris Lessing, *A Small Personal Voice*: *Essays*, *Reviews Interviews*, edited and introduced by Paul Schlueter, New York: Alfred A. Knopf, 1974, p. 32.

普遍是同语重复式的,没有多少创意,是平庸俗套的。莱辛在《金色笔记》中借安娜的创作和评论尖锐指出了传统的各类现实主义小说内容单一片面、思想陈旧俗套的缺陷,无疑抓住了现实主义小说的致命弱点,击中了它的要害所在,是深切的,一针见血的。当然她将所有的现实主义小说都视为只反映了生活的某一个方面,仅仅说了一些人们说过千百次的陈词滥调,是片面的、无意义的,这明显是以偏概全的,经不起严格推敲。

第三节 解构现代主义

《金色笔记》中的"黄色笔记"主要记载的是安娜的第二部小说《第三者的影子》以及她对它的评论。二战后,安娜回到伦敦,爱上了一位中年男子迈克尔,与之卿卿我我长达五年之久。安娜以她的这一段精神情感历程为依据,创作了《第三者的影子》。小说主要写的是伦敦一家妇女杂志社的女编辑爱拉的情感历程。爱拉与丈夫离婚后寡居独处,十分寂寞。一次她与一位有妇之夫保罗·唐纳邂逅相遇,喜欢上了后者。开初他们俩情投意合,男欢女爱,她感受到了一种从未有过的激动、兴奋,将自己的全部热情都投放了进去。之后,随着时间的推移,保罗的热情慢慢消退,"他开始使用性技巧,想给她外部的刺激,然而,她心里总有那么点厌恶感"(金228),他们间慢慢产生了距离。五年后,保罗厌倦了爱拉,离她而去,她感到异常寂寞、空虚,"感到极度的悲伤"(金238)。为了排解孤寂,此后她跟很多男人发生过性关系,但始终无法排除对保罗的思念。她心情抑郁、苦闷、悲痛,噩梦连连,几近发疯。小说具体描述了爱拉与保罗的一段爱情纠葛,细致表现了爱拉从最初的激动、兴奋到后来的失落、抑郁、悲痛,以至最后的痛苦、半疯狂的精神情感经历和状态,类似于 D. H. 劳伦斯(D. H. Lawrence)等人以表现人们内在激越、孤寂、痛苦的精神情感为重心的情爱性爱小说,是标准的现代主义小说。

写完上述故事后安娜很失望,因为它在内容上与她过去的那段爱情经历相去甚远,不真实;主题上拾前人之牙慧,毫无新意。安娜尖锐指出:

这篇故事的不足之处在于它是以分析保罗和爱拉之间的关系解体的方式写出的。我不知道还有别的什么办法来写它。一个人一旦经历了某件事，这事就定了型。某件定了型的事件，即使它持续了五年时间，当事人差不多快要结婚，处理时总还是以最后的结局为准绳。这样，所有的描写其实就不真实了。因为当初经历这件事时，当事人根本就不是这样想的。

如果我极其详尽地描写其中的两天：一天写事件的开端，另一天写事件的结尾，那又怎么样呢？那也不行。因为我仍会凭本能把那些导致事件走向毁灭的因素分离出来，并加以强调。这样做仍然会给整个事件定下框框。……

文学描写是事后的分析。

上一篇，即有关马雪比的描写的基调是怀旧。但在这一篇里，在关于保罗和爱拉的描写中，并不存在怀旧之情，这里的基调是某种痛苦。

为了表现一个女人爱着一个男人，人们通常让她在家里等他的电话时为他做饭，或打开一个酒瓶，或者一大早让她先醒过来，眼睛注视着他的脸由睡眠中的安详转化为一个灿烂的笑容。是的，这样的描写已重复了千百次。但这不是文学。（金240—241）

在安娜看来，此小说的最大症结是用了"分析"的方法。正是此方法给生活事件划界、分类，从而割裂了事件，导致了片面化结果。具体在此作品中，即将爱拉的外部活动与内在情感割裂开，只关注她的内在情感。而对其内在情感的处理也是分析割裂式的，如抛开了它丰富复杂的过程，仅以"结局为准绳"，以爱拉痛苦和疯狂为焦点，结果完全背离了原初的状态，"因为当初经历这件事时，当事人根本不是这样想的"。除了肢解生活、削足适履以外，安娜认为此篇小说的另一个严重缺陷是其主题的陈腐。此作品的基本主题是女人的失恋和"痛苦"，而此类主题在历史上已被"重复了千百次"，毫无新意，与作为人类灵魂之建筑师的文学的身份完全不相称，所以安娜称"这不是文学"。

由于安娜意识到"黄色笔记"中对自己的精神状态的"文学描写是事后的分析"，与本来的状态大相径庭，所以她在"蓝色笔记"的前三部分中将它又写了一遍。这一次她采用的不是讲故事的方式，而是记日记的方式，主要表现的是她跟迈克尔相爱和分手后的心理状态。此新文本主要是由安娜写于1946年至1954年间的几十篇日记构成的。这些日记中有一部分是报刊新闻资料的剪贴，主体部分是对安娜与迈克尔的恋情的陈述。重心是1950年和1954年的日记。

1950年的日记主要展现了安娜与迈克尔热恋时的心理状态，具体如她既喜欢又怨恨迈克尔的复杂感受，她混乱无序的梦幻，她与心理医生马克斯太太对自己的上述感受和梦幻的分析探讨，等等。1954年的日记主要展现了安娜与迈克尔分手时的心理状态，记述了她的一连串恐怖的噩梦和痛苦的感受，表现了焦灼、抑郁心境。如她有一次梦见马克斯太太变成了一个魁伟高大的女巫。另有几次梦见迈克尔要离开她。还有一次梦见她手里捧着一个宝盒，原以为装的是宝物，打开一看，全是鸡零狗碎，随后它们变成了一个小鳄鱼，那鳄鱼流的泪一下子变成了宝石。此后还梦见那"以恶为乐的本原"，它获得了形体，变成自己家的木质花瓶，继而变成一个恶作剧的精灵，"趾高气扬地蹦跳旋舞，显得毫无理性，威胁着一切活的生活"（金507）。几个月后她又梦到了"那个本原"，它化成了"一个又丑又矮的老头"（金507），极为可怕。此阶段她已明显感觉到了迈克尔的"恐慌与冷漠"，"因而心里很难受"。（金351）在迈克尔最后背弃她的那天晚上，她的精神陷入痛苦、黑暗的深渊："我知道，那可怕的、黑暗的、漩涡式的混乱包围着我，不久将侵入我的肌体。我听见自己在哭，在梦中哭，这一次哭得很伤心，极其痛苦。"（金388）此新文本详细展示了主人公安娜的感受、幻梦、思绪和理性思辨，与伍尔夫等人的意识流小说形异神同，没有什么区别，是典型的现代主义小说。

安娜写完后，依然很失望，旋即将之删除了："上述这篇文字已被全部删除——已被划去。"（金388）并且明确宣称它是一个败笔："没有成功,依旧是失败。"(金388)其理由首先是不真实:"这本蓝色笔记,我原先指望它成为最真实的一种,结果却比其余的笔记更糟。我本希望在重读的时候,对事实的简洁记录会提供某种模式,但这种记录和对一九五四年九月十五日所发生的事所作的记叙同样的虚妄不实。那天的记叙如今读来令人感到难堪,因为显得太动感情,太主观臆断,假如我写道'九点半我上卫生间大便,二点钟小便,四点钟浑身大汗',这也比只写下自己的想法要真实得多。"(金497)安娜声称,由于此小说仅仅写的是她的"想法",写的是她的主观世界,过于主观化,所以显得很虚假,比那纯粹记述外在客观事件的"记叙"还虚假,还糟糕。说到底,这不是一个文学表现的问题,"根本就不是个文学的问题"(金498),而是思想方法的问题,是由"理性探讨"方法或者说分析方法造成的。正是此方法将人们的生活人为地割裂开来,仅关注人们主观的精神活动(特别是精神记忆),而无视人们客观的物质活动,所以无形中对之进行了简单化处理。"在我思考的时候,这些文字不是成了重现经历的形式,而成了一系列犹如牙牙学语般的毫无意义的音节,并消失在片面的经验之中。"(金506)结果便只能背离生活真实:"将我所写的东西与我的记忆相比较,似乎一切都显得虚假了。"(金506)

除了不真实外,安娜同时强烈意识到此新文本思想琐屑空泛,毫无价值:"每天晚上我就坐在琴凳上,记录下我这一天的种种,就好像我,安娜,把安娜钉上纸页一样。每天我用文字重现安娜,写道:今天七点起床,为简纳特准备早餐,送她上学,等等等等,觉得仿佛这么一写,就将这一天救出混乱的深渊了。然而现在我一读那些记载,却感到一片空。我越来越陷入迷惘和苦恼,在这种感觉里,纸上的文字变得全无意义。文字失尽了意义。"(金506)换句话说,新文本仅仅记述了安娜个人日常琐屑的活动和感受,既无新意,又无价值,与幼儿的牙牙之语没有什么区别。

由于不满意于传统的现实主义创作方法的外在、片面和陈腐,安娜尝试用新兴的现代主义的创作方法写作,结果发现:它将关注焦点完全从人们外在的社会性物质活动转向了人们内在的个体性精神活动,从而割裂了丰富多元的现实生活,其内容依然是单一的、片面的,而它所表现的激越、痛苦、疯狂等情感状态和回忆、梦幻、感觉、印象、思辨等心理活动,已是以前的作家们或心理学家们陈述了"千百次的",其思想观念也极其陈旧俗套,毫无新意,它一点都不比传统的现实主义方法强。这样她便对文学创作彻底失望了,产生了严重写作障碍。安娜关于现代主义小说的看法实际上就是莱辛的看法:跟现实主义小说一样,现代主义小说只注意到生活的一个方面,忽略了另外的方面,是片面的,它仅陈述一些人们说过千百次的陈词滥调,是陈腐的,因而不可取。

20世纪前期,在弗里德里希·尼采(Friedrich Nietzsche)、亨利·柏格森(Henri Bergson)等反理性主义的哲学家和弗洛伊德等非理性主义的心理学家的深刻影响下,伍尔夫等现代主义作家普遍认为外在现实和理性是生活的表象,是虚假的,只有内在精神意识和直觉才是生活的本体,才是真实的,于是便将注意力完全放在了对人们内在精神心理特别是无意识心理的揭示上,此类创作虽然在充分开启人类的精神生活领域,深刻揭示人的主观世界方面,取得了空前伟大的成就,但由于它把注意力只集中在人们的主观精神活动上,而忽略了人们的客观物质存在,同时它所着力表现的东西如人的激情、回忆、联想、无意识梦幻等都是为以前的作家和思想家所申述了无数遍的东西,都是陈言旧语,因而它的缺陷也是昭然若揭的。莱辛在"黄色笔记"和"蓝色笔记"中借安娜的创作和评论,一针见血地揭露了现代主义小说的内容偏狭、思想俗套等严重缺陷,无疑是鞭辟入里、深刻的。不过她只看到了它片面和陈俗的一面,而未看到它深刻和前卫的一面,因而不免有失公允。

第四节 探索新方法

在"自由女性""黑色笔记""红色笔记""黄色笔记"和"蓝色笔记"的前三部分中,莱辛模拟和检讨了过去的现实主义小说形式和现代主义小说形式后,在"蓝色笔记"第四部分和"金色笔记"中,尝试用一种新小说形式进行写作。

这两个部分构成了一个新的小说文本。它主要讲述了安娜与她的另一个情人索尔·格林的爱情经历。跟以前的小说比，此小说文本有以下一些显著特点：

第一，不是用一维的目光而是用多维的目光审视世界。如一方面客观地观察生活，细致地描述了索尔的现实活动和思想言行，生动地刻画了他的性格特征，另一方面深刻地透视生活，详尽地展示了安娜的情感状态和心理活动，表现了她的主观世界，如她的激情、感觉、回忆、联想、梦幻、思考等。它既反映了外在世界，又开掘了内在世界，内外兼顾，表里结合，全面深刻地展现了人生的丰富多样性和神秘性。

第二，不是用理性分析的方法而是用感性直觉的方法把握人和人的生命，从而揭示了人的复杂多样性，触及到了生动鲜活的生命本身。它塑造的人物不再是简单的、明晰的、静态的，而是复杂的、含糊的、动态的。此小说主要用两种方法绘制了两个形象：一是用讲述和描绘的方法刻画了索尔的性格，二是用展示和诉说的方式揭示了安娜的精神心理。两个形象都很复杂。如索尔的性格完全是自相矛盾的：一方面他是一个"百分之百的革命者"（金660），另一方面又"颓废得一无是处"（金626），变成了一个连自己都"讨厌"的享乐主义者；一方面放荡不羁，同时跟几个女人来往，另一方面又时时为自己的放荡行为愧疚自责；一方面是一个彻头彻尾的个人主义者，另一方面又有很强的责任感；一方面高傲自大，另一方面又低下自卑；一方面冷漠无情，另一方面又热烈多情；等等。正如安娜所说，他有多张面孔：一忽儿是一个"温柔亲切多情的男子"，一忽儿是一个"鬼鬼祟祟的狡诈诡秘的孩子"，一忽儿是一个"充满憎恨恶意的疯子"。（金626）安娜的感受和意识也十分复杂。面对索尔只图自己的快乐而不顾别人感受的自我中心主义行为，她恨得咬牙切齿，称他是"魔鬼"（金647），发誓坚决离开他；而面对他热烈和温柔多情的举动，她又爱得发狂，脑子里无时不回旋着他的身影，他每一次离开她，她都心急如焚，坐立不安，她的爱情充满了矛盾。当她内在的"激情和性爱"之"小生命"受到冷落时,她的胃会收缩,心会发痛,意识会陷于混乱无序状态,脑海里噩梦连连,她会感到极度的痛楚;而当她的"小生命"受到抚慰时,"所有的疯狂和怨恨都消失了"(金618),她会"如痴如狂"(金388),快乐无比。她的心灵一会儿焦虑、痛苦,一会儿欢快、幸福,悲喜更迭,变化无常;她的精神经常处于此种极度快乐与极度痛苦相互交织的状态,因而最终几近发疯。安娜自称她"以各种身份经历了各不相同的生活"(金639),她的大脑里"是一片混乱,一场乱糟糟的舞会"(金655)。索尔和安娜的性格不仅是矛盾复杂的,而且是动态变化的。如他们刚认识时都处于理性戒备状态,都很谨慎、矜持,都以假面具面对对方。慢慢熟识之后,看到了对方的真面目,因而都产生了既爱又恨的感情,安娜自述道:"他和我,显得很友好,我们并不仇视对方,但我们同怀一种恶意的怨恨。"(金631)最后他们从对方身上看到了自己的影子,意识到了自己以至整个人类的本性的矛盾复杂性,从而使内在精神得到了巨大提升,理解了对方,他们了解了人,了解了人性,达到了心心相印的境界。

第三,此新小说文本自然而然地打造了一个全新的人生境界,提供了一种全新的人性观念。如其所描写的生活情景既广阔又深厚,跟现实中的人生一样丰富而深刻,所描绘的形象既熟识、亲切又陌生、诡谲,跟现实中的人一样生动而神秘,正像安娜自述的:"索尔,和我,是两个行动诡秘莫测的人,两个没有名字没有个性却颇具影响的人物"(金668)。它在无形中营造了一种新的生活"秩序",提供了一种新的思想视野或者说"新的人生观",起到了重建人们的灵魂、引导人们走向新生活的"建筑师"的作用。

莱辛所试验的这种新小说形式的基本特点是:以跨越现实主义和现代主义小说形式的人为界标,将二者有机结合起来,既广泛描绘外在的大众社会活动,又充分展现内在的个体主观精神心理,生动刻画矛盾复杂、动态多变的人物形象,深刻揭示人性的丰富生动性和神秘多元性,全力打造令人耳目一新的生活境界,为人们提供一种全新的人生观念。用一个简短的术语来概括的话,可以将之称为"跨界小说"。

综上所述，莱辛的《金色笔记》既不以描述人物生活经历和刻画人物性格为中心，也不以揭示人物的内在心理活动状态为中心，而以模拟已有的各种现实主义和现代主义小说形式、分析它们的优劣成败、探索理想的小说形式为中心，换句话说，以解构旧小说形式、重构新小说形式为核心线条，它将叙写重心完全放在探讨和开发小说话语形式上，堪称开启了一条新的小说叙写线路。此后福尔斯等人进一步发展这种用小说探讨小说写作方式的理路，开发了一种新的小说类型，即元小说形式。当然站在后现代主义者的立场上，莱辛的《金色笔记》还存在着严重缺陷。它是从过去的小说形式无法表现人类生活的外在和内在的真实状态的角度质疑和解构它们的，而不是从它们能否有效组构人们的生活经验和打造令人大开眼界的现实图景的角度质疑和解构它们的；是从传统的反映论的角度思考和探索小说创作问题的，不是从当代语言符号建构论的角度思考和探索小说创作问题的。所以它所开发出的新小说形式，只是过去的两种旧小说形式的大杂烩，而不是那种完全超越了旧小说形式的新小说话语。这种越超一直到它的后继者《法国中尉的女人》《福楼拜的鹦鹉》等文本中，才得到了实现。

第十一章 论拜厄特《占有》的"策略"法

拜厄特的《占有》是西方文学界公认的经典之作。诚如美国当代著名作家约翰·厄普代克(John Updike)在《奇幻故事及叙事范型》中所说,它是当代叙事文学中"里程碑式的传奇故事"[①]。讨论它的论著不计其数,其中书写方式是学术界关注的焦点。英国学者路易莎·哈德利(Louisa Hadley)在《拜厄特的小说》中概括指出:"对于《占有》,评论界关于拜厄特属于后现代主义还是现实主义的讨论尤为突出。"[②] 有的人认为它主要是用传统的编造完整情节、塑造鲜明形象、传达人们的日常生活经验等旧书写方式写出来的,属于传统小说范畴[③];有的人认为它是用反传统的元小说、互文、戏拟、拼贴等新书写方式写出来的,属于后现代小说范畴[④]。事实上,拜厄特既未沿袭传统的现实主义和现代主义小说方式,亦未采用新兴的后现代小说方式。拜厄特自己称:"我们需要创造引发新书

[①] John Updike, "Fairy Tales and Paradigms", in Jeffery W. Hunter (ed.), *Contemporary Literary Criticism*, Vol. 312, Detroit: Gale Group, Inc., 2012, p. 132.

[②] Louisa Hadley, *The Fiction of A. S. Byatt*, London and New York: Palgrave Macmillan, 2008, p. 48.

[③] Richard Jenkyns, "Disinterring Buried Lives", *The Time Literary Supplement*, 2 March, 1990, pp. 213–214; Danny Karlin, "Prolonging Her Absence", *London Review of Books*, 8 March, 1990, pp. 17–18; Jackie Buxton, "'What Love Got To Do With It?': Postmodernism and Possession", *English Study in Canada*, 22 February, 1996, pp. 199–217.

[④] Christopher Lehmann-Haupt, "Books of the Times: When There Was Such a Thing as Romantic Love", *The New York Time Book Review*, 25 October, 1990, C24; Chris Walsh, "Postmodern Readings: Possession", in David Alsop and Chris Walsh (eds.), *The Practice of Reading: Interpreting the Novel*, London: Macmillan, 1999, pp. 164–188; Frederick M. Holmes, *The Historical Imagination: Postmodernism and the Treatment of the Past in Contemporary British Fiction*, Victoria: University of Victoria Press, 1997, pp. 11–52.

本、新风格、新读者倾向的新方式。"① 她的小说突破了过去和当下的所有方式，独辟蹊径，创建了一种独特的书写方式，即"策略"法。这在她的代表作《占有》中表现得非常明显。

第一节 "拥抱事物本身"

拜厄特既是一位杰出的小说家，也是一位著名的批评家。从20世纪60年代中期开始，她发表了《太阳的影子》（1964）、《占有》（1990）、《传记家的故事》（2000）、《孩子们的书》（2009）等十多部小说，以及《自由度》（1965）、《大脑的情感层面》（1991）、《论历史和故事》（2000）等多部批评论著。

拜厄特走上文学写作之道的20世纪60年代正是英国小说的转型期，先锋小说家们既不满意20世纪前期的现代主义，又对五六十年代勃兴一时的现实主义产生了厌倦情绪。他们艰苦探索，锐意求新，开发出了各种后现代小说形式，如非-虚构小说、新小说、反小说、元小说、互文小说，等等。

跟当时的很多后现代作家一样，拜厄特对传统的现实主义和现代主义很不以为然。1991年，她在《大脑的情感层面》中自白道："我对作为一种文学形式的小说的兴趣晚于诗歌，部分地出自对叙述方法的实践性兴趣。最早影响我的是两篇讨论小说性质的论作：一篇是艾丽丝·默多克1961年的论文《抵制干瘪》，一篇是格雷厄姆·格林讨论莫里亚克关于小说的宗教感和经验现实或非现实的关系的文章。前者抵制布莱克所称的单一视野，此视野是晶体小说或珠宝式的艺术制品和新闻报道式小说的基础。格林则提出："随着詹姆斯的死去，英国小说中的宗教感丧失殆尽，宗教感让位于以人的现实活动为重的观念，小说世界似乎失去了一个重要层面。一些如弗吉尼娅·伍尔夫女士和 E. M. 福特先生等杰出作家笔下

---

① A. S. Byatt, *On Histories and Stones: Selected Essays*, Cambridge: Harvard University Press, 2000, p. 3.

的人物类似于由纸板制成的象征物，游荡于狭窄的纸板世界中。"① 受默多克和格林的影响，她从一开始就认为现实主义和现代主义作家不是从无限丰富生动的人本身出发，而是从人们关于人的观念或者说所谓的人类本质出发去写人，所以他们笔下的人物都单一、干瘪，人为造作，虚假失真。

她认为，真正的小说不应以表现人们关于人的抽象观念、"自我一致性"或"真诚"为出发点，而应以表现具体实在的人类生命、神秘的存在方式或"坚固的真理"为出发点："对我而言它（《抵制干瘪》——引者注）类似于教义。在此'充满争议的纲领'性文章中，默多克提出当下关于人类个性本质的观点是'肤浅和无力'的。两种关于人类本性的主要观念——她将之描述为逻辑实证主义的理性观念和萨特的存在主义观念——都假定人类是'孤独的和完全自由的'、基本美德是'真诚'。我想'真诚'可以翻译为'自我一致性'或'真实对待自己'。艾丽丝·默多克看到了它的不妥当。她说，在一个过去令我振奋和现在依然震动我的句子里，我们所需要的东西是'坚固的真理观念'，那与'华而不实的真诚观念'对立的东西。'坚固的真理观念'，此短语与如下的隐喻相伴——真理就像磐石一样坚固，而真诚则像黄油一样不牢靠。在我成为作家的时代，有关世界在我的经验中的唯我论观念甚嚣尘上。我们所说和所看到的东西是我们的建构物，在人们都为此类思想所迷惑之际，我认为有必要重新思考真理的观念，思考坚固的真理及其可能性。"② 她进一步指出，所谓"坚固的真理观念"，"与弗洛伊德和弗雷泽的现实主义观念十分相似，即认定世界上有坚固的现实"和"有待我们追踪和观察的神秘的模式"。③

与当代的大部分后现代作家不同的是，她对当代文坛上盛行的以玩弄

---

① A. S. Byatt, *Passion of the Mind: Selected Writings*, New York: Vintage internationl, 1991, p. xv.
② A. S. Byatt, *Passion of the Mind: Selected Writings*, New York: Vintage International, 1991, p. 17.
③ A. S. Byatt, *Passion of the Mind: Selected Writings*, New York: Vintage International, 1991, p. 113.

语言能指和叙事为突出标志的后现代主义创作方式亦不完全赞同。2000年，她在《论历史和故事》中对新兴的新历史主义进行了尖锐揭露批判："过去十年，在对历史的形式进行严肃的审美和哲学研究之余，它设置了一系列建立在生命是文化产品之理智观念之上的思想禁忌。历史哲学家们说，我们无法知道过去——我们自以为自己确实知道的知识只是我们的需求、阅读和思想的投射物。意识形态遮蔽了人们的视听。所有的解释都是暂时的，因而任何一种解释和其他解释一样好，真理是一个无意义的概念。所有的叙事都是选择性的和扭曲的。"[1]

她认为，当下英国新生代作家的历史小说是针对上述否定历史事实的后现代历史叙事观念而发的，是一种指向真理的书写形式，代表着小说创作的未来："我认为追究那种我们在某种程度上被禁止思考的历史事实，正是为什么许多小说家采用历史小说形式的原因。正如我以前说过的，对叙事能量的新可能性的感觉是历史小说兴起的另一大缘由……然而还有一些不那么坚挺的理由，其中包括写出丰富多彩和富于隐喻的语言……致力于写作历史小说的强大冲动是人们企求写作被边缘化的、被遗忘的、未进入史册的历史事实的政治欲望。"[2]

同一年，她在小说《传记家的故事》中将后现代主义思想观念和方法比作遮蔽阳光的脏窗户："我知道脏窗户是一种关于知识的不满意状态和学术盲目性的古老的、老生常谈性的喻指。事物现在在那里，过去也在那里。一个真实的、非常脏的窗户遮住了太阳、事物本身"[3]。她义正辞严地称："我们必须拥抱事物本身"[4]。

拜厄特既不满意传统的现实主义和现代主义以表现人们关于人类本质的观念为出发点的单调干瘪的书写方式，认为它们无法展现复杂多样的人

---

[1] A. S. Byatt, *On Histories and Stones: Selected Essays*, Cambridge: Harvard University Press, 2000, pp. 10—11.

[2] A. S. Byatt, *On Histories and Stones: Selected Essays*, Cambridge: Harvard University Press, 2000, p. 11.

[3] A. S. Byatt, *The Biographer's Tale*, New York: Vintage Books, 2000, p. 4.

[4] A. S. Byatt, *The Biographer's Tale*, New York: Vintage Books, 2000, p. 4.

类生动现实，也尖锐批判后现代主义把玩语言和叙事的书写方式，认为它否定人的客观存在和真理，完全放弃了对人类本性的表现。在她看来既有的各种文学书写方式无法表现或根本不表现人的真实存在状态，离人生真理越来越远。所以她反复强调文学书写应以揭示"坚固的真理"为出发点，"拥抱事物本身"，表现人类无限丰富复杂的存在状态。如果我们要对这种以表现生活真理、回到人本身为目标的书写方式取个名字的话，我认为特里·伊格尔顿（Terry Eagleton）在《文学的事件》中推出的一个术语"策略"十分恰切。

公允地说，传统的现实主义者、现代主义者和新兴的后现代主义者并不像拜厄特所批评的那样不去探究表现真理，其实他们都在全力探究表现真理，只是他们所理解的真理与拜厄特所理解的不尽一致，所以在拜厄特看来他们未能或不探究表现真理。正像英国当代杰出批评家伊格尔顿在《文学的事件》中概括指出的，关于真理西方历史上自古以来有两种相反的理解：一种是"现实主义者"（Realists）的理解，认为真理是物质的，是事物的物质本质、普遍性、一致性，是客观实在的，在他们那里"一般或普遍范畴在某种意义上是真实的"[①]；另一种是命名主义者（Nominalists）的理解，认为真理是词语的，是人对物质存在之一致性、连续性的命名，是逻辑概念性的[②]。伊格尔顿认为，真理既不在物质中，也不在词语中，而在词语与物质的矛盾运动中。他将事物的词语层面称作结构（Structure），将物质层面称作事件（Event），真理是人们用词语概念建构物质事件和借物质事件解构词语结构的结果。他将事物的物质事件与词语结构之间永无休止的矛盾运动称作"策略"（Strategy）或"结构化"（Structuration）。他说："在'解构'术语的明确的意义中，策略或结构化的观念解构了结构和事件的二元区别——即不是废除它们之间的差

[①] Terry Eagleton, *The Event of Literature*, New York and London: Yale University Press, 2012, p. 1.

[②] Terry Eagleton, *The Event of Literature*, New York and London: Yale University Press, 2012, p. 1.

异，而是展示结构如何在保留其确定的不可否定的强大力量的同时却在不间断地拆解自己。一种策略就是这样一种结构：它依照自己不得不发挥的功能运行，被迫时时刻刻进行再整体化。"[1] 换句话说，在一个事物中结构和事件不可分离，当一连串个别、特殊、零散无序的事件被整理、组构、整体化，变成一个有序的结构之际，那些未被纳入该结构之中的冗余之物或者说事件会不断闯进结构体，扰乱它的秩序，因而结构不得不进行再整理、再组构、再整体化，以便将这些冗余物、事件纳入自己的体系中，这样便自然而然促成了新结构新秩序。然后再拆解，再重构。这种结构化或者说策略行为将周而复始、永无止境地进行下去。真理就是在结构和事件的辩证运动中形成的，是二者的矛盾混合体。文学活动说到底是人类借词语结构建构物质事件和借物质事件解构词语结构的无休的策略性言语行为："文学作品的结构化是可以回过头来反抗结构和转变它的术语的事件；而在某种程度上此类作品拥有的正是人类自由行动的形式。因而这种双向运动过程也是所谓的日常语言的真实状态，文学文本只是将发生在日常言语中的东西以更为戏剧性和具体可感的方式凸现出来而已。"[2] 文学一方面生产事物的结构，一方面又制造反抗和拆解结构的事件，因而它所打造的事物永远是二元矛盾的、动态变化的，无限丰富多样。

跟伊格尔顿一样，拜厄特既不同意以往的现实主义作家和现代主义作家们关于真理在物质中的客观论观念，因为显而易见，离开人的大脑，物质及其本质无法呈现出来，真理必然是主观的；又不同意当下的后现代主义作家关于真理是语言概念的效果的观念，因为语言概念不等于呈现在大脑中的物质及其本质，它是对呈现在大脑中的物质及其本质的概括和抽象化，是后者的虚假影子。在她看来，真理是呈现于大脑中的事物及其本质的原初形态，其中既有物或事件的成分，亦有词或结构的成分，是人的原

---

[1] Terry Eagleton, *The Event of Literature*, New York and London: Yale University Press, 2012, p. 200.

[2] Terry Eagleton, *The Event of Literature*, New York and London: Yale University Press, 2012, p. 200.

始心象或心灵世界，是形象生动的、丰富复杂的。所以她对文学书写的定位一贯是：全力探查和揭示人身上原初物与词、事件与结构、肉体与智能、本能冲动和理性控制等相反相成因素的矛盾运动状态，揭示人的生命的无限丰富复杂性。她反复强调说："我感觉到迫切需求一种充满事物的生命……我需要富有事物的生命、富有事实的生命。"[①] "弗洛伊德和弗里斯的作品写的是自我的建构，它是现代主义小说的伟大主题。我认为后现代主义作家之所以返回到历史小说是因为他们觉着需要解决写作自我的观念，觉着自我是多变的不确的，或因为这些作家们被如下观念所吸引：也许我们不再拥有一个有机的、可以找得到的、单一的自我。我们也许正是一连串分离的感觉-印象，可以想得起来的偶然事件，一个个游移不定的知识、观点、意识形态以及对世界的固定反应的片断。我们喜欢历史人物是因为他们是不可知的，仅部分地呈现于人们的想象中，因为我们发现这种被隔绝遗弃的品质是最迷人的。"[②] "我们应该做的是付出耐心，深远地思考过去的人的心灵以及现存的机体及其复杂难解的运行。"（占 135）

拜厄特在其理论名作《大脑的情感层面》中宣称："小说家们有时宣称他们的小说是一种与另外的书写作品完全分离的东西。我从来没有感受到这种分离，也不想下这种结论。"[③] 她的创作与她的理论认识完全一致。她的小说大都采用"策略"法，从始至终表现具体个人身上词与物、精神与肉体、结构与事件、理性控制与感性冲动等两个相辅相成的方面的二元矛盾，前者整合后者，后者穿越前者的辩证运动过程，借以揭示人多面生动的本性。《占有》就是典型的例子。在此小说中，她采用"腹语术"方式将真人和虚构人物、古人和现代人拼贴到一起，充分展现了人身上的词语结构和物质事件两个方面的矛盾运动过程和状态，深刻揭示了人类无限丰富复杂的本性。

[①] A. S. Byatt, *The Biographer's Tale*, New York: Vintage Books, 2000, pp. 6-7.

[②] A. S. Byatt, *On Histories and Stones: Selected Essays*, Cambridge: Harvard University Press, 2000, p. 31.

[③] A. S. Byatt, *Passion of the Mind: Selected Writings*, New York: Vintage International, 1991, p. xiii.

第二节 聚焦于矛盾变化的历史人物

拜厄特在《论历史和故事》中明确指出，当前风行于英国文坛的历史小说都是用聆听历史人物的声音、复活他们的灵魂的"腹语术"方式写成的："福尔斯在《蛆虫》中运用腹语术持续不断地重建十八世纪的声音、词汇、大脑习惯，对此我前面已讨论过了。而在彼得·阿克罗依德那里，作品存在的理由就是非常实际地关注死人之精神灵魂的复活——就像在《狄博士的房屋》中那样。他的小说完全是鬼怪神秘的，在那里危险的死人塑造了活人的生命。"① 她自己的小说也以已故的历史人物的精神灵魂为关注和表现对象："在阿克罗依德笔下——同时也在我自己笔下，鬼故事文类是表现读者和作者之关系、死人的生动词语和他们精神灵魂的现代招魂咒语之关系的具体形式。"② 她后期的小说多以历史上特别是维多利亚时代著名人物之人生追求和精神矛盾为表现对象，如《婚约天使》以维多利亚著名诗人阿尔弗雷德·丁尼生（Alfred Tennyson）对友情的追求、其妹妹艾米丽·丁尼生（Emily Tennyson）对爱情的追求和他们兄妹二人的精神矛盾状态为表现对象，《传记家的故事》以十八九世纪著名生物分类学家卡尔·冯·林奈（Carl von Linné）、社会统计学家弗朗西斯·高尔顿（Francis Galton）、戏剧家亨利克·易卜生（Henrik Ibsen）等对知识的探索以及他们在追求知识和真知的过程中实证和幻想之二元矛盾状态为表现对象，等等。《占有》不例外，以维多利亚时代著名诗人罗伯特·布朗宁（Robert Browning）和伊丽莎白·芭蕾特（Elizabeth Barrett）对人生幸福的追求以及他们既理性克制又感性冲动的精神矛盾状态为表现对象。

众所周知，维多利亚时代是一个十分理性封闭的时代。此时代正像历

---

① A. S. Byatt, *On Histories and Stories: Selected Essays*, Cambridge: Harvard University Press, 2000, p. 43.

② A. S. Byatt, *On Histories and Stories: Selected Essays*, Cambridge: Harvard University Press, 2000, p. 43.

史学家 G. L. 斯特雷奇（G. L. Strachey）所言，"18 世纪的最后痕迹都消失不见，玩世与诡谲都被粉碎了，义务、勤勉、德行、伦常取代了它们"①。拜厄特也称，此时期人们"一直都承受着一种表里不一的僵化。"（占 219）在此理性僵化的时代，人们的肉体、欲望、自然冲动、情感差不多完全被冻结。很多人不是依照自己的心性行事，而是按社会风尚、习俗和规范行事，追求大众崇尚的东西，漠视个人的生命欲求和情趣，处于高度结构性状态中。著名诗人布朗宁就是典型的例子。他早年附庸时尚，将精力全集中在诗歌的创作和出版上，压抑个体生命欲求，直到三十三岁还处于无情无欲的独身状态。1844 年，芭蕾特的诗集《诗歌》出版，取得巨大成功。芭蕾特在诗集中用赞赏口吻提到了布朗宁。布朗宁读完诗集后，于 1845 年 1 月给她写了一封信，表达了对其诗歌的由衷喜欢和欣赏。之后，1845 年 5 月，在朋友凯尼恩的安排下，布朗宁拜访了女诗人。见到她后，他深深为芭蕾特的气质和才情所吸引，产生了巨大激情，于是抛开以前的理性自制方式，按心性行事，狂热追求她，从而开启了一次惊天动地的浪漫爱情旅程。此时芭蕾特已三十九岁，比布朗宁大六岁，同时身患多种重病，体质很差，布朗宁一点不在乎，他坚定不移地追求她，最后终于克服了种种障碍，赢得她的爱，与她结合，告别了以前冰冷孤寂的单身生活，过上了火热温暖的家庭生活。

与布朗宁一样，芭蕾特早年遵从父亲不许婚嫁的禁令，一直留守在家里。与布朗宁相遇后，为后者所深深吸引，决定以身相许。她的爱情之途荆棘密布，困难重重：第一，父亲定下不准出嫁的规矩；第二，父亲是个大富豪，而布朗宁的父亲是个中层公职人员，两家的阶级差别很大；第三，周围的亲戚朋友们的偏见很深，都认为布朗宁追求她别有用心，是为了谋取她们家的财产。芭蕾特深信布朗宁的真情和坦荡，坚定不移地站在布朗宁一边。1846 年 9 月，她背着父亲与布朗宁私订终身。之后，她听

---

① ［英］G. L. 斯特雷奇：《维多利亚女王——"日不落帝国"缔造者的一生》，罗卫平译，贵州人民出版社 2004 年版，第 100 页。

从丈夫的建议,离开英国,移居意大利,至死未归。虽然因父亲的阻挠,没有一个亲人前来参加他们的婚礼,虽然父亲剥夺了她的财产继承权,并至死没有原谅她,但她从来没有后悔过自己的选择,也没有动摇过对布朗宁的信心和挚爱。

在这样一个极度物质、世俗、势利、理性、保守的时代,布朗宁和芭蕾特能从个人心性和激情出发,一举突破各种社会文化框框,穿越以前被高度社会化的自我,走向了无任何规矩和限制的天然的自我,无疑属于大胆疯狂、落拓不羁之奇人行列,这也正是他们的浪漫人生变成历史上广为流传的传奇故事的原因。他们的经历和精神状态正说明人类本性的矛盾复杂性:作为理性动物,人身上无不具有文化、社会、词语、结构和自然、个人、肉体、事件两个相对的方面,它们之间无不是二元矛盾的,即前一个方面规导整合后一个方面,后一个方面冲刺颠覆前一个方面,人永远处于从一种状态到另一种状态的动态变化过程中,是矛盾多变的。拜厄特从其独特的结构－事件矛盾论人性观出发,深刻意识到两位诗人身上深厚的人性本色,因而在《占有》中以他们的经历和性格作为人类本性的标本,刻意加以放大,给予戏剧化表现。

第三节 塑造丰富复杂的文学形象

虽然拜厄特后期的小说大多采用"腹语术"方式,着力复活前人特别是维多利亚人的精神灵魂,但每个作品重现历史人物心灵的方式各不相同。如《婚约天使》和《传记家的故事》,是用直接方式表现维多利亚知识分子的人生追求和精神状态的。前作由作者出面直接呈现了丁尼生和妹妹艾米丽的生活和心性,后作由作品人物出面直接呈现了十八九世纪的科学家、社会学家、作家的知识追求和心智。而《占有》是用间接方式表现历史人物的生活和心灵的。在此作中,拜厄特借塑造文学仿像艾什和兰蒙特、罗兰和莫德、雷蒙丁和梅卢西娜等,间接表现了两位历史人物布朗宁和芭蕾特的精神灵魂,揭示了人的本性。

西方学者黛博拉·德内霍尔兹·莫尔斯（Deborah Denenholz Morse）在《跨越界限》一作中明确指出："维多利亚诗人鲁道夫·亨利·艾什反过来与罗伯特·布朗宁十分相像……艾什是那个时代的伟大诗人之一，一个引人注目的戏剧独白的作者，通过与克里斯塔贝尔·兰蒙特的书信交流陷入爱情漩涡中，正像通过情书交流与伊丽莎白·芭蕾特相爱的布朗宁一样。"①

《占有》的节点是维多利亚时代的两个诗人艾什和兰蒙特的生活经历和精神状态。两个人物身上不仅都有理性控制和本能冲动，或者说结构性和事件性两个方面，而且都经历了从结构性到事件性，再到结构性的矛盾变化过程，都极其丰富复杂。

跟布朗宁一样，艾什早年的自我完全是由文学话语建构的。他小的时候对浪漫诗歌十分着迷，在如饥似渴地阅读古今充满浪漫传奇色彩的诗歌的过程中，被其中的浪漫爱情模式潜移默化。早年他的爱情生活完全是由弗朗西斯科·彼特拉克（Francesco Petrarca）和但丁诗歌中所描绘的精神恋爱图式所规导的。十九岁时，他看上了一个比他大两岁的漂亮女孩爱伦。他将自己对爱伦的爱比作但丁对贝雅特丽斯、彼特拉克对劳拉的爱，是一种高雅圣洁的"柏拉图式"爱情（占141）。他向她求爱遭到婉言拒绝后，并没有气馁。但丁曾对平生只见过两次的美貌少女贝雅特丽斯献出了全部的热情。跟他的偶像但丁一样，艾什也始终不渝地守候在爱伦身旁，"希望赢得她的芳心"（占143）。为了得到她的爱，他足足等了十五年。后来妹妹出嫁，爱伦无法再在娘家待下去，才答应了他的求婚，不过婚后因为反感男欢女爱行为，一直拒绝与他同床。尽管如此，由于艾什一贯十分认同柏拉图式的精神恋爱方式，所以不认为妻子的举动有什么不对，始终尊重妻子，对之相敬若宾，"四十年来没发过脾气"（占568），因而被布列克艾德教授称作"模范丈夫"（占9）。

---

① Deborah Denenholz Morse, "Crossing Boundaries: The Female Artist and Sacred Word in A. S. Byatt's Possession", in Jeffrey W. Hunter etc. (eds.), *Contemporary Literary Criticism*, Vol. 223, Farmington Hills: Thomson Gale, 2006, p. 68.

1856年6月，艾什和女诗人兰蒙特在一个晚会上偶然相遇，对之产生了一种无法扼制的迷恋之情，此情彻底内爆了过去辖制他的僵死的柏拉图式精神恋爱图式，使他首次体味到了发自内心深处的原生态的爱情的魅力，心底爆发出了前所未有的热情。他倾慕她的浪漫气质，欣赏她的"才气"（占111），激情迸发，无法自已，结果将妻子完全抛到脑后。与兰蒙特讨论生活、信仰问题，交换关于想象、神话和浪漫故事的看法，交流诗歌创作经验，吐诉羡慕之情。艾什对她似乎有说不完的话。他们开初采用通信方式，后来直接见面约会，最后情不自禁地结伴到外地旅行，幽会同居。由此，艾什便从以前的温文尔雅的谦谦君子骤然变成一个疯狂放荡的登徒子。

　　兰蒙特早年也是一个与世隔绝的"宅女"。受父亲理想主义观念的影响，她早年追求独身主义生活境界。与父母住在一起，二十八岁从姨母那里继承了一笔遗产，在里奇蒙买了一幢房舍，离开父母独处。为了排解孤寂感，她约好友布兰奇·格格弗小姐同住。布兰奇也独往独来，身边没有朋友。两个孤独的女孩聚到一起，各自从对方那里得到很大慰藉。最后发展成互相依赖、相依为命的关系。

　　与艾什邂逅相遇后，兰蒙特被后者深深吸引。她十分欣赏艾什的"光辉和才华"（占111），迷恋他的热情和气度，最后情不自禁地陷入恋情中，离经叛道，不仅突破了独身主义的藩篱，而且挣脱了传统道德的束缚，与有妇之夫艾什谈情说爱、约会，最后结伴旅行。从一个孤居独处、与世隔绝的无欲淑女变成了一个落拓不羁、我行我素的浪漫女性。

　　兰蒙特旅行归来，知道女友布兰奇因无法忍受与她分离的孤独生活而跳河自尽的消息后，悔恨不已，加上无法承受外界的巨大压力，最终不得不忍痛离开艾什，偷偷隐居起来，苟延生命。失去兰蒙特后，艾什也万念俱灰，在追思、沉闷、压抑中虚度余生。两人又从冲动、无序、生动的事件状态回返到控制、有序、僵死的结构状态。

　　《占有》在展现艾什和兰蒙特的生活历程和精神状态的同时，还展现了另外两对人物的个性状态：一对是复活艾什和兰蒙特的当代人物罗兰·

米歇尔和莫德·贝利；另一对是由艾什和兰蒙特的诗作复活的古代人物雷蒙丁和梅卢西娜。

罗兰和莫德处于"由叙述理论主导的时代"（占166）。此时代，思想理论大于直觉经验，人们普遍依理论概念行事，精神个性在很大程度上是理论游戏式的，是结构性的。罗兰就是典型的例证。他的自我最早是由弗洛伊德的力比多学说打造成的。他上大学的时候，弗洛伊德理论颇为风行，人们将爱情与力比多的释放等而视之，普遍追求性解放，试婚同居成为时尚。周围的同学都成双成对，罗兰也不甘落后。他在一次同学聚会中认识了孤寂的女孩瓦尔后，很快与后者住到一起。上学期间，他们相互陪伴，互相安慰。大学毕业后，他们依然同吃同住，相互依赖。他将她当作泄欲工具和物质资源的提供者，而他也是她取乐和解闷的对象。随着时间的推移，两人之间的分歧越来越大，经常吵架，都将对方当成包袱。"罗兰暗暗巴望着，哪天会出现个银行家邀她共进晚餐，又或是来个暧昧的律师，带着她上花花公子俱乐部去开开眼界"（占16—17）。而在罗兰离开伦敦去外地调研的那段时间，瓦尔也感到很轻松，因为她可以自由自在地去找别的男人。

有一次，罗兰到大英图书馆帮导师查阅资料，意外发现了艾什没有投递出去的两封情书。经过初步调查，罗兰感觉到艾什的那两封信可能是写给兰蒙特的。为了进一步查明艾什与兰蒙特的关系，他去拜访兰蒙特研究专家莫德。后者冰清玉洁的高雅气质深深吸引住了他，激发出了他内心深处的生命热情。随后他斩断了与瓦尔之间只有肉欲没有热情的同居关系，将注意力完全转移到莫德身上。罗兰热切关注她，默默追随她，温情陪伴她，最后终于赢得了后者的爱，与她结成热烈、真挚的情侣关系，从而找回了真正的自我，过上了自己想要的生活。

莫德的个性也十分丰富多样。受女性主义理论的影响，她最早将男女关系与性别政治联系在一起，对男性中心主义思想行为十分敏感。有一次她与男友弗格斯·沃尔夫做爱，后者得意洋洋地炫耀他的阴茎和性技巧，她立刻将之与"菲勒斯"中心主义联系起来，不仅将他看作大男子主义者，并由此对所有的男性都产生了厌恶情绪，认为男人都是性压迫者，是女人的天然宿敌。于是不仅与沃尔夫断绝了关系，而且拒绝跟任何男人交往，只跟女性交朋友。莫德之后与美国的兰蒙特研究专家莉奥诺拉·斯特恩结成女同性恋关系。与后者交往不久，她发现莉奥诺拉同样具有强烈的性侵犯和性压迫倾向，于是拒绝与所有的人进行情感交流，将自己完全封闭起来。直到她与罗兰相识后，这种状况才得到改变。

为了弄清楚维多利亚女诗人兰蒙特和男诗人艾什是否有私情，莫德参与到罗兰的研究项目中。在与后者的合作过程中，她发现罗兰与前男友沃尔夫大不一样。沃尔夫张扬、强势、霸道、自以为是，是典型的大男子作风，她跟他在一起感到十分别扭；而罗兰低调、谦和、多情、真诚、尊重人、细腻、温馨，身上没有一点大男子主义味道，她跟他在一起感到很轻松舒畅。莫德由此逐渐消除了对男人的偏见和戒心，畅开心房，与罗兰自由交往。后来她慢慢喜欢上了罗兰，主动与之约会，结伴出游，旅行同居，从以前的封闭冷漠之人变成开放热情之人。

如果说当代学者罗兰和莫德二人的个性经历了从理论化向实践性转变的动态变化过程的话，那么远古传奇人物雷蒙丁和梅卢西娜的个性则经历了从程式化到无序性的矛盾转变过程。梅卢西娜原是天国吕姬娘的女王，死后变为精灵，加入仙怪行列。梅卢西娜的生命和生活最早跟周围的仙怪没有什么区别，完全是大众性、程式化的。大千宇宙是由"隐形和有形"两类存在体构成的，仙怪是"隐形"之物，它们"永远不为我们所见"（占383），处于虚无空幻之环境，只有虚影，没有身体和灵魂，生活空洞无聊。梅卢西娜就属于这类肉眼看不到的"隐形"之物，游荡于上不着天、下不触地的半空世界，只有生命之影子，没有生命之实质，生活虚无机械，沉闷乏味。

使梅卢西娜摆脱程式化的仙怪生活、步入随心所欲的新生活境界的动因和力量，是她强烈要求转换身份的求变欲望。跟其他的仙怪一样，她"渴求人类的灵魂"，"渴求围炉的稳定"的家庭生活。（占386）这位极度渴求人类生命和家庭生活的女仙，在一个日薄西山的黄昏，在高山悬崖边，与刚征战归来的骑士雷蒙丁相遇。二人一见钟情，炽烈相爱，结为夫妻。从此，梅卢西娜结束了在天与地之间四处游荡的生活，过上了脚踏实地的人类家庭生活。生儿育女，相夫教子，从一个只有形式没有内容的空灵女仙，变成一个有血有肉的实实在在的人间女子。

雷蒙丁是中世纪的一位骑士。他遵循社会成规，按骑士道行事，大部分时间是在征战打斗中度过的。在新近的一场打斗中，他违心地杀死了"最亲切最和蔼最美好"的亲属和君主艾梅礼，感到十分懊恼。懊恼之余，他对人生产生了一种深重的空洞虚无感。"他骑马越过荒原/恐惧紧随其后，空无展现在眼前"（占387），"他继续乘马前行，既不看左，亦不望右/一切黯无光彩"（占388）。

在雷蒙丁打斗归来、对征战斗争的程式化生活极度厌倦之际，他听到了高山大谷中十分动听的神仙音乐，看到了悬崖峭壁上美丽绝伦的女仙梅卢西娜，眼前豁然一亮，心潮澎湃，精神振奋，瞬间为女仙所吸引，心迷神醉，"晕眩魂飞"（394），陷入对她的热烈爱恋中。于是他抛开骑士道，摒弃以前的打斗生活，向女仙求爱，娶她为妻，结束了过去东奔西跑的征战人生，过上了安定甜蜜的恩爱夫妻生活，由一个舞枪弄剑的武士变成一个温情体贴的"暖男"。

两人结婚后，勤劳持家，生儿育女。这种生活日复一日，机械重复，时间一长，慢慢失却了新鲜感，两人之间的热情也逐步淡化消失。于是雷蒙丁不再严肃对待自己婚前承诺不过问妻子隐私的誓约。一个星期六的晚上，他按捺不住好奇心，偷偷探查妻子的行踪，结果发现澡堂里的妻子上半身是人体，下半身是蛇体。他颇为震惊，悔恨娶了一条蛇妖。而梅卢西娜则因丈夫不守约而十分恼怒，愤然离开雷蒙丁，返回天界，重归仙女行列。

在拜厄特笔下，历史人物布朗宁和芭蕾特的三对文学仿像雷蒙丁和梅卢西娜、艾什与兰蒙特、罗兰与莫德虽然各自所处的时代不同（第一对处于远古，第二对处于现代，第三对处于当代），精神风貌也大为相异（第一对是幻想性的，第二对是现实性的，第三对是理论性的），但其精神心灵机制完全一致：他们身上都有大脑和肉体、文化和自然、词语和物质、结构和事件、能指和所指、理性和冲动等两个相反的方面，两个方面永远处于一方压制、一方反击的矛盾运动状态，因而他们的精神心灵永远是二元矛盾的、动态变化的。由此而言，人类的本性必然是无限矛盾复杂的。这样，作品借间接复现历史人物布朗宁和芭蕾特的精神灵魂，充分展现了人性的丰富生动性，深刻揭示了人类生命的原始本真状态。

第四节 "策略"法的特性

常言道："文学是人学。"人是人类文学的永恒主题。就人物性格的状态看，在传统作品中他大半是统一的或矛盾统一的。如在莎士比亚笔下，人物大部分或美或丑，或高贵或低贱，或善或恶，或智慧或愚蠢，或积极或消极，或乐观或悲观，或强大或无力等，是完全统一的。在陀斯妥耶夫斯基的作品中，人物大部分开始善恶参半、矛盾痛苦，最后弃恶从善、统一宁静，是矛盾统一的。现当代作品中的人物形象大多数是矛盾开裂的。如伍尔夫小说中的人物多处于意识和无意识两种精神因素矛盾运动的半清醒半迷乱状态；多丽丝·莱辛笔下，每个人物都有几张不同的面孔或几个不同的自我，它们相互冲突斗争，因而人物永远处于痛苦不安的状态。

而拜厄特笔下的人物一方面与传统作品中完全静态统一的性格不同，她笔下的人物整体上是动态变化的、矛盾的，如艾什经历了从最早的理智型到后来的激情型，再到最后的理智型的变化过程，是矛盾的、开裂的；另一方面与现当代作品中完全矛盾开裂的性格不同，她笔下的人物虽然整体是矛盾开裂的，但局部是统一的，仍以艾什为例，他早期是理智型的谦谦君子，中期是激情性的登徒子，后期是抑郁的老者，其每个阶段的性格是统一的。拜厄特笔下人物性格的这种别具一格的独特风貌，根本上基于其独特的"策略"法：由于她始终以表现人物身上两个相反的方面的矛盾运动，特别是自然、肉体、事件、冲动或激情的一面穿越和改变文化、词语、结构、自制或理智的一面为重心，因而她笔下的人物自然是二元互补的、矛盾变化的，是既矛盾开裂又辩证统一的，或者说整体是矛盾开裂的，局部是辩证统一的。

而她的"策略"法的独特性表现在两个方面。在写作理念上，既继承了传统的现实主义和现代主义作家追求真理的精神，又否定了他们关于真理在物质世界中的观念；既吸收了后现代主义者关于真理在物质世界的表现形态中的观念，又否定了他们关于真理是词语概念的效果的理论。她明确提出了一种新理念，即真理在词与物的矛盾运动中，是它们的辩证统一体，是呈现于人类大脑中的物质世界的初始状态，文学的目标就是揭示这种集词与物为一体的"坚固的真理""拥抱事物本身"。具体到人物性格描绘上，即是充分展现人身上词和物或者说结构和事件二元矛盾，前者不断整合后者、后者不断冲刺和改变前者的辩证运动过程，揭示人类作为语言动物的无限丰富复杂的自然本性。在写作方式上，既突破了传统的现实主义或现代主义小说以一个或几个相互关联的完整有序的情节事件、人物性格、心理状态或生活场景为线索组构作品材料的有机统一形式，也未采用后现代主义的零散的、碎片化的、马赛克的、拼盘式的杂乱无序形式，而是采用既零碎多样又完整统一的"腹语术"形式。就微观细节而言，它将真实的历史人物和虚构的文学形象混为一体，将各种毫无关系的千差万别的人物事件糅合到一起，是零散无序的。以《占有》为例，作品中既有历史人物布朗宁与芭蕾特，又有文学仿像雷蒙丁与梅卢西娜、艾什与兰蒙特、罗兰与莫德等，而且这些文学仿像分别处于完全不同的时空中，五花八门。就宏观框架看，其中的真人及其各类文学仿像被精巧地组织到一个有序的架构中，用来证明同一种人生道理，无疑是高度完整统一的。再以《占有》为例，作品由作者引出罗兰和莫德，由罗兰和莫德引出艾什和兰蒙特，再由艾什和兰蒙特引出雷蒙丁和梅卢西娜，其结构是一环扣一环的，层层递进，浑然一体，作者借此种层递式重复结构一而再再而三地呈现了人的精神灵魂的矛盾复杂性，深刻揭示了人的自然本性，精妙绝伦。拜厄特的"策略"法无论在写作理论的层面还是写作方式的层面，都与过去的文学书写方式如现实主义、现代主义、后现代主义等大相径庭，是一种独树一帜的书写方式，很值得我们深入开发研究和吸收借鉴。

第四部分

文学重建——解构和重构叙写方式

第十二章 论福尔斯《法国中尉的女人》的元小说和互文性

美国著名的后现代小说家和小说评论家约翰·巴思（John Barth）在《补充性的文学：后现代小说》中开列了一份西方后现代小说家的名单，其中美国9位，欧洲4位，英国1位。英国的这位小说家就是约翰·福尔斯。① 虽然巴思关于英国后现代小说的看法很值得商讨——事实上，英国后现代小说远比巴思所描绘的繁荣——但他对福尔斯的评价却很准确：毫无疑问，福尔斯是英国当代最早、最有代表性的后现代小说家。

唯其被视作英国后现代小说家的领头羊，福尔斯的代表作《法国中尉的女人》便自然而然被人们当成英国后现代小说的样板。它的后现代性到底表现在什么地方？1979年，巴思在《补充性的文学：后现代小说》中最早对后现代小说的属性做了如下明确阐述：后现代小说是对过去的现实主义和现代主义小说形式的综合，是它们的集成物、糅合体，是内在矛盾的、开裂的、碎片性的、模糊多义的。② 之后西方的批评家在阐释《法国中尉的女人》的后现代性时，大多沿袭了这种观点。如1984年菲力普·柯亨（Philip Cohen）指出："福尔斯既未将维多利亚文学传统当作福音，也未将现代文学传统当作福音，而是将两者混合起来组构了新的后现代主义传统。《法国中尉的女人》运用了如下一些二元冲突叙事技巧：如天真的现实主义与反现实主义、线形情节与碎片化情节或无情节、全知和介入

---

① John Barth, "The Literature of Replenishment: Postmodernist Fiction", *The Atlantic Monthly*, No. 1 (1980), p. 66.
② John Barth, "The Literature of Replenishment: Postmodernist Fiction", *The Atlantic Monthly*, No. 1 (1980).

式叙述与作者不介入叙述等。"① 1996年苏珊娜·奥涅加（Susana Onega）称："在传达他既不牺牲理性和经典现实主义的人本主义价值，又着力革新小说形式之创作思路的过程中，福尔斯在现代主义的'形式诉求'和对讲述故事等传统叙事品味的渴望之间，表现出了颇具特色的犹豫不定性，哈琴以及巴思、洛奇等将此矛盾中介性称作当代小说的基本特性。"②《法国中尉的女人》的后现代性是否真的就像上述评论家们异口同声地指出的，主要表现在对以往各种小说形式的综合、杂糅、兼收并蓄上？下面让我们从《法国中尉的女人》的创作过程和叙写方式出发，对它的后现代性做具体的分析考察。

第一节 解构传统

福尔斯的《法国中尉的女人》创作于一个特殊的时代，即西方社会从现代向后现代转变的时代。此时代，用福尔斯本人的话说，是"罗伯-格里耶和罗兰·巴尔特的时代"（法82）。以罗伯-格利耶为代表的法国新小说作家彻底摒弃了传统小说家以真实反映外在现实生活或表现内在精神心理状态为出发点的创作倾向，着力"从乌有出发""创造一个世界"③；摒弃了传统小说用塑造统一的人物形象和陈述完整有序的故事情节的方式建构狭隘机械的意义世界的叙写模式，着力用具体独特的语言话语描绘气象万千、变化无穷的现实实体。

在法国结构主义和后结构主义的文学理论观念和新小说派的创作实践影响下，欧美很多小说家走上了激烈反传统的后现代主义文学道路，英国小说家约翰·福尔斯就是其中之一。福尔斯1926年生于英国东南部艾塞

---

① Philip Cohen, "Postmodernist Technique in The French Lieutenant's Woman", *Western Humanities Review*, Vol. 38, No. 2 (1984), p. 149.

② Susana Onega, "Self, World, and Art in the Fiction of John Fowles", *Twentieth Century Literature*, Vol. 42, No. 1 (1996), p. 37.

③ [法]阿兰·罗伯-格里耶：《快照集 为了一种新小说》，余中先译，湖南美术出版社2001年版，第112页。

克斯郡的一个海滨小镇。从13岁到18岁在英国著名的贝德弗德学校读书。1945年至1947年参军服兵役。1947年至1950年进牛津大学,读法国语言文学专业,在那里他阅读了大量法国哲学和文学作品,特别是当代先锋思想家兼作家加缪、萨特、罗伯-格里耶等人的作品。他们的作品不仅激发了他的创作热情,而且还为他启示了一条全新的创作线路。自上大学之后,他一边如饥似渴地阅读法国现当代作家的作品,一边模仿他们进行新小说和诗歌形式实验。

1976年福尔斯在与詹姆斯·坎贝尔（James Campbell）的访谈中,明确宣称他受到了法国当代先锋作家的深刻影响:"当然法国作家加缪和萨特给我留下了很深印象,还有纪德,虽然我背离了他。我喜欢罗伯-格里耶,他是新小说的主要代表。《嫉妒》尤其棒,我认为它事实上是最棒的。"[1]正是在这些法国当代先锋作家的深刻影响和启迪下,他对已有的现实主义和现代主义小说形式产生了不满情绪,从而将注意力转向对新小说形式的全面探索和开发上。他认为现实主义小说过于保守平板:"英国小说的一大缺陷就是所有作家在大部分情况下都写得极其平稳。尤其是那些年轻作家。我在当代的这些年轻作家中看到了一种悲哀的状况,即他们找到某些大人物——如格雷姆·格林或E. M. 福斯特——然后试图通过模仿他们进行创作。"[2]在他看来现代主义小说不够自然:"我认为对小说家而言,必须有一种能写出自然的文体的天赋。发明一种不自然的文体不是一件好事。如果我用开裂-跳跃、速写、暗示的方式写作,即用我们在普鲁斯特或乔伊斯那里看到的方式写作,在过去是可行的,但现在我如果采用它,那么用存在主义的术语说,那将是不真实的。"[3]他认为真正的小说家应勇于探索、勇于创新:"我认为写作必须得冒险,必须孤注一掷,

---

[1] James Campbell and John Fowles, "An Interview with John Fowles", *Contemporary Literature*, Vol. 17, No. 4 (1976), p. 459.

[2] James Campbell and John Fowles, "An Interview with John Fowles", *Contemporary Literature*, Vol. 17, No. 4 (1976), p. 458.

[3] James Campbell and John Fowles, "An Interview with John Fowles", *Contemporary Literature*, Vol. 17, No. 4 (1976), pp. 459-460.

即使在以后的人生中你会说我赌错了马,那也没关系。"① 而真正的小说既不是现实世界的摹本,也不是作者的附庸品,而是一种创造性形式:"……小说家的写作,可以有无数各不相同的原因……对所有的作家都适用的理由只有一个:我们希望创造出尽可能真实的世界,但不是现实生活中的那个世界,也不是过去的现实生活中曾经存在的那个世界……一个真诚创造出来的世界应该是独立于其创造者之外的"(法 82—83),是一个由语言符号建构起来的世界。真正的小说形式是语言建构性的,如像"那种由加缪和萨特创作的形式——类似于新小说的形式——我认为用英语写不出那样的东西,那是一种出自语言肌质的东西"②。福尔斯在理论上坚信加缪、萨特、罗伯-格里耶等人以"语言肌质"为本的建构性小说代表着人类小说的未来,小说在根本上基于语言肌质,是话语文本性的。他在力作《法国中尉的女人》中完全贯彻了他的这种语言话语建构论小说理念。

第二节 互文性

在谈到《法国中尉的女人》的构成时,福尔斯曾宣称:"我开始并不是将它当作历史小说写的,我转向历史的缘由在于我平生收藏了大量维多利亚时代的书籍。虽然我对该时代研究不深,但是我确实知道维多利亚人生活的很多细枝末节,那是因为我在不经意中搜集了无数维多利亚书本。所以我虽然未做很多调研工作,但依然拥有那本由罗伊斯顿·派克所写的非常有用的书,即维多利亚黄金时代的人文文档,在我看来它是关于十九世纪的资料文集中最好的一种。我引用得很多的另一种文献是《重拳出击》。《重拳出击》是维多利亚时代的一种伟大的杂志,它给你准备了一

---

① James Campbell and John Fowles, "An Interview with John Fowles", *Contemporary Literature*, Vol. 17, No. 4 (1976), p. 458.
② James Campbell and John Fowles, "An Interview with John Fowles", *Contemporary Literature*, Vol. 17, No. 4 (1976), p. 466.

切：从中你可以得到食物和衣着的细节，以及很多对话。"① 从福尔斯的这一段自白中我们可以明显看到，《法国中尉的女人》的形成，从一开始就不是基于福尔斯对自己的生活经历经验的表现，而是基于他对维多利亚时代的各种话语文本的借用和重构，作品之根基显而易见不是作者的现实经历经验，而是维多利亚人留下的各种书籍文献，它在根本上不是感受经验性的，而是话语文本性的。

而进入作品之后，《法国中尉的女人》的这种话语文本性则表现得更为明显。作品开宗明义的第一句话不是出自福尔斯，而是出自马克思，是马克思的论著《犹太人问题》中的一段言论："任何一种解放都是把人的世界和人的关系还给人自己。"（法扉页）《法国中尉的女人》不仅在文本首页借用十九世纪的思想话语作为总题铭，而且还在每一章的章首中引用了十九世纪的诗歌、散文报道、哲学、科学、社会学等各类话语文本作为篇章题铭。全书 61 章，有 80 段题铭。有的章节前面只有一段题铭，有的有两段。它们全都是从维多利亚时代的话语文本中挪用过来的。其中从诗歌中摘录了 50 段，大部分出自丁尼生、亚瑟·休·克勒夫（Arthur Hugh Clough）、托马斯·哈代（Thomas Hardy）、马修·阿诺德（Matthew Arnold）等人的诗作。从科学、人文社会科学著作、散文报道及小说中摘录了 30 段，其中有三分之一出自马克思、查尔斯·达尔文（Charles Darwin）的著作和简·奥斯汀（Jane Austen）的小说《劝导》。

这些题铭大多是用来阐明全作或各章的题旨的，是作品的画龙点睛之笔。如福尔斯借用马克思的话语"任何一种解放都是把人的世界和人的关系还给人自己"作为总题铭，阐明整部作品的题旨，来提示读者此作品所要探讨的问题是人如何得到真正的自由的问题，它与作品中所写的主人公查尔斯和萨拉不懈追求自己的存在和自由之内容相得益彰。篇章题铭则是用来阐明各章的题旨的。如第一章中，福尔斯引用哈代诗作《谜》中所呈现的一个孤独之人站在海边远望的意象，来印证该章正文中写到的萨拉子

---

① James Campbell and John Fowles, "An Interview with John Fowles", *Contemporary Literature*, Vol. 17, No. 4 (1976), p. 464.

身孤影、伫立在海边翘首远望的情境,它大大加强了我们对萨拉这一类我行我素的自由存在者的孤独和脱俗状态的印象。

除了篇首和各章首的题铭外,《法国中尉的女人》还包括61章长篇正文。其中有很多文字是描绘维多利亚时代风貌的。表面看来,它们是由福尔斯创造出来的,是感受经验性的,可事实上正像福尔斯本人自白的,它们大都出自维多利亚时代的书籍文档,多是在重复、重写、借鉴、模仿、挪用已有的话语文本基础上形成的,因而说到底仍是话语文本性的。第49章中对维多利亚时代精神的描绘很有代表性。在此章中福尔斯首先对当时的时代风貌进行了概括性的陈述:

> 每一个维多利亚时代人的思想都有两重性,这是我们在回顾十九世纪的情况时必须随身携带的重要装备。这个两重性其实是一种人格分裂症……它还表现在自由与控制、过激与中庸、礼仪与信仰、原则性强的人呼吁普及教育与对普及选举权的恐惧等等对立面之间永无休止的拉锯战……(法317)

他在陈述的同时还对之做了说明:"我认为了解那一时代的最佳指南可能是《化身博士》。在其后面部分的假哥特式描写背后,隐藏着揭示当时那个时代的深刻真理。"(法317)从这段说明中我们可以明显看到,福尔斯对维多利亚时代精神的陈述完全是在参照和借鉴英国19世纪小说家罗伯特·斯蒂文森(Robert Stevenson)的小说《化身博士》等的基础上完成的,是对前人的话语的重述。

《法国中尉的女人》的61章正文主要表现了主人公查尔斯追求自由,寻找他自身的真实存在和本我的过程。为了表现此核心主题,作者刻意安排了两个相反的角色:查尔斯的未婚妻欧内斯蒂娜和一个神秘的女子萨拉。前者高贵、理性、矜持、虚荣、做作、势利,是维多利亚时代社会习俗的集中代表,她与查尔斯身上由周围社会环境施加于他的非本真的自我不谋而合,所以查尔斯曾一度钟情于她,与之订下了婚约;而后者卑贱、狂放、率性、自然、真诚、无所顾忌、为所欲为,是维多利亚时代社会习俗的激烈反叛者的代表,她与查尔斯身上出自本我的自然欲求完全同构,所以查尔斯后来为她所深深吸引，最后不由自主地拒绝了能给他带来巨额财富、无上荣耀与和谐幸福人生的欧内斯蒂娜，而选择了将会使他失去名誉和财产地位、让他身败名裂的萨拉，走上了自由之途。

我们知道，早在维多利亚时代，哈代曾在《德伯家的苔丝》中讲述过一个令人难忘的二男与一女相恋的三角恋爱故事，其中两个男主人公亚雷和克莱对待女主人公苔丝的观念和态度截然相反：亚雷从传统的男尊女卑观念出发，轻蔑女人，将苔丝当作泄欲的工具，欺凌她，玩弄她，可谓是维多利亚时代世俗的大男子主义的典型；克莱则从新型的自由平等观念出发，尊重女人，将苔丝当作知心朋友，从心底里爱慕她、欣赏她，可谓是维多利亚时代反传统的自由主义者的代表。苔丝，一个执着追求幸福人生的乡村姑娘，在经受了专横粗暴的旧男友亚雷的欺凌和折磨之后，更加感受到了温和深情的新男友克莱的可贵，所以她最后断然离开旧男友亚雷，不顾一切地投入新男友克莱的怀抱，得到了自己的真爱。

熟悉《德伯家的苔丝》的人看得清楚，《法国中尉的女人》中查尔斯抛弃传统女性欧内斯蒂娜，选择反传统女性萨拉的三角恋情节框架，事实上正是《德伯家的苔丝》中苔丝唾弃传统男性亚雷，接受反传统男性克莱的三角恋情节框架的重复和重构。二者的不同仅在于：哈代笔下的三角是二男一女，而福尔斯笔下的三角是二女一男。《法国中尉的女人》只颠倒了《德伯家的苔丝》中人物的性别，仅此而已。福尔斯明确宣称他在创作中无法回避地借鉴了哈代的传统："从我的创作室的窗户里我可以远远看到哈代的影子、那艾塞克斯的心脏，我无法逃避……我不介意那影子。相反利用它似乎是很妙的事。"[①]《法国中尉的女人》的三角恋爱情节结构就是他借鉴哈代小说的一个具体的例证。

《法国中尉的女人》的 61 章正文还塑造了一系列鲜明的人物形象，表现了维多利亚时代人们的精神状态。这些人物形象也不是出自福尔斯的个

---

① John Fowles, "Notes on an Unfinished Novel", in Thomas McCormack (ed.), *Afterwords: Novelists On Their Novels*, New York: St. Martin's Press, 1988, p. 171.

人创造，而是出自他对前人作品的模仿、借鉴或重写。西方学者佛瑞德·凯普兰对之做过深入的探讨和精辟的分析说明。他在《现代主义者：福尔斯和纳博科夫》一文中明确指出：

> 福尔斯借鉴得最多的是维多利亚阶段的想象性文学，如诗人的语气、格调和主题，小说家的叙事手段和塑造人物的方法。查尔斯·史密森似乎是从亚瑟·克莱南、特修斯·利德盖特和一丁点裴德·弗劳莱的合成体中发展出来的；萨拉·伍德拉夫则出自作者对如下女主人公的充满情感的细读：如哈代的女主人公苔丝，特别是苏·布拉德海德以及狄更斯的魏德小姐、艾略特的多萝西娅·布鲁克等；欧内斯蒂娜是萨克雷笔下甜蜜无知的爱米丽娅·赛德来和狄更斯笔下的埃斯黛拉·萨默尔森的城市姐妹，她的聪明的姨妈跟大卫·科波菲尔的姨婆贝特西很相像，她姨妈的邻居、那位坚持"地狱—和—硫磺—我—爱—权力"信条的福音主义者波尔坦尼太太则是包括克莱南太太、郝维辛小姐特别是普逻迪太太在内的各类维多利亚巫婆的化身；次要人物如企业家和新富弗雷曼先生、近似于匹克威克的佣人的玛丽、萨姆、迷人的格罗根医生等，都是从维多利亚小说世界中走出来的。①

从外在形态看，《法国中尉的女人》总体上不外由题铭和正文两部分构成，题铭是福尔斯从前人那里直接挪用过来的，正文则是他间接借鉴和重写前人的话语文本的结果。它自始至终是福尔斯在重复和重构前人的话语文本的基础上创作出来的，是由过去的话语文本编织成的，是互文性的。从《法国中尉的女人》的这种独特构造中，我们可以明确感悟到如下道理，即小说作为人类的一种语言符号形式，在本质上不是其创作者如实再现或表现人们的生活经历经验和精神心理状态的产物，而是他们直接或间接挪用、借鉴、重写前人的话语文本的产品，不是所指内容性的，而是

---

① Fred Kaplan, "Victorian Modernists: Fowles and Nabokov", *The Journal of Narrative Technique*, Vol. 3, No. 2 (1973), p. 111.

能指形式性的。

第三节 元小说

《法国中尉的女人》的叙述方式也很特别，它一边忠实模仿和借鉴以往小说的叙述方式，讲述完整的故事情节，营造真实的生活情境，一边不断分析评论这些叙事，消解小说世界的真实性，彰显它的虚构性和话语建造性。

《法国中尉的女人》沿用传统的成长小说形式，从爱情婚姻的角度集中表现了主人公查尔斯追求个人的本真存在的过程和经历。前12章是作品的开端部分，主要用经典现实主义小说的叙述方法，如全知叙述者的无限视角叙述和讲述法等，介绍了临时留居在英国南部莱姆镇上的几个外乡青年的经历和生活状况。

前两章首先介绍了故事发生的时间、地点和主要人物。那是1867年3月下旬的一个早上，东风凛冽。在英格兰西南部一个狭长的港湾莱姆湾的古老的防波堤上，站立着两女一男：一个女子穿着艳丽的红色短裙，脸蛋很漂亮；另一个相反，穿着一身黑装，脸蛋并不漂亮，但挂满了令人难忘的忧伤；那男的穿一身淡灰色服装，身材较高。

接下来的10章主要介绍了三个人的经历和精神状态。这三个人都是外乡人。那个穿红色短裙的女子叫欧内斯蒂娜。她是伦敦一位富豪的女儿，生活环境十分优越，娇生惯养，无忧无虑。她理智、聪慧、循规蹈矩，厌恶任何与肉体欲求有关的不道德的举动，唯一的愿望是找到一个理想的丈夫，生儿育女。现在她已发现一位有地位又帅气有趣的白马王子了，所以再别无所求。欧内斯蒂娜的姨妈普兰特住在海滨小镇莱姆镇，欧内斯蒂娜每年都来这里疗养。今年她来得特别早，目的是养精蓄锐，为与她的意中人查尔斯结婚做准备。

穿黑装的女子叫萨拉。她是比敏斯特地区一位农夫的女儿，受过较高程度的教育，个性狂放不羁。父亲去世后，自谋生计。她前几年在查茅斯的约翰·塔尔博特家当家庭教师,与被塔尔博特先生收留于家中的一位法国军官密恋,那位军官去法国后,她也离开查茅斯来到莱姆镇,被当地牧师介绍给莱姆镇最虔诚、最严格的波尔坦尼太太家当侍伴。由于她以前与留居于塔尔博特家的法国中尉有一段不清不白的关系,所以被人们称为是"法国中尉的女人"。到了波尔坦尼太太家后,虽然波尔坦尼太太三令五申地告诫她不要往外跑,但她依然故我,动不动跑到海边或滨海的树林里散步。她我行我素,着实是一个不可理喻的怪女子。

那位男子叫查尔斯,是英国乡村绅士的后代,从父亲那里继承了一些财产,还有可能从伯父那里继承大笔遗产。他喜欢读书旅游,好奇心很强,对生活提出过很多问题,对科学特别是古生物学的兴趣很浓。他虽喜欢漂亮姑娘,但对那些为了成家而故意接近他的庸俗女孩不感兴趣。他之所以喜欢上欧内斯蒂娜,是因为她与一般女孩不一样,她不仅不一味迎合他,而且还故意装成不把他当回事,所以激发起了他浓厚的兴趣。正是在此状态下,他不由自主地向她表达了爱慕之情,与之订婚。现在他们相处已三月有余了,他对她可以说了解得一清二楚了,他以前的那种好奇心已经不复存在了,他对她的眷恋之情也慢慢淡失。而相反那个被莱姆镇人称作"法国中尉的女人"的神秘女子不知不觉地钻进了他的脑海,使他产生了浓厚的兴趣。看来在最近闯入莱姆镇的这三个外乡人之间,将不可避免地要上演一出一男面对二女的三角恋爱剧。

《法国中尉的女人》的叙述者在前12章中做了如上的逼真描绘,将我们带进一组生气勃勃的人群中,使我们情不自禁地将他们当成真人,为他们高兴或担忧。之后,作者在第13章中突然笔锋一转,开始讨论起上述人物事件是怎么产生的问题:

> 我正在讲的这个故事完全是想象的。我所创造的这些人物在我脑子之外从未存在过。如果我现在还装成了解我笔下人物的心思和最深处的思想,那是因为正在按照我的故事发生的时代人们普遍接受的传统手法(包括一些词汇和"语气")进行写作:小说家的地位仅次于上帝。他并非知道一切,但他试图装成无所

不知。

　　一个小说家只要拉对了线,他的傀儡就能表演得活灵活现……

　　但是我生活在罗伯·格里耶和巴尔特的时代;如果这是一部小说,它不可能是一部现代意义上的小说。(法 82)

　　此段评论文字明确告诉我们,上述人物事件并不像过去的现实主义小说家一再声明的,是从现实生活中自己走出来的,是真实的,而相反是从叙述者的想象中生发出来的,是虚构的;叙述者的创造不是随心所欲的,而受制于维多利亚时代人们普遍接受的叙述方式,所以上述人物事件根本上是维多利亚时代的小说话语的产物;维多利亚时代的小说叙述方式的要点在于,其叙述者像上帝一样,是全知的,虽然他实际上并不知道一切,但他却装作无所不知;作为小说家的代理人,叙述者掌控了整个叙述过程,用自说自话的讲述方式进行叙述,结果使作品中的人物变成了他的傀儡,使文学世界变成了"一个僵死"的世界(法 83);立足于菲尔丁和狄更斯等人所处的十八九世纪,也许它是一种不错的叙述方式,但立足于格里耶和巴尔特等人所处的 20 世纪中期,它明显是一种落伍的叙述方式,是不足取的。

　　既然经典现实主义借无所不知的叙述者的讲述表现人物事件,营造逼真的生活情境以及掩盖小说世界的虚构性和话语性的叙述方式已经过时了,不足取,那么小说叙事应该怎么进行呢?福尔斯在反思批判了现实主义的无所不知的叙述者的无限视角叙述和讲述法之后,紧接着提出了一种新叙述方式,即人物有限视角叙述和展示法。福尔斯借叙述者的口称,前 12 章的叙述算不上"现代意义上的小说"的叙述,因为在那里叙述者或小说家控制着人物的言行,"现代意义上的小说"的叙述不应将人物变成叙述者或小说家的傀儡,而应赋予人物以独立性和自由,使他们自己展示自己:

　　我很不应该地打破了先前的设想吗?不,我的人物仍然存在于一种现实之中,这种现实不会比我刚打破的那种现实不真实,也不会比它更真实。大约二千五百年前，有一位希腊人说过，虚构无处不在。我发现这种新的现实（或者非现实）更令人信服；我希望你也会有我这种感觉：我无法完全控制我头脑中的这些人物，就像你无法控制你的孩子、同事、朋友，甚至是你自己。

我们知道世界是一个有机体，不是一部机器。我们还知道，一个真诚创造出来的世界应该是独立于其创造者之外的；一个预先计划好的世界（一个充分展现其计划性的世界）是一个僵死的世界。只有当我们的人物和事件开始不听从我们指挥的时候，他们才开始有了生命。（法 83—84）

福尔斯的言下之意是，"现代意义上的小说"应打破先前的小说理念，承认小说是虚构性的，小说世界中的现实是虚构的现实，小说中的人物存在于虚构的现实中；他不再是由叙述者或小说家控制着的，而是"独立于其创造者"，是自主的；他行动自由，不再是通过叙述者或小说家的介绍走进小说世界的，而是自己走进小说世界的，自己展示自己。福尔斯在第13章中对经典的现实主义小说叙述方式和"现代意义上的小说"叙述方式做了如上的对比分析和思考之后，在接下来的41章中完全采用现代主义小说的人物有限视角叙述和展示法展开叙事。

第14章至第54章是作品的发展、高潮部分。在此部分，福尔斯从作品人物视角出发，用展示法集中揭示了主人公查尔斯的精神心理变化过程。经过几个月的密切接触，查尔斯发现他那位为很多人所爱慕追捧的未婚妻欧内斯蒂娜理智、刻板、冷漠、乏味无趣，而那位被众人鄙夷轻视的女子萨拉却激情、放浪、热烈、神秘、魅力无穷，因而他情感的钟摆日渐脱开欧内斯蒂娜，移向萨拉一边。查尔斯和欧内斯蒂娜之间在波尔坦尼太太府上发生了小小的摩擦后，欧内斯蒂娜虽然改变了行为方式，事事顺从查尔斯，但查尔斯却非但没有欣喜之感，相反"却感到腻烦"（法 96）。她在家里为他读诗，他一点都不感兴趣，甚至睡着了；她在会堂里说俏皮话，笑话别人，他一点都不觉着有趣，相反感到她虚荣、做作、单调、乏味；而当她因格罗根医生在饭桌上讲了一些不符合社交礼仪的故事而感到震惊时，他明显意识到了她的"浅薄"和"机械"（法129）。当她听到查尔斯的伯父要结婚、查尔斯没有希望继承伯父遗产后暴跳如雷时，查尔斯明确意识到了她的俗气，称她"的确像个卖布商的女儿"（法174）。而查尔斯对萨拉的印象正相反，自有一次偶然看到她在海边山林里的一块草地上睡觉的情景后，查尔斯脑子里一直回旋着她的倩影，因而不由自主地往那里跑，希望能见到她。而自他听说她离经叛道、我行我素、放荡不羁之后，在内心已不自觉地将她引为同道，试图全力帮助她。当她最终对他敞开心房、表达爱意后，他虽然十分矛盾焦灼，以至在格罗根医生的煽动下一度出卖了她，但最终却又不由自主地帮助她，将她偷偷转移出了莱姆镇。送走她之后，他下定决心不再见她，以全心全意爱欧内斯蒂娜，可他想象要与呆板僵化的欧内斯蒂娜平淡无趣地过一生，很不情愿，因而他最后神不知鬼不觉地回到萨拉身边。虽然他的这种悖逆常理的选择使他失去了声名、地位、财产，付出了巨大代价，甚至也未得到萨拉，但他一点都不后悔，因为他失去的是别人认为他值得争取的东西，而得到的却是他自己真正想要的东西，是自由。

福尔斯在此41章中，从查尔斯的视角，借他本人的思想、言语和行为详细地展示了他从最早爱慕欧内斯蒂娜，到后来逐步喜欢萨拉，最后与后者心心相印、疯狂爱恋的精神心理变化过程，明显借鉴了以亨利·詹姆斯（Henry James）和约瑟夫·康拉德（Joseph Conrad）等为代表的现代主义小说家们惯用的人物心理展示法。这41章堪称是二十世纪以来西方现代主义小说叙述方式的再演练。福尔斯写完上述41章后，紧接着在第55章中做了如下说明：查尔斯与欧内斯蒂娜分手后，立即乘坐开往伦敦的火车，去找萨拉；车厢里出现了一位蓄着大胡子的人，他一路盯着查尔斯看。这个人具有"万能的神才应该有的目光"，对查尔斯"是什么样的人看得很透彻"。（法348）此蓄着长胡子的旅客除了在第55章中现过身外，还在第61章中亮过相，福尔斯对之做了特别介绍，将之称作"新人物"（法396）。正像很多评论家所指出的那样，这位仔细观察查尔斯的"蓄着大胡子的先知性"乘客正是现代新型小说家的化身。福尔斯在这里明确告诉人们，像查尔斯这样的现代主义小说中的人物，是现代主义小说家仔细观察研究人们的精神心理状态的结果，是现代主义小说家借人物心理透示法创造出来的。而深刻贯穿于此类人物的精神心理深处、深深折磨着他们的内在矛盾冲突，也无不是小说家的刻意设计和安排："小说往往伪装与现实一致：作家把冲突双方放在一个圈子里，然后描绘它们之间的争斗，但是实际上争斗是事先安排好的，作家让自己喜欢的那个要求获胜。我们对小说作家进行判断，既看他们安排争斗的技巧（换句话说，就是看他们能否使我们相信那些争斗并不是事先安排好的），也看他们所喜爱的斗士是哪种人：好人、悲剧人物、坏人、滑稽人物，等等。"（法 349）概括起来，福尔斯的言下之意是，现代主义小说也不是像它们的创作者所标榜的那样是如实记录人物的精神心理状态的结果，是纪实性的、实际的，而是小说家用独特的目光深刻观察研究人物的精神心理、巧妙安排情节冲突的结果，是创造性的、虚构的。

第 56 章至第 61 章是作品的结局部分。叙述者"我"在开始撰写结局之前，首先探讨了如何安排结局的问题。在"我"看来，如何安排结局的问题实际上就是如何处理矛盾冲突的问题。他认为，通常人们处理矛盾冲突，不外悲剧和喜剧两种方式："安排冲突的主要目的是向读者展示作家如何看待他身边的世界——或是悲观主义，或是乐观主义，不管你如何选择。"（法 349）由于他一贯的原则是"给小说中的人物以自由"（法 349），所以不主张为查尔斯事先硬性设计一种唯一的结局，而是将两种可能的结局都呈现出来："我继续关注着查尔斯，并且觉得这一次没有理由为他即将介入的冲突再作预先安排了。这样我就有两种选择……我若不参与到冲突之中，唯一的办法是把两种结局都写出来。"（法 349）那么，如何安排这两种结局的次序？孰先孰后？他用抛硬币的方法做了决定：先写喜剧结局，后写悲剧结局。

第 56 章至第 60 章安排的是喜剧性的结局。萨拉不辞而别后，查尔斯四方查找，两年后，终于找到了她。久别重逢，萨拉不像想象的那样热情激动，所以查尔斯极为愤慨，以至用恶毒的语言攻击诅咒她。而萨拉却自然深情,她用真切深沉的情义消除了查尔斯的误会和怨恨。两人最后带着他们的女儿深情地拥抱在了一起。熟悉现实主义小说的人知道,这是传统的现实主义叙事文学中经典的有情人经过种种磨难,最后如愿以偿,终成眷属的大团圆结局。《法国中尉的女人》的第一个结局明显是对现实主义小说最普遍的结局方式的巧妙演练。

第61章安排的是悲剧性的结局。查尔斯经过千辛万苦找到的萨拉已经不是昔日的那个情真意切的激情女子,而是一个理性深沉的自由女性,她对他已无依恋之情。他为此痛苦不堪,痛切之余愤怒地离开了她。他痛定思痛,开始重新认识自己,重新寻找自己的人生目标,"构筑自己的新生活"(法401)。现实中人的生活常常充满变数,既有一帆风顺、心想事成之时,亦有命运多舛、功败垂成之际。如果说十八九世纪的现实主义小说多倾向于模拟生活中喜剧性境况的话,那么20世纪的现代主义小说则多倾向于模拟生活中的悲剧性情境,我们只要翻一翻现代主义小说的代表性作家作品,如康拉德的《吉姆爷》、伍尔夫的《达罗卫夫人》、乔伊斯的《尤利西斯》、马赛尔·普鲁斯特(Marcel Proust)的《追忆逝水年华》、欧内斯特·海明威(Ernest Hemingway)的《老人与海》等的结局,便可一目了然。《法国中尉的女人》的第二个结局明显是在借鉴现代主义小说最普遍的结局模式的基础上设计出来的,是对后者的再演练。

福尔斯《法国中尉的女人》的最后6章借对查尔斯爱情故事之最后结局的奇特安排明确告诉人们,叙事文学的结局说到底不外喜剧式和悲剧式两种,此两种结局根本上都不像人们通常所理解的那样,是从生活情境中照搬过来的,相反是小说家根据以前的写作惯例设计出来的,是话语性的。

从叙述方式的角度看,《法国中尉的女人》一面毕真毕肖地模仿已有的各类小说叙述模式进行叙述,这些叙述模式包括包含着开端、发展、高潮和结局等关键环节的线形故事情节,经典现实主义小说全知叙述者的无限视角叙述、讲述法、大团圆式的封闭性结局,现代主义小说的人物有限视角叙述、展示法和没有结果的开放式结局等;一面不断解释、反思、评判它们。福尔斯借这种边叙述边评论的元小说方式充分阐述了如下道理：小说作品不是人们被动复制事物的结果，而是人们依据这样或那样的叙写模式主动建构事物的结果，它的世界不是真实的经验性的，而是虚构的话语文本性的。

第四节 转向小说语言话语

从以上的分析论述我们可以明显看到，《法国中尉的女人》不仅未继承和兼收并蓄以往的现实主义和现代主义小说形式，还走向了它们的反面。首先，在写什么的层面上，无论是现实主义小说，还是现代主义小说，都将叙写重心集中在反映和表现人们的现实存在状态上，如现实主义小说将叙写焦点集中在表现人们的外在现实生活经历经验上，现代主义小说则以揭示人们的内在精神心理状态为重心，而《法国中尉的女人》却将叙写重心放在对前人的话语文本的重复和重写上，如它在题铭部分完全照搬了维多利亚时代作家和思想家们的话语，在正文部分全面重写了维多利亚时期的各类话语文本。其次，在怎么写的层面上，无论是现实主义小说，还是现代主义小说，都在写作过程中以叙述为基本方式，以形象思维为主，而《法国中尉的女人》则在文学叙述中引入了文学批评，一边创造审美境界，一边探讨小说创作原理，它集形象描绘与逻辑思辨、文学叙述与文学批评为一体，运用了多种言说方式和多元思维形式。

在《法国中尉的女人》中，福尔斯推陈出新，阐发了一种全新的文学观念：小说是人类语言符号的一种形式，是语言话语性的，它本质上不是人类被动记述事物和世界的工具，而是人类主动打造事物和世界的方式。不仅如此，他另辟蹊径，创立了一套与过去的现实主义和现代主义小说规则完全不同的规则：小说不以反映和表现人们的现实存在状态为重心，而以重写前人的话语文本为重心；不是只能用形象思维和文学叙述一种言说方式进行叙写，而是可以同时用形象思维和文学叙述、抽象思维和文学批评等多种言说方式进行叙写。《法国中尉的女人》的突出贡献在于：彻底拆除了以再现论和表现论为思想基础的传统的小说创作观念和叙写模式，创建了以语言话语建构论为思想起点的新型的小说创作观念和小说叙写模式，将小说创作引向了以革新小说语言话语为中心的新方向。要是把《法国中尉的女人》当作后现代小说作品的话，那么它的后现代性无疑表现在：彻底完成了小说形式的语言话语转向。

第十三章 论鲁西迪《午夜之子》
对故事讲述形式的借鉴

20世纪后期，西方文坛上出现了与传统的现实主义和现代主义小说迥然有别的叙事文学，人们称之为"后现代小说"。代表作家如美国的约翰·巴思、英国的福尔斯、法国的罗伯-格利耶、意大利的伊塔诺·卡尔维诺（Italo Calvino）等。受现代理性主义的历史发展进步论观念的深刻影响，人们普遍将这种新叙事文学看作一种超越现实主义和现代主义小说的先锋小说，给它贴上了很多十分前卫的标签，如新小说、反小说、元小说、互文小说、魔幻现实主义小说、新历史小说等，其实我们只要摘下进步论的有色眼镜，回到事物本身，用纯历史的眼光看它，就会发现它的叙事形式远非像人们普遍认为的那样先锋、前卫，相反却带有明显的返祖归宗特征。这在被人们公认为是英国后现代小说之经典作品的《午夜之子》中表现得异常明显。

第一节 借鉴《一千零一夜》

鲁西迪的代表作《午夜之子》1981年出版后取得了巨大成功，当年获得了英国文学的最高奖项布克奖，1993年和2008年作为英国最优秀的小说分别获得为纪念布克奖设立二十五周年和四十周年而颁发的特别奖"布克奖最高奖"。它的独到之处，正像美国重要报刊《纽约时报》《新闻周刊》《费城探索》等异口同声地指出的，主要表现在其艺术方式的别具一格上："此小说很独特"，"是一部奇妙的史诗般的小说……一部奇特的书","一部伟大的独一无二的小说著作……令人惊奇不已"。① 那么它的艺术独特性具体表现在什么地方呢？以往人们普遍认为，它是在模仿德国和拉美魔幻现实主义小说的基础上完成的，其艺术方法的独特性就在于采用了集写实与幻想为一体的魔幻现实主义手法。② 而鲁西迪自己说："当我写作的时候，我不曾想到过其他作家。"③ 他声称，在他创作《午夜之子》之前，集写实与幻想为一体的魔幻现实主义创作手法已在拉美和欧洲广泛流传，没什么新颖独到之处，不值得特别关注④；他所"真正学习借鉴的是古老的传统"，如"不计其数的印度故事、《一千零一夜》"等⑤。所以实事求是地说，《午夜之子》不是在借鉴欧洲和美洲前卫的魔幻现实主义创作方法的基础上完成的，而是在借鉴古老的东方故事讲述形式的基础上完成的。

鲁西迪回忆说，他的父母是讲故事的能手。他小的时候，他的母亲给他讲述了很多有关印度日常生活的故事，他的父亲述说了大量的神话故事和民间传说，它们大部分出自《一千零一夜》。⑥ 鲁西迪早年所接受的文学熏陶不仅激发了他的文学叙述欲望，使他很小就产生了当作家的愿望，而且无形中为他如何进行创作启示了一条路径。之后他的创作无不受到《一千零一夜》等作品中故事讲述形式的规导。1989 年他在与艾米娜·米

---

① Salman Rushdie, *Midnight's Children*, New York: Random Horse, 2006, head page.
② Aparna Mahanta, "Allegories of the Indian Experience: The Novels of Salman Rushdie", *Economic and Political Weekly*, Vol. 19, No. 6 (1984), pp. 244—247; Syed Amanuddin, "The Novels of Salman Rushdie: Mediated Reality as Fantasy", *World Literature Today*, Vol. 63, No. 1 (1989), pp. 42—45; Patrica Merivale, "Saleem Fathered by Oskar: intertextual Strategies in Midnight's Children and The Tin Drum", *A Review of International English Literature*, Vol. 21, No. 3 (1990), pp. 7—21; Lorna Milne, "Olfaction, Authority, and the Interpretation of History in Salman Rushdie's 'Midnight's Children', Patrick Süskind's 'Das Parfum', and Michel Tournier's 'Le Roi desAulnes'", *Symposium*, Vol. 53, No. 1 (1999), pp. 23—26.
③ J. F. Galván Reula and Salman Rushdie, "On Reality, Fantasy and Fiction: A Conversation With Salman Rushdie", *Atlantis*, Vol. 6, No. 1/2 (1984), p. 95.
④ Ameena Meer and Salman Rushdi, "Salman Rushdie", *BOMB*, No. 27 (1989), p. 34.
⑤ Ameena Meer and Salman Rushdi, "Salman Rushdie", *BOMB*, No. 27 (1989), p. 35.
⑥ Michael T. Kaufman, "Author from Three Countries", *New York Times Book Review*, 13 November, 1983, p. 22.

尔（Ameena Meer）的访谈中明确指出："我曾被带到如下的故事中——如飞翔的马匹和看不见的斗篷等——我极为喜欢它。在我看来它是一切故事的发源地。"①

鲁西迪自 1975 年发表第一部小说《格里默斯》以来，共完成了八部长篇小说和一部短篇小说集。他的小说明显沿袭了《一千零一夜》中的故事讲述方式。这在他的成名作《午夜之子》中表现得最为突出。

第二节 框架结构

故事讲述是人类最古老最普遍的一种文学叙事形式。20 世纪前期德国伟大思想家、哲学家、马克思主义文学批评家瓦尔特·本雅明（Walter Benjamin）在《故事讲述者》中对之做过精辟论述。他明确指出，人类的传媒形式主要经历了古代的口头语和现代的书面语两大阶段；与之相应，人类的叙事文学也主要有古代的故事和现代的小说两大形式。故事是原初人们坐到一起相互交流生活经验的产物，其交流方式是"口口相传"②，是讲述式的。人类早期的故事由以下两部分人共同完成：一部分是传达经验的人，即故事讲述者；一部分是接受经验的人，即听众。故事讲述者是故事讲述的主导因素，主要由两类人承担：一类是定居于家中的人，主要传达过去的历史经验；一类是经常旅行的人，主要传达外地的生活经验。此两类人在农村社会中的代表是"留在家里的土地的耕作者和做生意的出海旅行者"③，在手工业社会中的代表是"定居于一处的师傅和经常出门在外的学徒"④。小说写作正相反，"它本质上基于书本。它的兴起发展完

---

① Ameena Meer and Salman Rushdi, "Salman Rushdie", *BOMB*, No. 27 (1989), p. 35.
② Walter Benjamin, *Illuminations*, Hannah Arendt (ed.), trans. Harry Zohn, New York: Harcourt, Brace & World, Inc., 1978, p. 84.
③ Walter Benjamin, *Illuminations*, Hannah Arendt (ed.), trans. Harry Zohn, New York: Harcourt, Brace & World, Inc., 1978, p. 85.
④ Walter Benjamin, *Illuminations*, Hannah Arendt (ed.), trans. Harry Zohn, New York: Harcourt, Brace & World, Inc., 1978, p. 85.

全依赖于印刷术的发明。使小说不同于其他散文文学形式——如童话、传说以至短故事——的地方在于它既不是从口头语传统中生发出来的,也从未进入该传统中"①。随着古代的传媒形式口头语为现代的传媒形式书面语所取代,古代的故事讲述也被现代的小说写作所僭越:"故事讲述的衰亡是以现代社会初期小说的兴起为标志的。"②

《一千零一夜》作为人类古代叙事文学的经典作品之一,完整保留了古代故事讲述形式的基本格局:将古代集体讲述模式原封不动地搬进作品,其中既包含讲述者本身的行为事件,又包含讲述者所讲述的人物事件。所以,它总体上由两重故事构成。第一,讲述者的故事,主要呈现的是讲述者的状况。如作品的第一章集中介绍了讲述者山鲁佐德的状况。萨桑国的国王山鲁亚尔由于信不过女人,所以每天娶一个女人,过完夜后便立即杀死。宰相的女儿山鲁佐德被送到山鲁亚尔的王宫后,为了躲避杀身之祸,便采用了每天晚上讲一个故事并只讲一大半的方式,结果为了听到完整的故事,国王便留住山鲁佐德让她继续讲述,这样她一晚接一晚地讲下去,最后不仅保住了自己的性命,而且还拯救了无数萨桑国的妇女。第二,讲述者所讲述的故事,故事正文,是作品的主体部分,包括从第二章至第二十二章中的21个大故事,如"商人和魔鬼的故事""渔翁的故事""辛伯达航海旅行的故事""阿里巴巴和四十大盗的故事",等等。

《一千零一夜》中的这种故事套故事的框架结构,在文艺复兴之后在西方得到了广泛的传扬、应用和发展。受《一千零一夜》的深刻启示和影响,文艺复兴时期乔万尼·薄伽丘(Giovanni Boccaccio)的《十日谈》、杰弗雷·乔叟(Geoffrey Chaucer)的《坎特伯雷故事集》等,都采用了这种故事套故事的结构,18世纪小说家劳伦斯·斯特恩(Laurence Sterne)在《项狄传》中对之进行了创造性发挥,开发出了话语套话语的叙事形式,

---

① Walter Benjamin, *Illuminations*, Hannah Arendt (ed.), trans. Harry Zohn, New York: Harcourt, Brace & World, Inc., 1978, p. 87.

② Walter Benjamin, *Illuminations*, Hannah Arendt (ed.), trans. Harry Zohn, New York: Harcourt, Brace & World, Inc., 1978, p. 87.

即元小说形式。20世纪中期以来，元小说形式变成西方小说最基本的形式之一。

鲁西迪《午夜之子》对《一千零一夜》框架结构的挪用昭然若揭。《午夜之子》的叙述者和主人公萨里姆在作品第一章和第二章指出："不过，这会儿，时间（已经不再需要我了）快要完了。我很快就要三十一岁了。也许吧，要是我这使用过度而垮下去的身体能够撑得住的话。但我并没有挽救自己生命的希望，我也不能指望再有一千零一夜。要是我想最终留下一点什么有意义——是的，有意义——的东西的话，我必须加紧工作，要比山鲁佐德更快。我要承认，在所有的事情中，我最怕荒唐无稽的东西了。"（午3—4）"四周又安静下来，我又转身伏在那几张有点姜黄气味的纸上，一心准备将昨天那个刚讲了一半的故事讲完，好有个交待——当年山鲁佐德一夜又一夜也把故事讲一半，她就是让山鲁亚尔国王急不可耐地想要知道故事下文，靠这个办法才活下来。"（午20—21）从萨里姆的这两段自白中可以明显看到，《午夜之子》从一开始就将《一千零一夜》作为创作范本，是以后者的框架结构为模板组织作品的。

《午夜之子》的叙述完全照搬了《一千零一夜》的故事套故事的形式，不同之处仅在于：在后者中讲述者的故事集中在作品开首的第一章中，而在《午夜之子》中，讲述者的故事则贯穿作品始终，一直与他所讲的故事平行展开，相互映衬。作品的第一个层面是主人公萨里姆的故事。与新印度同一天诞生的萨里姆度过了将近三十一个风云变幻的年度，失去了所有的亲人，最后与小时候抚养他长大的保姆玛丽相会，帮玛丽管理酸辣酱腌制厂。由于过去身心受到严重伤害，他的健康状况极差，生命历程即将结束。为了在世界上留下自己的印迹，他决定抓紧时间写作，将自己的人生呈现给世人。此阶段他遇到了一位红颜知己，即玛丽的酸辣酱腌制厂的女工博多。博多对他关爱有加，他对博多也无所不谈，他边写作边将他写下的东西念给不识字的博多听，希望与后者共享他的人生经验。由于对萨里姆的情感很炽烈，并十分渴望得到他的身体，所以博多对萨里姆只关心他的创作而不关心她的感受的状况很不满，特别是对他枝蔓横生、不着边际的缓慢的讲述方式无法忍受,以至后来勃然大怒,愤然离去。博多出走后,萨里姆很孤独寂寞,时时盼着博多归来。不久博多忍不住又回到了萨里姆身边,她从外面带来了一些春药偷偷加到萨里姆的食品中,想激起萨里姆的性欲,没想到它非但没有增强萨里姆的雄性激素分泌,相反却让他中毒生病,整整昏迷了一个多星期,差点丧了命,博多后悔不已。后来她才知道,前几年在英迪拉·甘地夫人统治时期,萨里姆和午夜之子们被阉割,他的性功能完全丧失了。尽管如此,博多还是愿意永远服侍他,最后她与他订婚,准备在他三十一岁生日时完婚。

作品的第二层是萨里姆所讲述的故事。萨里姆回过头去回忆自己的生命历程,他从自己的大鼻子讲起,讲到了有一个特大鼻子的外祖父阿达姆·阿齐兹的故事,遗传了外祖父大鼻子的子女们特别是二女儿阿米娜的故事,看似遗传了阿达姆家族的大鼻子而实际上遗传了英国人梅斯沃德的大鼻子的萨里姆的故事等。

鲁西迪通过这种故事套故事的框架结构,把小说人物萨里姆当下的生活经历经验和他过去的生活经历经验有机结合在一起,使当下的生活情景和以前的生活情景、现实和历史、个人经历和民族历史相互交错、互相映衬,从而突破了传统的线形历史书写方式,给人们呈现了一幅全新的历史图景,使人们深刻意识到了历史的丰富多元性、动态变化性和多维立体性,强有力地影响到了人们的历史观念和历史视野。之后,英国的新历史小说作品如斯威夫特的《水之乡》、阿克罗依德的《霍克斯默》、巴恩斯的《10½章世界史》、拜厄特《占有》等,都采用了《午夜之子》中的这种将过去的生活故事和当下的人生故事套装到一起的故事套故事的形式,批评界将之称作"平行生活故事"形式[1],"平行生活"形式[2],或"双重时间

---

[1] Ted Underwood, "Stories of Parallel Lives and the Status Anxieties of Contemporary Historicism", *Representations*, Vol. 85, No. 1 (2004), pp. 1—20.
[2] Brenda K. Marshall, "Parallel Lives", *The Women's Review of Books*, Vol. 8, No. 8 (1991), p. 6.

轴线"形式①。

《午夜之子》在借鉴《一千零一夜》故事套故事的结构框架的同时，还吸收了元小说一边讲故事一边讨论故事的创作方式。作者借叙述者萨里姆的议论集中探讨了故事讲述的创作根基和性质问题。如在"先锋咖啡馆里"一章中，叙述者萨里姆宣称："我的儿子将来会理解的。我是为了他讲我过去的事，就像是为了所有在世的人一样。这样在将来，等到我在同裂缝进行的斗争中垮下来之后，他就会明白。道德、评价、性格……这一切都是以记忆为基础的……我是在留下副本呢。"（午266）作者在这里借萨里姆的言论明确告诉人们，故事讲述是以事物或事件留存在人们大脑里的印迹为创作源泉的，是以记忆为基础的。而记忆从根本上说是重构性的、创造性的、虚拟的："我告诉你们真相，是记忆的真相，因为记忆具有其特别的性质。它会进行选择、消除、改变、夸大、缩小、美化，也会进行丑化。但最后它创造出它自己的真实来。"（午267）所以作为人类记忆的复制品的故事自然是重构性的、创造性的、虚拟的。作者最后通过萨里姆的议论宣称：讲故事的过程就像是腌制酸辣酱的过程，将各种各样的材料放到一起，融合、融会、调制、提炼，最后创造出一种独具特色的新异的现实图景。（午575—580）

鲁西迪借这种一边讲故事一边讨论故事讲述原理的方式，或者说将文学叙述和文学批评融为一体的方式，彻底打破了以往文学和批评之间各自独立的局面，将它们巧妙地糅合在一起，使文学写作与批评浑然不可分，使作品构形呈现出了前所未有的复杂性和新异性，令人耳目一新。

第三节 多重故事和寓言性

本雅明在《故事讲述者》中指出，古代故事的内在构成也与现代小说有本质差别。第一，"小说家的永久记忆与故事讲述者的短暂回顾形成了

---

① Lucile Desblache, "Penning Secrets: Presence and Essence of the Epistolary Genre in A. S. Byatt's Possession", *L'esprit Créateur*, Vol. 40, No. 4 (2000), pp. 89—95.

鲜明对照,小说致力于写一个主人公、一次冒险历程、一场战争等,而故事则致力于写许多分散的偶发事件"①,"故事讲述历来就是一种重复各种各类故事的艺术形式"②。第二,"许多富有天赋的故事讲述者的突出特征是偏爱有实际意义的故事……此类故事公开或隐蔽地包含着某种有用的东西。此种有用性,在一种状态下,也许是道德教诲;在另一种状态下,也许是现实忠告;在第三种状态下,也许是生活格言或箴语"③,由此"故事讲述者便跻身于宗师和圣哲的行列中"④;"小说显示的是生活的深刻复杂性"⑤,"小说探究的是'生活的意义'"⑥,它"传达的是事物的纯粹本质,类似于信息或新闻报道"⑦。简而言之,一部故事作品是由多个各不相同的小故事构成的,而一部小说是由一个有机统一的大故事构成的;故事讲述旨在为人们提供人生经验或道德启示,是寓言性的,而小说写作旨在为人们提供生活信息和真相,是知识性的。

人类古代故事讲述形式的这种多重故事和寓言性在《一千零一夜》中表现得十分明显。整部作品不是以一个有头、有身、有尾的统一的大故事为骨架建构起来的,而是由成百上千个互不相关的小故事拼接而成的。这些小故事按主题可分为十几组,如夫妻关系故事、家庭关系故事、人际关系故事、商人出海经商故事、强盗抢劫杀人故事、骗子行骗故事、政治生活故事、爱情生活故事、宗教生活故事、动物世界故事等。每一组故事不

---

① Walter Benjamin, *Illuminations*, Hannah Arendt (ed.), trans. Harry Zohn, New York: Harcourt, Brace & World, Inc., 1978, p. 98.
② Walter Benjamin, *Illuminations*, Hannah Arendt (ed.), trans. Harry Zohn, New York: Harcourt, Brace & World, Inc., 1978, p. 91.
③ Walter Benjamin, *Illuminations*, Hannah Arendt (ed.), trans. Harry Zohn, New York: Harcourt, Brace & World, Inc., 1978, p. 86.
④ Walter Benjamin, *Illuminations*, Hannah Arendt (ed.), trans. Harry Zohn, New York: Harcourt, Brace & World, Inc., 1978, p. 108.
⑤ Walter Benjamin, *Illuminations*, Hannah Arendt (ed.), trans. Harry Zohn, New York: Harcourt, Brace & World, Inc., 1978, p. 87.
⑥ Walter Benjamin, *Illuminations*, Hannah Arendt (ed.), trans. Harry Zohn, New York: Harcourt, Brace & World, Inc., 1978, p. 99.
⑦ Walter Benjamin, *Illuminations*, Hannah Arendt (ed.), trans. Harry Zohn, New York: Harcourt, Brace & World, Inc., 1978, p. 91.

断重复同一种生活情景，集中说明某一种人生道理，为人们提供经验教训。

以作品第二组故事"商人和魔鬼的故事"中的三个老人的故事为例，它们一而再再而三地展现了作恶者最终受到惩罚的生活情景。第一个老人讲述的是他的大老婆的故事。大老婆不能生育，嫉妒他的小妾和其可爱的儿子。他外出时她用魔法将他们变成两头牛送到牧场。等他回来后，谎称小妾死了，儿子逃往外地，并催他杀死那一大一小两头牛。他杀了大牛，未忍心杀小牛。放牧者的女儿懂魔法，她揭露了大老婆的罪行，将她变成了羚羊，并恢复了他儿子的原形。第二个老人讲的是他的两个哥哥的故事。他的哥哥们吃喝玩乐，不务正业，出外做生意，亏空而返，他无私地帮助他们。后来弟兄三人一起出外做生意，两个哥哥依然不思进取，未赚到钱，而他不仅赚到了一大笔财产，还娶到一个漂亮的老婆。回程的路上，两个哥哥图财害命，将他和妻子推入大海，将他的财物占为己有。他的老婆是仙女变的，她救出了他，将两个黑心的哥哥变成了两只黑狗，自己恢复了仙女的身份，离他而去。第三个老人讲述的是他的妻子的故事。他出外旅行期间，妻子行为放荡，变成了一个淫妇。老人回家后，她用魔法将他变成一条狗，赶出了门。他为一个屠户所收留。屠户的女儿懂魔法，她用魔法恢复了他的原形，并教他用魔法将淫邪的妻子变成了一头骡子。三个故事都申述了如下的道理：恶行必然会得到恶报。

《午夜之子》全面借鉴了《一千零一夜》的这种多重故事和寓言性形式。叙述者萨里姆在作品的第一章开宗明义指出："有这么多的故事要讲，太多了，这么多的生命、事件、奇迹、地方、谣传交织在一起，一些稀奇古怪的事件和尘世常见的东西紧密地混杂在一起！我一直把各种各样的生活吞下肚，要了解我，哪怕只是了解我的一个侧面，你也必须把那些吞下去。吞下去的那么多东西在我的肚子里推推搡搡；给它们引路的只是有关一大条白色床单的记忆，这条床单的中央开了个直径七英寸左右的大致圆形的窟窿。"（午4）萨里姆的意思是，他会讲述很多故事，不过它们不是杂乱无章的，而是有序的；它们是由一条中间开洞的白色床单引发的。

萨里姆这里所提到的这条中间开洞的床单，原是萨里姆的外祖父阿达姆给地主格哈尼的女儿纳西姆看病时，格哈尼用来掩护女儿身体的屏障。按穆斯林的传统习俗，女人的身体是不能让陌生男人观看的。而纳西姆要接受阿达姆的医治，则不能不将身体暴露给后者。为了既不破坏穆斯林的传统习俗，又能让女儿的疾病得到治疗，格哈尼让女仆在医生阿达姆和女儿之间拉了一条床单，将两个人隔开。同时又在床单上挖了个洞，供阿达姆检查和诊断纳西姆身上的疾病。

在鲁西迪的笔下，这条中间开洞的床单意味深长：地主格哈尼，一方面坚持穆斯林的传统习俗，在陌生男人阿达姆和女儿之间拉了一条大床单，竭力阻止阿达姆观看女儿的身体；一方面却不知不觉地打破了传统，使阿达姆通过床单中间的洞观看并触摸女儿的身体。他既坚持传统习俗又违背传统习俗，明显处在传统和现代之间。中间开洞的床单是像格哈尼这样的现代印度人的精神状态的隐喻：在他们那里传统已经被部分地突破，其精神深处已出现了思想洞窟；他们处在传统和现代、印度人和英国人、东方和西方等二元文化的中间地带，其身份是多元混合的。

作品接着围绕"洞窟"意象，集中讲述了阿达姆·阿齐兹、阿米娜、萨里姆三个人的故事，揭示了他们的精神状态。关于阿达姆·阿齐兹，作品是如此描绘的："一九一五年早春一天清晨，在克什米尔，我的外公阿达姆·阿齐兹在跪下祈祷时，鼻子碰到冻得僵硬的草地上，左鼻孔啪嗒啪嗒掉下了三滴血……就在那时，鼻子撞到了冻得硬邦邦的一簇土上，三滴血从他左鼻孔里啪嗒啪嗒掉下来，在冰冷的空气中立刻就凝固住了，变成红宝石掉在他面前的跪垫上。就在那时，他一边轻蔑地拂去挂在眼睫毛上的'钻石'，一边下定决心，不再跪下来吻土地求神或求人了。可是，这个决定使他身上出现了一个窟窿。"（午4）阿达姆原来是克什米尔地区的一位虔诚的穆斯林青年，五年前去德国留学，受到了西方青年英格丽、奥斯卡、伊尔瑟等人的影响，对自己的信仰产生了怀疑。现在"他陷入了一个奇怪的中间地带，那就是在信与不信的两难状态中。他永远给卡在那个中间地带，他无法崇拜真主，但又无法完全不相信真主的存在。始终处在一种彷徨犹豫的状态之中，这就是窟窿"（午7）。自此他的麻烦不断：克什米尔的老顽固塔伊将他赶出了家园，他恪守传统的虔诚的妻子纳西姆与他终生不合，吵闹争斗了一辈子。他的苦恼无穷无尽：永远在信与不信真主的存在之间徘徊。

阿米娜是作品的另一个核心人物。她是在一个极不和谐的家庭环境中长大的，同时受到了恪守穆斯林传统的母亲纳西姆和向往西方现代文明生活的父亲阿达姆的双重影响，因而她始终处在传统文化和现代文化的中间地带，精神思想中充满了矛盾，开了洞。跟她的母亲比，她十分开放。她不仅毫无顾忌地帮父亲招待藏在地下室的陌生男人纳迪尔汉，而且还与他谈情说爱，私订终生。与此同时，她却又十分保守，她与纳迪尔汉结婚三年始终没有同房，没让对方碰她的身体。后来当纳迪尔汉为躲避警察的追捕逃跑后，她回头迅速嫁给了另一个男人阿赫迈德·西奈。她之所以嫁他并不是因为喜欢他，而是为了生小孩，完成女人应尽的责任。嫁给阿赫迈德之后，她竭尽全力，试着一点一点地去爱他。后来当纳迪尔汉重新来找她时，一方面她置传统道德习俗于不顾，与纳迪尔汉大胆幽会，另一方面则又深感罪孽深重，交往了一段时间后终于与之断绝了关系。在社会事务上，当丈夫的事业不顺、家庭生计遇到问题时，她走出家庭，去赛马场赌博，勇敢地完成了角色转换，由一个家庭妇女变成了一个有胆有识的女强人，并选择了为伊斯兰教所禁止的赌博经营方式；而当丈夫的事业转危为安时，她又断然放弃赌马的生意，回家重新扮演贤妻良母的角色，并为自己的赌博行为虔心忏悔。

与阿米娜相比，阿达姆·阿齐兹的第三代女系子嗣萨里姆更为矛盾复杂。在第三章"命中痰盂"中，萨里姆是如此描述自己的："我的意思很简单，那就是我就像一把旧水壶一样浑身上下都是裂缝。"（午40）他原为英国商人威廉·梅斯沃德和印度卖艺女子范妮塔偷情所生，既有英国白人的血统，又有印度人的基因。他出生后被调包送进了一个穆斯林家庭，秉承了穆斯林的文化习性。同时，他是在基督徒玛丽的监护下长大的，身上有基督徒的品格。他既反叛环境和俗见，对周围人教导他做伟大人物之类的话从不当回事,一直按照个人的想法寻找生活的意义,走自己的路,同时又保守俗套,他从传统观念出发将母亲与纳迪尔汉、萨巴尔马元帅的妻子丽拉与电影大王霍米之间的私情看作邪恶的行径,特意向萨巴尔马元帅告密,让后者打杀奸夫淫妇丽拉和霍米,借之儆戒母亲。他一方面自比穆萨、穆罕默德等先知,亵渎宗教信仰,另一方面否定自己的行为,认为那是再荒诞不过的举动,对之进行彻底忏悔。在爱情婚姻方面,他既率性大胆,凭心性行事,小时候疯狂追求过一位美国女孩,成年后则暗恋妹妹铜猴儿;又理性自制,他虽然对婆婆帝没有爱恋之情,但为了挽救她的声誉,毫不犹豫地娶了她。跟他的外祖父阿达姆·阿齐兹一样,萨里姆的精神也是由无数种矛盾的声音、话语构成的,是多元异质的,开了一个很大的洞窟。

作品在以洞窟意象为连线历时性地记述萨里姆母系家族史的同时,共时性地描绘了三位人物的精神状态:他们都始终处于矛盾悖反状态,思想心理是完全同构的。作品借助这种同类人物形象共呈的方式,凸显了如下的社会情景:印度社会自20世纪以来,无论在早期的英国殖民统治极盛时期,还是后来的殖民统治衰亡时期,以至国家独立时期,一直处在多种民族杂居、多种文化交织的状态中;20世纪的印度人,从第一代的阿达姆,到第二代的阿米娜,再到第三代的萨里姆,每个人身上都既有印度人的成分,又有西方白人的成分,既有印度教的成分,又有伊斯兰教的成分,还有基督教的成分,既有传统的成分,又有现代的成分,其身份是多元混杂的;他们一方面坚持传统,一方面反叛传统,思想是矛盾自反的;他们每个人的身上都有一个洞,精神深处都有裂口,生命是破碎开裂的。作品借这种同类故事复述、同构人物复现的方式,充分地揭示了如下的道理:现代印度民族是一个多元文化混合的民族,其民族身份根本上是多元杂糅性的。并深刻启示人们:在此各种民族、各种不同文化传统和思想观念矛盾混杂的社会中,唯有宽容和理解才能给人们带来自由和平。很多批评家借用杰姆逊的理论和术语，称《午夜之子》是印度的"民族寓言"[①]，我认为这种阐述和命名十分贴切。

第四节 实幻不分

除了外在构形和内在构成外，《午夜之子》的创作方法也极为独特：从始至终实幻混合，经验因素和超验因素合二为一。这一点也是从《一千零一夜》中借鉴过来的。大量引入神仙、魔法、神物等神魔成分是《一千零一夜》的故事讲述的一大特色。如上所述，在"商人和魔鬼的故事"篇之三个老人的故事中，借放牧者的女儿、屠户的女儿和仙女的魔法，那些陷害三个老人的恶人才得到了惩罚，变成了羚羊、黑狗和骡子等动物。而在著名的"阿拉丁和神灯的故事"中，靠神物的帮助，贫穷的阿拉丁才得以发迹。阿拉丁原来是中国一个穷裁缝的儿子，父亲很早就死了，家里一穷二白。后来他得到了两件神物：戒指和神灯。它们可以满足他的任何愿望。最早非洲魔法师将他囚禁起来，他借戒指之力摆脱了魔法师的关押；后来他让神灯帮他弄财宝，神灯满足了他的要求，使他变成了富豪；他在街上碰到漂亮的公主，爱上了她，要求神灯帮他娶到公主，神灯又使他如愿以偿。一位非洲魔法师十分了解神灯的魔力，他趁阿拉丁不在的时候，从公主那里骗走了神灯，借神灯的力量，将阿拉丁的王宫和妻子转移到非洲。阿拉丁在戒指的帮助下，来到非洲，找到了宫殿和妻子，与妻子合谋，夺回了神灯，杀死了非洲魔法师，并借神灯的力量将王宫重新搬回中国。

跟《一千零一夜》一样，《午夜之子》中也充满了魔力、奇迹和神奇因素。其中写到很多十分神奇的事件，如野狗救援纳迪尔汉的事件就是其

[①] Jacqueline Bandolph, "Askaro, Saleem and Askar: Brother in Allegory", *Commonwealth Essays and Studies*, No. 15 (1992), p. 45; Ashutosh Banerjee, "Narrative Technique in Midnight's Children", *Commonwealth Review*, No. 1 (1990), p. 26; Robert Bennett, "National Allegory or Carnivalesque Heteroglossia? Midnight's Children's Narration of Indian National Identity", *Bucknoell Review*, Vol. 43, No. 2 (2000), p. 177.

中的一例。1942 年，在印度阿格拉城，主张印巴分治的分治派和主张印巴统一的统一派两大阵营的斗争极为尖锐。有天晚上，统一派的领袖哼哼鸟米安·阿布杜拉和助手纳迪尔汉在大学里办公，遭到分治派刺客的袭击。阿布杜拉身中数刀，倒地而死。他临死前的哼哼声传到城里的野狗耳中，于是有六千四百二十条杂种狗闻声赶来，咬死了刺客，救出了纳迪尔汉。

作品中的人物的身上也多带有这样或那样的神异因素。如阿达姆有一个极度灵敏的大鼻子，对气味非常敏感。克什米尔山区顽固的老人塔伊十分反感阿达姆用西医为人们治病的行为。自阿达姆行医之日起，他故意不洗澡、不洗衣服，积蓄臭气，以将阿达姆熏走。经过三年的淤积，塔伊身上的臭气达到了令人无法忍受的地步，阿达姆无法抵挡后者的不懈进攻，终于于 1918 年离开了故乡。

如果说阿达姆身上的特异之处——一个异常敏感的大鼻子——给他带来了恶命的话，那么他的二女儿阿米娜身上的特异之处——神秘的赌博天赋——给她带来了异乎寻常的好运。1948 年 1 月，印度政府颁布了冻结穆斯林大商人财产的法令，萨里姆的父亲阿赫默德·西奈也在财产被冻结的大商人之列。财产被封后，阿赫默德一蹶不振，萨里姆家的生计成了问题。于是萨里姆的母亲，一个敢作敢为的女人，拿出了自己的最后一点积蓄，跑到赛马场上去赌马。此前她从来没涉足过赛马场，"她对马的好坏一窍不通，都是给那些大家都知道耐力较差不大可能赢得长距离的母马下注……结果呢，赢了又赢、赢了又赢"（午 176）。她每赌必赢，"每次回家都带回一个塞满钞票的大信封"（午 177），钞票像雪片一样源源不断地飘进她的口袋。赌马场上的人十分惊讶，因为即使那些赌场高手也都是有赢有输，从来没有只赢不输的经历。最后大家不得不相信，她身上有赌神凭附。她凭借赌马赚的钱不仅帮助家庭度过了经济难关，而且疏通了各种关系，帮丈夫打赢了官司，讨回了被政府冻结的钱财。财产解冻之后，阿米娜再也没有进过赛马场。因为她认为赌博是一种罪恶行为，除非万不得已，绝不可为。

比起外祖父和母亲，萨里姆身上的奇异之处更多、更突出。他的出生本身就很神奇：1947年8月15日0时0分，他与独立的新印度同时诞生，这在全印度除了另一个午夜之子湿娃之外，没有第三人。表面看，除了相貌丑陋、鼻涕连连外，他与一般的孩子没有什么区别，可实质上他却身怀绝技。他怀有通灵术，能穿越时空，听到世界各地各种各样的声音，窥探到人们私密的想法。10岁以后，他借这种通灵术，将全印度于1947年8月15日午夜0点至1点出生的、身怀各种绝技的孩子们召集起来，举行大会，讨论印度社会的前景。1962年11月21日，父亲带他做了鼻腔手术，之后他的鼻腔畅通，失去了通灵术，但却又得到了另一种特殊的能力，即极度灵敏的嗅觉，一般人只能闻到从物体中散发出来的气味，他却能闻到浸透于其中的爱和恨、快乐和悲伤等情感味道。如1963年2月9日，在卡拉奇码头，他一看到大姨艾利雅就从对方那热情洋溢的笑容中闻到浓厚的积怨和恶意。1965年9月22日夜间，在印度飞机空袭卡拉奇的战火中，萨里姆的脑袋被爆炸气浪掀起的银痰盂砸伤，此后大脑失去了记忆、听觉能力，与此同时嗅觉能力却得到极度发展，能够辨别百里之外的人和物，为此被巴基斯坦军方招募到部队中，以军犬的身份参战，带领部队生擒了东巴的领导人穆吉布，在战斗中发挥了关键作用。

由于作者在创作中将经验因素和超验因素、现实状态和魔幻状态融为一体，由于作品从始至终亦真亦幻、真幻不分、实虚合一，所以人们通常将它与德国作家君特·格拉斯（Günter Grass）的同类作品《铁皮鼓》和哥伦比亚作家马尔克斯的同类作品《百年孤独》相提并论，认为它是对前二者的模仿，是在借鉴前二作之魔幻现实主义方法的基础上创作出来的。① 事实上《午夜之子》的创作源泉远比魔幻现实主义小说深远。1984年，鲁西迪在接受J. F. 加尔万·卢拉（J. F. Galvan Reula）的访谈时明确指出："如果你生活在一个绝大部分人信仰上帝的社会中，那么你便

---

① Patrica Merivale, "Saleem Fathered by Oskar: intertextual Strategies in Midnight's Children and The Tin Drum", *A Review of International English Literature*, Vol. 21, No. 3 (1990), pp. 7-21.

是生活在一个人们就像接受政治事件一样接受生活奇迹的社会中。而如果你打算写一部表现这样的社会现实的作品，你必然会以如下的方式写作：将神奇事件和日常事件看作同样的东西，让它们在作品中相辅相成，同时存在，而不会说它们是完全不同的东西。"① 显而易见，鲁西迪《午夜之子》的实幻一体的创作方法不是对当代魔幻现实主义创作方法的模仿，而是对由《一千零一夜》所代表的人类古代的神人一体、实幻不分的神话思想方式的反映。

综上所述，《午夜之子》从外在构形到内在构成，再到创作方法，里里外外都沿袭了人类古代故事讲述形式的典范之作《一千零一夜》的叙事方式。由此而言，与其说它是鲁西迪模仿西方当代先锋性的魔幻现实主义小说形式的结果，不如说是借鉴古代故事讲述形式的产物。《午夜之子》的创作表明，被人们通称为后现代小说的英国及西方当代的新型叙事作品，不仅不像人们一般所认为的那样先锋、超前，相反却很原始、古老。我们很有重新审视和认识的必要。

---

① J. F. Galvan Reula and Salman Rushdie, "On Reality, Fantasy and Fiction: A Conversation With Rushdie", *Atlantis*, Vol. 6, No. 1/2 (1984), p. 95.

结　论

　　联系西方当代思想文化潮流，系统考察英国20世纪后期重要的小说作家作品便会看到，英国当代先锋小说是对传统小说内容和形式的全面拆除和重构，我将它们在内容层面上的解构性称作"文化洗牌"，在形式层面上的解构性称作"文学重建"。正是此文化洗牌性和文学重建性，构成了英国当代先锋小说的本质属性，即后现代性。

　　20世纪中后期，索绪尔关于语言能指是语言所指的建构方式的建构主义观念勃然风行，逐步取代了传统的语言符号是事物本质的表现方式的本质主义思想。新生的后结构主义者反复宣称，现实不是客观自在的，而是人类的文化产品，是由语言符号建构的，世界是语言话语的编织品。正因此，人们将注意力普遍集中在对文化符号和语言话语的探究和改造上。

　　与此相应，英国当代先锋小说作家们的写作视角和思想倾向也发生了重大转变：不再以现实为书写对象，而以建构现实的语言话语或者说文化符号为书写对象，对它们进行了彻底拆解和重建。如莱辛、福尔斯、阿克罗依德、里斯、鲁西迪等以过去的各种文化观念为反思和表现对象，斯威夫特、巴恩斯、沃纳以各种文化图式为反思和表现对象。莱辛的《金色笔记》拆解了过去的本质主义和历史主义人性观，重建了不确定性人性观；福尔斯的《法国中尉的女人》拆解了过去的本质主义自我观，重建了建构主义身份观；阿克罗依德的《霍克斯默》拆解了过去的静态、固定、抽象的现代空间观，重建了动态、变化、生动的后现代空间观；里斯的《茫茫藻海》拆解了过去的白人中心主义种族观，重建了反白人中心主义种族观；鲁西迪的《午夜之子》拆解了传统的本质主义民族身份观念，建立了建构主义民族身份观念；斯威夫特的《水之乡》拆解了现代直线进步论历史图式，重建了曲折循环论历史图式；巴恩斯的《10½章世界史》拆解了西方根深蒂固的树形文化图式，重建了块茎形文化图式；沃纳的《靛蓝色》拆解了殖民主义文化图式，重建了后殖民主义文化图式。

同时，它们在文学形式上也进行了重大革新。如《茫茫藻海》解构了过去的以现实经验为书写对象的写作理路，建构了以已有话语文本为书写对象的写作理路；《金色笔记》解构了过去的现实主义和现代主义创作方法，建构了写实和表现互补的"跨界"创作方法；拜厄特的《占有》解构了过去的包括再现、表现、重写在内的所有旧书写方式，建构了以回到事物本身为出发点的新书写方式；《法国中尉的女人》解构了过去的真实与虚构、写作与批评、旧话语与新话语截然分离的言说方式，建构了真实与虚构、写作与批评、旧话语与新话语二元混合的言说方式；《午夜之子》解构了现代小说写作方式，重建了古代故事讲述方式。

将英国当代先锋小说放到西方当代思想文化思潮之大背景中，系统地考察它们就会发现，它们在内容上是对传统文化观念和图式的各个层面的拆除和重置，在形式上是对传统文学创作理路方法和叙写方式的各个方面的解构和重构。简而言之，其本质特征是文化洗牌和文学重建。英国当代先锋小说的本质特征是如此，西方当代先锋文学的本质特征自然也不例外。由此而言，以往人们关于西方当代先锋文学的本质特征即"后现代性"的说法显然是片面的、肤浅的。原因在于，第一，无论是利奥塔尔、哈桑等人的颠覆论，还是詹明信、哈琴等人的解构论，以至麦克海尔、沃等人的重建论，主要关注和阐发的是英国和西方后现代文学的形式革命性，仅指出了它们在形式上的突破、变异和重建性，而未密切关注或完全忽略了它们在内容上的巨大建树，明显是狭隘的；第二，仅注意和阐述了它们在外在形式技法上的贡献，揭示了它们的反形式、游戏、反叙事，拼贴、戏仿、反讽，或形式自省、自我指涉等外在表征，而未注意到或忽略了它们在思想结构方面的突破，对它们在翻新文化观念、图式和重建文学写作理路、叙事方式等方面的成就未给予充分关注和深刻揭示，显然是表面化的。

哈泽德·亚当斯曾精辟地指出，西方人的思想视野经历了"本体论、认识论和语言思想"三大发展阶段[①]：古代，由于生产力水平低下，人类改造世界的能力十分有限，人们将注意力主要集中在客观世界上，关注的是世界本身，认为世界是由本体和现象两部分构成的，其中决定性的因素是本体；现代，随着生产力水平的大幅度提高和人类改造自然、征服自然的能力的不断增强，人们普遍意识到一种事物的性质、状态与人们认识、理解、把握该事物的方式深切联系在一起，世界在根本上不是物质的而是精神的，将注意力转向了人及其精神意识，认为世界的有序性基于人的精神意识（如我思、理性、理念、意志、先验意识或存在等）的有序性；当代，人们进一步认识到，离开语言符号人没有存身之地，人的精神意识生来就被语言符号格式化了，精神意识在语言符号之中，将注意力转向了语言符号，认为世界在根本上是由语言符号编织成的。

从西方人思想文化的发展历程可以看到，他们不仅从一开始就投入了认识、控制和征服自然与客观世界的活动，而且其掌握和支配外在世界的能力在不断提高，到当代达到了登峰造极的程度，一个突出的标志是人类世界现在差不多完全处于人类文化形式如语言符号、科学技术等的掌控之下。辩证地看，西方当代思想文化的优势和劣势都昭然若揭：一方面，高度科学文明，人类在很大程度上可以控制自然、掌握自己的命运；另一方面，极端人为机械，人类离自己的自然母体和天然本性越来越远。西方当代先锋文学作品既是高度自控时代的产物，亦是它的表征，突出反映了当代"语言思想"时代的思想文化特征：一方面，高度理性自控，致力于拆除和重置各级不合理的传统文化形式（如观念、图式）和各种不合理的传统文学形式（如创作方法、言说方式、创作理路、叙述形式、书写方式等），借以调整既有的文化系统，使之向更加合理的方向发展，结果是拆除了西方既有的文化和文学形式，重建了新文化和文学形式，为西方人指

[①] Hazard Adams and Leroy Searle (ed.), *Critical Theory Since 1965*, Gainesville: University Press of Florida, 1989, pp. 1-8.

出了新的文化前进方向、道路、方针和新的语言表达方式、文学写作方式，具有继往开来、开径辟道之巨大文化文学建设意义；另一方面，严重脱离现实，它们差不多都聚焦于过去的语言能指或者说文化和文学形式，都是对过去人们建构世界的文化和文学形式的再建构，忽略或遗弃了实实在在的世界本身，撇弃了可感可触的现实、事物、土地、生命、肉体等，正像很多理论批评家尖锐指出的，是语言游戏式的，其结果是大大助长了符号化、包装、打造、虚拟之时代风尚，促进了人类的进一步异化。

不过，值得庆幸的是，自20世纪90年代以来，西方知识界已普遍意识到了20世纪后期语言转向大潮的严重弊端，开始进行全面调整。理论界掀起了抵制理论的浪潮，从而促成了理论死亡的局面。正像英国著名思想家伊格尔顿指出的："文化理论的黄金时代早已消失。雅克·拉康、列维-斯特劳斯、阿尔都塞、巴特、福柯的开创性著作远离我们有了几十年。R. 威廉斯、L. 依利格瑞、皮埃尔·布迪厄、朱丽娅·克莉斯蒂娃、雅克·德里达、H. 西克苏、F. 杰姆逊、E. 赛义德早期的开创性著作也成昔日黄花。"[①] 美国著名批评家哈里·哈鲁图尼安（Harry Harutunian）说："毫无疑问我们到了一个关键的时刻，在这里理论和其分支文化研究正在受到围攻，而且某些突出的地方正在全面崩溃。"[②] 思想文化界掀起了回到事物本身的浪潮，从而引发了人们对宇宙本源、生态、生命、肉体、事件、创伤的密切关注。如科特·斯贝尔迈耶（Kurt Spellmeyer）所言："对我们之中那些不再沉迷于符号求索之魔力和神话的人而言，如果我们要超出'后'时代的状态，那有什么道路可选择呢？我们所需要的正是范型的转变：我们可以离开'文本'的乏味的意识形态，着手开辟另一个领域，即真实的世界，从中反复积累经验，以使我们成熟和强壮起来。此另一个领域就是日常的感知生活，它不是我们思想的'结果'，而是思想的

---

① ［英］伊格尔顿：《理论之后》，商正译，商务印书馆2010年版，第3页。
② ［美］哈里·哈鲁图尼安：《理论的帝国：对批评理论使命的反思》，见王晓群主编：《理论的帝国》，中国社会科学出版社2004年版，第41页。

根基。"① 简·埃里奥特（Jane Elliot）和德里克·阿特里奇（Derek Attridge）指出："无论此消息值得庆贺还是悲悼，毫无疑议理论的主导时代已经结束了"，"在理论领域，最近的著作也已从一种内容（如语言、话语、或文化）转向了另一种（物质、生物和明显的政治事件等）"。② 凯里·沃尔夫指出，当前在人文学科领域呈现出一种"明晰可见的动向"，它"明显地或不明显地将自己与雷根所界说的文化研究和身份政治学对立起来。我用它指那些日益增多的著作，它们试图更换工具，在那些集合了认知科学和神经科学的新发展的媒介研究等领域里采用观察、情感和意识的现象学方法"。③

伴随着此理论死亡和事物回归之新思潮的到来，近二三十年英国和西方作家们的创作视角又发生了一次大转移：将注意力从语言能指形式转向了事物本身，具体而言，将创作重心从对传统的文化和文学形式的拆解和重建转向对事物实质（如宇宙本源、自然生态、身体、创伤、事件）的揭示。一个不争的事实是，当下那种致力于修正和改造传统的文化和文学形式的西方后现代先锋文学正日益式微，取而代之的是那种着力表现宇宙和自然的初始状态和人类的初始经验情感的各类新文学品种，如神话、传奇、传说、生态书写、创伤书写、身体书写、事件书写，等等。英国和西方的后现代先锋文学已几近尾声，即将成为历史。尽管如此，它在西方现当代文学史上继往开来的划时代地位是不可动摇的，很值得我们深入研究和学习借鉴。

---

① Kurt Spellmeyer, "After Theory: From Textuality to Attunement with the World", *College English*, Vol. 58, No. 8 (1996), p. 894.
② Jane Elliot and Derek Attridge (ed.), *Theory After "Theory"*, London and New York: Routledge, 2011, p. 1, 3.
③ Jane Elliot and Derek Attridge (ed.), *Theory After "Theory"*, London and New York: Routledge, 2011, p. 35.

参考文献

［英］黑德：《现代英国小说（1950—2000）》，重庆出版社 2006 年版。

Benjamin, Walter, *Illuminations*, Hannah Arendt (ed.), trans. Harry Zohn, New York: Harcourt, Brace & World, Inc., 1978.

Bradbury, Malcolm, *The Modern British Novel*, London and New York: Penguin Books, 2001.

Bradbury, Malcolm, *The Novel Today: Contemporary Writers on Modern Fiction*, London: Fontana, 1990.

Butler, Christopher, *After the Wake: An Essay on the Contemporary Avant-Garde*, Oxford: Oxford University Press, 1980.

Butler, Judith, *Gender Trouble*, New York and London: Routledge, 1999.

Elliot, Jane and Attridge, Derek (eds.), *Theory After Theory*, London and New York: Routledge, 2011.

Hassan, Ihab, "POSTmodernISM", *New Literary History*, Vol. 3, No. 1 (1971).

Hutcheon, Linda, *A Poetics of Postmodernism: History, Theory, Fiction*, New York and London: Routledge, 1988.

J. Lane, Richard, etc., *Contemporary British Fiction*, Cambridge: Polity Press, 2003.

J. Smyth, Edmund (ed.), *Postmoern Contemporary Fiction*, London: B. T. Batsford Ltd., 1991.

Jameson, Fredric, *Postmodernism, or The Cultural Logic of Late Capitalism*, Durham: Duke University Press, 1991.

Jefferson, Ann, *The Nouveau Roman and the Poetics of Fiction*, Cambridge: Cambridge University Press, 1980.

Jenkins, Keith (ed.), *The Postmodern History Reader*, New York: Routledge, 1997.

Kristeva, Julia, *Desire in Language: A Semiotic Approach to Literature and Art*, New York: Columbia University Press, 1980.

Lefebvre, Henri, *The Production of Space*, trans. By Donald Nicholson-Smith, Malden: Blackwell Publishing Ltd., 1991.

Lodge, David, *The Novelist at the Crossroad and Other Essays on Fiction and Criticism*, Ithaca: Cornell University Press, 1971.

M. Holmes, Frederick, *The Historical Imagination: Postmodernism and the Treatment of the Past in Contemporary British Fiction*, Victoria: University of Victoria Press, 1997.

McHale, Brian, "Telling Postmodernist Stories", *Poetics Today*, Vol. 9, No. 3, (1988).

Mengham, Rod (ed.), *An Introduction to Contemporary Fiction*, Cambridge: Polity Press, 1999.

Newquist, Roy, *Counterpoint*, Chicago: Ronad Mcnally, 1964.

Payne, Michael (ed.), *The Greenblatt Reader*, Malden: Blackwell Publishing Ltd., 2005.

W. Shaffer, Brian (ed.), *A Companion to the British and Irish Novel 1945—2000*, Malden: Blackwell Publishing Ltd., 2005.

W. Soja, Edward, *Postmodern Geographies: The Reassertion of Space in Critical Social Theory*, London & New York: Verso, 1989.

Waugh, Patricia, *Metafiction: The Theory and Practice of the Self-Conscious Fiction*, London and New York: Methuen & Co., Ltd., 1984.